新潮文庫

東京夜話

いしいしんじ著

目次

東京夜話

本文写真・絵　いしいしんじ

真夜中の生ゴミ

下北沢

運転席に座った隊長は、無言でガムを噛《か》んでいる。

夜に包まれた車内に、ちゃっ、ちゃっ、と音が響く。

助手席と後部座席の隊員は腕を組んでうつむいたままだ。部外者のぼくが「収集」に立ち会っていることがどうにも気に入らないらしい。隊員たちも隊長も、区役所を出発してから、決してぼくと目を合わそうとしない。これから行う作業への後ろめたさからだろうか。それとも、興を削《そ》がれる、といういらだたしさか。

「そろそろ収集地域ですけど」隊長が前を向いたまま言う。ガムのせいで声が聞き取りにくい。「窓のシールドで、外からは見えませんから。何度も言いますけど、あたしらが言うまでは、ほんとに外に出ないでくださいよ」

「出たらどないなるんですか」ぼくは車内の空気を和やかにしたくて、へらへらと返事をする。「『収拾つかへん』いうわけですか、はっはっ」

無言。

陰気な奴《やつ》らだ。愛想笑いぐらいせえっちゅうねん。

ライトバンは下北沢《しもきたざわ》に入り、スピードを落とす。このあたり、北沢一丁目から三丁目にかけてが、世田谷《せたがや》区の生ゴミ投棄指定区域である。今日は年末の週末で、とくに投棄量が多く、ぼくの同乗した一号車以外に三台の収集車が出ているという。深夜勤務が十二人。ご苦労なこっちゃ。

「隊長、そこに」助手席の隊員が静かにつぶやく。彼らはお互いを名前で呼び合わない。見上げたお役所根性である。

隊長が車を止める。素早く飛び出したふたりの隊員は、マンションの植え込みに転がった生ゴミを肩で支える。そして車の後部へ回りハッチを開けて、生ゴミを車内へ引っぱり上げる。待ちかまえていた隊長はバキューム管の針を何箇所かゴミに突き刺し、手元のスイッチを「オン」にする。穴の開いた浮輪みたいに、ゴミはどんどんしぼんでいく。体液をすべて吸い取られたゴミは、巨大なかなとこのような作業台に載せられる。ふたりの隊員がフライパン型のハンマーを振り振り、ゴミを細かく砕いていく。やわらかい手つきだ。スナップが利《き》いている。『村の鍛冶屋《かじや》』のメロディーがカーステレオから流れれば、とても牧歌的な光景に見えるだろう。

ゴミの芯《しん》がかなりやわらかくなったと見るや、隊長は車の天井に付いた緑色のボタンを押す。かなとこの向こう側から幅一メートルほどのローラーがせり出してくる。隊員は、ぽん、ぽん、と優しく両手を使って、できるだけ細くなるようにゴミの形を整える。隊長がもう一度ボタンを押すと、ローラーがかなとこの上を、驚くほど滑らかに転がってくる。手前いっぱいまで来ると、リバースだ。そして、もう一往復。どんどんローラーの動きは速くなっていく。少し染《し》み出た体液は、ローラーのところどころに開いた吸収口から吸い取られていく。もはや高速ピストンの勢いで動いているローラーは、ゴミをのしいかのように平べったくしてしまう。

隊長がもう一度ボタンを押す。ローラーはいきなり最初の速度に戻り、ゆっくりとかなとこの向こう側へ姿を消す。隊員がゴミの先端をつまみ、するするっと衣服から引っ張り出す。そしてかなとこの端に腰を引っ掛け、太ももの上で器用にゴミを畳む。バスケットボールほどの大きさになったゴミを、もうひとりの隊員が広げた黒い袋に軽く投げ込む。ゴミはぱさっと音をたて、袋の中に消える。

「ええっと、服装から見て『学生』ですね」隊員がセーターやチノパンを丸めながら言う。

「年末だからね。『ミュージシャン』や『演劇』は、今日は少ないんじゃないか」隊長は運転席に戻りながら返事をした。「『学生』ばかりだと、車がゲロ臭くなって、かなわんね」

わずか五分ほどの作業である。彼らの熟練度は区役所から聞いていた通りだ。

収集車は二百メートルほど進む度に停車し、隊員たちはその都度、生ゴミを集めて回る。

「やっと『ミュージシャン』がありましたね」五つ目のゴミを袋に投げ入れて、隊員が隊長に声をかける。

『ミュージシャン』は最近とくに世田谷区から目を付けられているのだ。できるだけ杉《すぎ》並区《なみく》へ出ていってもらうよう働きかけてはいるが、どうしても応じない場合、下北沢で『収集』してしまうのだという。

「『ミュージシャン』すべてが生ゴミだというんじゃないけどね」区役所の担当者は苦笑いして言った。「やっぱり品性とか、ね。生活力とか。欠けてんの多いでしょうが。そういうのがいちゃ困るわけですよ、区としては」

いくつかの県を上回る人口を持て余し始めた世田谷区が、人減らし政策として特別清掃局を設置したことはほとんど知られていない。ぼくとしては公表した方が確実に人口は減るような気がするのだが、今や絶大な発言力を持つ清掃局長が断固マスコミ発表を拒否しているのだそうだ。昔からゴミ処理問題では都や江東区《こうとうく》に首根っこを押えられていた世田谷区である。論点は違うものの、初めて自主的に取り組んでいる実験に、清掃局の意気が揚がっているのもわからなくはない。公表できるだけのデータが集まるまでは、というのが局長の狙《ねら》いなんだろう。

下北沢は、以前から『ミュージシャン』『劇団員』『学生コンパ』という面々に妙に受けがよく、ここを収集場所とするのはまったく自然な流れであった。勝手に生ゴミは集まってくるし、投棄の場所としても誰も不審には思わない。

「最近ね、杉並区の住民が不法投棄していくケースも目立ってきたんです」担当者は吐き捨てるように言った。「断固、都議会で糾弾していくつもりですよ、ええ」

杉並の生ゴミと世田谷の生ゴミを、どうやって見分けてるんだろう。

「長髪で『尾崎っぽい』のが杉並、『メタルっぽい』『パンクっぽい』のが、まず世田谷だね、ええ。あと『ヒップホップ』もうちかな。『ジャズ』はあっち」

ほんまかなあ。まあ、杉並の方がより『生』に近いってことね。

収集車は井《い》の頭線《かしらせん》の踏切を越えて、茶沢《ちやざわ》通りをゆっくりと進んでいく。このあたりになると、生ゴミはいつも地面に転がっているとは限らない。二、三人で群れを作っている場合も多い。隊員たちは窓の外を注視して、剝製《はくせい》のようにじっと動かない。

ちゃっ。ちゃっ。隊長はずっと同じガムを嚙み続けている。飽きんのか、お前は。

通りの向こうから、OL風の女性がひとり、早足で歩いてくる。二時を回っているので、警戒している様子がありありと見て取れる。収集車の前方五メートルほどまで来たとき、車ががくんと揺れ、彼女は一瞬立ち止まり、後ろへ倒れた。

消音銃だ。

「あの女の子もゴミなんですか」ぼくは驚いて隊長に尋ねる。隊員たちは彼女を両脇《わき》から支え、こちらに向かってくる。

「見てわからんのですか」隊長は後部の機械をセッティングしながら答える。「あれは、キャバクラっ！　立派な生ゴミっ！」

往復するローラーで、のされていく彼女を、ぼくはじっと見つめる。

「仕事ですからねえ」隊長が、初めて笑顔を見せる。笑顔というより、しかめ面《つら》を逆さにしたように見える。こいつにとってはこれが笑顔だ。

ロッテリアの前でふたつ拾った後、隊員がルーズリーフをめくる。「ええっと、これで十七個です。『学生』十、『ミュージシャン』五、『演劇』『キャバクラ』各一です」

「『演劇』が少ないね」もうひとりの隊員は缶コーヒーを啜《すす》っている。

「『演劇』は年末のバイトだろ。でも『キャバクラ』はでかいよ、大物よ」隊長は上機嫌だ。「あとひとつで今日のノルマね。小田急《おだきゅう》の南口に行きゃあ、なんか転がってるだろ」

小田急線・南口前では、自動販売機の明りの下で八人もの学生たちが酒盛りを続けている。いくら生ゴミたちとはいえ、三人の手には余るようだ。隊長はハンドルを切って、井の頭線のガードをくぐる。

「見たかい、あの変な絵。ガードに描いてあったやつ。ああいう公共物を汚すような野郎こそ、片づけなくちゃいかんよな」

隊員たちふたりは、はあはあと共感の溜《た》め息をつく。

「下北には、生ゴミしかいないんですかね」ぼくは隊長に聞いてみる。

「そんなこたぁないです。雑貨屋、飲み屋、本屋にレコード屋、みんな『生物《いきもの》』だから」

「屋《や》、ばっかりですね」

「そう。ここでちゃんと働いてる奴はほとんど、屋、ですねえ」

「レコード屋はゴミじゃなくって、ミュージシャンはゴミなんですか」

「だからね、掃き捨てるほど、って言うでしょうが」隊長はガムを指で伸ばす。「お店やってる奴は、それぞれ場所構えてやってるわけだから、掃き捨てようにも掃けないわけですよ。そいつらがいなくなっちゃ、迷惑する人、いるでしょ。家主とか。後から借金の取り立てなんか来るかもしれないし。屋、はしがらみが多いんですよ。一方でミュージシャンや学生なんかの下宿だと、あとくされも少ないんでね。いなくなっても誰も気にしない。入居者もすぐ見つかる。だから学生のコンパ帰りは、ゴミ。どんどん、収集。屋、はバカばっかしだけど、バカとゴミは違うんですよ」

区役所の担当者も同じようなことを言っていた。「『ミュージシャン』なんて、よっぽど売れれば別だけど。でもほとんどがゴミでしょ。システムから外れてるの。『ミュージシャン』でなくってもね、そういうゴミが多過ぎるね。ゴミはいらないの、うちの区には」

隊長が、軽く口笛を吹いて、スピードを落とした。隊員はルーズリーフを鞄《かばん》に突っ込み、もうひとりは缶コーヒーをドアに付いた金具に引っ掛けた。

派出所の手前に、ダッフルコートを全身に巻きつけた男が座り込んでいる。黒く塗ったねずみ男のようだ。

隊長はそろそろと車を寄せる。ブレーキが効いた瞬間に、隊員たちは飛び出していく。ねずみ男は生ゴミには珍しく、軽く抵抗を試みる。しかしかなり酔っているらしく、隊員に抱え上げられた途端、力なく両脇にそびえる肩にぶら下がって、後部ハッチまで運ばれてくる。

ダッフルコートにも、セーターにも、マフラーにも、ぼくにはなんとなく見覚えがある。

車内に担《かつ》ぎ込まれた『生ゴミ』を見る。ぼくは凍りつく。

それは、ぼくだった。

「ちょ、ちょっと待って！」

「なんですか！」ぼくに腕を押さえられた隊長は大声を上げる。

「作家って、やっぱり『ゴミ』なんですか」

「ああ」隊長は、やはり鬼を逆さにしたように笑う。『生ゴミ』の中でも、かなり珍品だけど。あんまりこのへんにいないから。でもゴミの中のゴミですねえ。とにかくね、無駄なことしてる奴は、みんなゴミなんです。そう決まってるんです、区の条例で」

反論する間もなく、隊長は、ぼくの頭頂部と首筋、手首と脇腹、下腹部、膝《ひざ》、足首に素早く針を刺し込む。バキューム機器がかたかた作動し、全身の力が抜けていく。ハンマーは、ものすごく痛い。ひと振るいごとに体中の骨が断片に刻まれていくのだ。声を上げようにも、喉《のど》が文字通り潰《つぶ》れて、息も通らない。それに比べ、ローラーは優しくぼくの体を撫《な》でる。前へ、後ろへ、どんどんスピードを上げていく。

ぼくは体の芯がなくなっていく絶望の中で、優しく動くローラーを憎む。

その強い憎しみも、全身が折り畳まれるうちにしぼんでしまう。黒い袋に投げ込まれると、安心感が湧《わ》き上がってくる。真っ暗な中で十七個の玉の上に転がって、ぼくはただ、早く燃やしてほしいと思う。

突然、袋の口が開く。ペッと音がして、ぼくの上になにか落ちてくる。

かすかに、温かい。

ガムだ。

それは隊長の、ガムだった。

目標の十八個を達成して、緊張感も解けて、ガムを吐き捨てたのだろう。五時間は嚙《か》み続けた冗談のような残骸《ざんがい》だ。ぼくは、憎しみが蘇《よみがえ》ってくるのを感じた。

驚いた。

ガムに触れた瞬間、その部分が、脈打つように盛り上がり始めたのだ。

これはガムに付いた唾液《だえき》のせいなのだろうか。それとも、なにか細菌のおかげなのか。

ぼくの下のかさかさになったキャバクラ嬢も、ゆっくりと膨らんできた。そして溶け出し、ぼくの体と混じり合っていく。彼女の下の方でも、同じことが起きているようだった。

生ゴミは、文字通り、生きているのだ。こんな姿でも、ゴミとして、純粋に。

袋の隅から音楽が聞こえる。ゲロの甘酸《あまず》っぱい香りがする。過剰な自信があふれる。詩句らしきものを叫び立てる声も聞こえる。

ぼくたち生ゴミは、あの隊長の唾《つば》のせいやったら最悪やなあ、とけらけら笑いながら、黒い袋の中で膨脹していった。もはやどこにあるかわからない百八十本の指を、ひとつになった心の中でポキポキと鳴らしながら。

そうは言うても、腕力の強そうな奴《やつ》がひとりもおれへんのが、ちょっと不安やなあ、相手三人もおるし。そうつぶやいたぼくの見えない尻《しり》を、キャバクラ嬢が思いきり蹴《け》っとばした。

ベガ星人はアップルパイが得意なの

原宿

まったく、ニョロニョロの大群だ。

ニョロニョロにナイフで切れ目を入れたみたいな笑みを浮かべながら、いわゆる若者たちが表参道《おもてさんどう》をのぼってくる。彼らの服は、なぜかビニール製に見える。みんなブティックの袋を、二つ三つ、ぶら下げている。大きな楽器ケースを抱えた人もちらほら見かける。ケースの中にはなにも入っていないような気がする。

今朝、彼女から電話があった。大切な話がある、という。

「電話では言えないんです」

彼女は原宿《はらじゅく》にある喫茶店の名を言った。雑誌で見たことはあった。パリ風のオープンカフェ、というヤツだ。なにがパリ風じゃ、とぼくは写真にせせら笑ったものだ。野晒《のざら》し喫茶やんけ。

まさか自分がそこに行くことになるとは思ってもみなかった。

別に行かなくてもよかったのだ。しかし彼女には、自分の思い通りに事が運ばないと、なにをしでかすかわからない、という雰囲気があった。それに、世間というものから二、三センチ宙に浮いた彼女に興味を持ってもいた。

明治通りに面したその喫茶店は繁盛《はんじょう》していて、ざるですくえるほどの人々が野晒しになっていた。コートを着たまま小さく丸まってコーヒーを啜《すす》っている男がとても偉く思える。よくぞ、という気にもなる。こういう人によって、水商売の方々の生活が支えられているのだ。

ただ、通行人たちにじろじろ眺められ、風景に見とれるふりをして微妙に視線をそらす客たちは、やはり滑稽《こっけい》でもの悲しかった。その姿は、ペットショップのショーウィンドウで震える座敷犬を思わせた。

奥まった席に彼女はいた。真っ黒なワンピースに真っ赤なつば広の帽子。マネキンのように背筋を伸ばし、両手を膝《ひざ》に置いて座っている。

ぼくに気づくと立ち上がり、帽子を脱いでお辞儀をした。機械仕掛みたいだ、と思った。

「すみません、こんなところまで呼び出してしまって」

ぼくは、たまにこういう場所もいいものだ、とかいいかげんなことを言いながらテーブルに着いた。彼女の服は、不思議な印象だった。ビロード魔女、とでも言おうか。いい素材を使った手作りのワンピース、結果は大失敗、という感じだ。

化粧や髪も、とても清潔にしているのに、透明感まであるのに、美しいという印象は受けなかった。貧乏臭いのだった。手作りの汚らしさが漂っていた。

彼女は紅茶を飲んでいた。こういう女の子は決まって怪しげな紅茶を飲む。

ぼくはコーヒーを注文して、彼女に言った。それで、話って?

「Iさんにだけは言っておこうって、前から思ってたんです」にっこり笑った。「実は、私、宇宙人なんです」

ぼくは宇宙人と会うのは初めてだった。ぼくのまわりにもそんな栄誉に浴した人物はいないと思う。そう言うと、彼女はさらに口の切れ目を大きくしながら答えた。「Iさんがそう思ってるだけで、実は何人もいたんですよ、宇宙人は。まわりに」

そうか、そうだったのか。気づかなかったなあ。

「私たち宇宙人は、とっても恥ずかしがりやなんですよ。だから、ふだんは地球人に交じって、目立たないように暮らしているんです。そして、この人なら、と思える地球人を見つけると、しばらく観察して、そして、大丈夫だとわかれば、お話しするんです」

じゃあ、ぼくは試験にパスしたわけだ。やはり、これは栄誉あることなのだろう。

彼女は、ぼくのまわりの誰が宇宙人なのか、詳しく教えてくれた。驚いたことに、ぼくの双子《ふたご》の弟の片割れも宇宙人だった。両親はなにかよくわからない電波で、宇宙人に卵を産みつけられた記憶を消されてしまったのだそうだ。

ちょっと待て。宇宙人って、卵生かい？

「地球の大気に、私たちの幼生体は耐えられないのです」彼女は悲しそうに言った。「ですから卵の中で完全に地球人の姿に変態を遂げて、自ら殻を破って外に出ます」

納得、納得。

でも、いったいなぜ、彼女たちは選ばれた地球人に自分の正体を明かすのだろう。地球人として生活できているのなら、ことさら危険な綱を渡らなくてもいいだろうに。

「そう、そうなんです。Iさんにお願いがあるんです」彼女は少し興奮して言った。「今後、Iさんの前に、たくさんの宇宙人が現れるでしょう」

え、ほんとに？

「現れるんです。そして、そのときに、決して宇宙人たちを嫌わないでほしいんです。宇宙人は悪いことをしようなんてこれっぽっちも思ってはいないんです。地球人に比べて、犯罪者の出現率は九十パーセントも低いんです。ただ、さびしいだけなんです。わかってほしいだけなんです。Iさんだって、地球人だっていうだけで差別されたらつらいはずです。わかってほしいんです。わかってもらえますか、わかってもらえますかっ！」

彼女は一気にまくし立てると、唇を震わせてぼくを見つめた。これだけ大声で話しているのに、誰も気にする素振りはない。きっと彼女が亜空間バリヤでも張っているのだろう。

ぼくは、よくわかる、と答えた。宇宙人だ、というだけで嫌われるなんて、ひどい話だ。そんな理不尽なことを、ぼくはこれまでしたつもりはないし、今後するつもりもない。だから、もし君の友達が現れても、ああ、話は聞いてるよ、とか言って食事に誘ったり、連れだって競馬に出かけたりするつもりだ。ぼくは宇宙人じゃないけれど、君たちの気持ちはよくわかる。できるだけなかよくやっていきたいと思ってるよ。

彼女は浅く笑って、ありがとうと言った。「もうすぐ友達が来るんです。Ｉさんのことも話してあるの」

その人も、宇宙人なんだろうか。

「そう、彼女はベガの人。三十万年ほど前に地球にやってきて、おととしの暮れに目覚めたそうです。すごく気のいい人よ。アップルパイを焼くのが、とても上手なの」

現れたベガ星人は体格のいい女性で、地球人なら「でぶ」の一言で片づけてしまえるのだが、地球の基準を宇宙人に当てはめるのは失礼なことだ。ぼくはにこやかに挨拶《あいさつ》した。こんにちは。アップルパイが上手なんですってね。

「はい」風邪をひいているのか、周波数の合っていないＡＭラジオのような声だった。

「毎日、作ってるんです。お菓子、大好き」

ベガにはお菓子はありませんでしたか。

Tシャツ屋
HAPPY
ONE
生写真
Kanebo

とんかつ
アクセサリー
文具
家庭用雑貨
adidas

「いいえ、アップルパイだってありますよ」彼女は胸に下げた石っころを撫《な》でながら言った。「地球のお菓子は全部、宇宙人が教えたんです。知りませんでした？

知りませんでした。

「Iさん、今から私たち、本部に行くんだけど、一緒に来ませんか」ビロード魔女が言った。

本部って、なんだろう。宇宙人司令部みたいなものだろうか。

「そんなおおげさなものじゃありませんよ」彼女はすすきのように揺れて笑った。「私たち宇宙人のサークルみたいなものでね、バンデラ会っていうんです。竹下《たけした》通りの裏にあって。原宿ってね、宇宙人多いんですよ。ストーンショップやおもちゃ屋さんに置いてある品物はね、全部通信装置でね、お互い連絡取り合ってるんです」

「サーシャ」ベガ星人が彼女に言った。ぼくの知っている彼女の名前は、たしか『熊田《くまだ》市子』といったはずだ。「大丈夫、そこまでお話しして」

「大丈夫、大丈夫。Iさんみたいな人には全部知っておいてもらう方がいいのよ」

本当に、光栄な話だ。涙が出そうだ。

あいにく、たまたま、ほんとうに間の悪いことに、ぼくは十分後に友人と約束があった。なので、まことに残念ながら、バンデラ会の訪問は、また別の機会に、ということになった。

喫茶店を出て、三人で明治通りを歩く。誰もぼくがふたりの宇宙人に挟まれているなんて思わないだろう。けれど、きっと宇宙人同士は、お互いを見分けられるんだろう。ということは、この瞬間、ぼくは原宿中の宇宙人に認められた、ということになるはずだ。

突然だった。横道から出てきたライトバンは、バックにしてはスピードを出し過ぎていた。

肩をぶつけられ、『サーシャ』はその場に倒れた。

「ごめんなさあい！」運転手はあわてて降りた。「アクセルふかし過ぎちゃって。大丈夫ですか」

手を貸そうとする運転手の前にベガ星人が立ちふさがった。

『サーシャ』は、これまた機械仕掛のようにストンと立ち上がり、運転手に指を突きつけ叫んだ。「わかってんのよ。あんたたちの目論見《もくろみ》なんて、全部お見通しなんだからっ！」

運転手は、その場に凍りついた。きっと「目論見」が「お見通し」だったことが、よほどショックだったんだろう。『サーシャ』、ベガ星人、運転手は微動だにせず、半径三メートルの別世界に浸りきっていた。その場所だけ、真っ黒な時間が流れているように見えた。

ぼくは、そっと後ずさりして、明治通りの人波に合流した。
宇宙人たちを振り返って見る者は、誰もいなかった。

お墓アンダーグラウンド　上野・谷中

墓地の空気は、画廊のそれに似ている。

訪れる全員がうつむき、声をひそめ、目の焦点もどこに定まっているか傍目《はため》にはわからない。とにかく一連の儀式を早く済ませたがっているようで、しかしあまりに手早いのはこれもしきたりに反しているような気がしている。早送りで録《と》ったビデオをわざわざスローモーションで再生しているような、そんな動作を余儀なくされる。

墓参りの家族から手元に視線を落とし、ぼくはついさっき開けたビールを口に運んだ。真夏日、屋外で飲むビールには涙腺《るいせん》が緩む。炭酸の刺激が全身に染《し》み渡るのを感じ、ぼくは目を閉じて『吉田千太郎』氏の小さな墓石に頭をもたせかけた。

夏になるとぼくは谷中《やなか》墓地にやってくる。

冷房が大嫌いなぼくは、プールで泳ぐ気分になれないとき、墓地まで自転車を飛ばし、これと決めた墓石にビールを一本供え、東京ではなかなか見られない真っ黒な土に腰を下ろして、クラクラになるまで酔っ払うのだった。

蟬《せみ》の声が雨のように気持ちいい。

『吉田千太郎』氏とはどんな人物だったのだろう。誰の墓石を背もたれにするにせよ、こういうことを想像するのが墓地で飲む醍醐味《だいごみ》である。明治十二年生れ、昭和二十年没。享年《きょうねん》六十六歳。千太郎、という名前は、かなり豪華だ。ただの太郎、次郎のレベルじゃない。千代に八千代に、なんて言うことからも『千』という字はなかなかたいそうな意味があるのだ。『吉田』は『良し田』であるから地主、そうか、地主のボンボンか。しかもかなり期待されて生まれた長男、親父《おやじ》が「刻苦勉励《こっくべんれい》して、末長く田畑を守るのだぞっ」と願いを込めた長男だったのであろう。

それが、身を持ち崩した。

そうでなけりゃ先祖代々の墓に入っているはずだ。

大正デモクラシーで出てきた「モガ」に入れ揚げてしまったのだ。自転車くらいならよかったが、洋モノのアクセサリーなんかをねだられて、ホイホイ買って、あとで請求書を見て、数字が読めなくて、家の勘定係に見せて親父に勘当をくらったのだ。

いつだっているのだ、こういう奴《やつ》は。

あとは「モガ」にふられ、ろくに職につくこともなく、母親にそっと渡される生活費で食いつなぐうちに世間は昭和で機能的に動き始め、無駄飯食らう野郎にはいたたまれないご時世、戦争に行ってなにがしか時代に名前を残そうとしたものの徴兵検査にはねられ、近所をぶらぶらしているうちに肺病、病院に入る金もなく、飯屋で知り合った父に似た兄貴分の家で、誰それの家が空襲で燃えたなんて噂《うわさ》を耳にしながら、でも俺にはこのあたりに住んでる身内も、友達もいないんだよな、ああ、すまねえ兄貴、なんてゴホゴホ咳《せ》き込みながら、死んでいったんだろう。

そうか、千太郎。苦労したなあ。まあ、飲めよ、ハイネケン。

じゃばじゃば。

千太郎の墓にビールを浴びせると、ぼくは蟬のカーテンを切り裂きつつ墓地を後にした。

谷中は、下町がそのまま残っている場所だとよく言われる。

夕暮れ前のこの時刻は、打ち水が西陽を照り返し、通りは黄金色の靄《もや》をまとう。狭い道幅、行き止まりや突然現れる石段などが、自動車の進入を拒んでいる。そのせいで、目の届かない場所の音がよく聞こえる。例えば裏路地で繰り広げられる鬼ごっこ。夕げの支度《したく》。赤ん坊をあやす声。

まるで演出家が付いてるみたいだ。

横浜にラーメン博物館というのがある。昭和四十年代初期の日本を再現した巨大ジオラマが売りなのだが、谷中界隈《かいわい》はどこかそれに似ている。

こういうところのお母さんは電子レンジを使ってはいけないのだ。子供はランニング姿でメンコなのだ。お父さんは近所の幼なじみと縁台で「どうだい一局」なのだ。旧《ふる》き良き日本、か。それって貧乏臭いことじゃないのか。

外国人の中年カップルと擦れ違う。「私たちはまさにこの風景に浸りにきたのだ」と満足そうな笑みを浮かべている。

谷中で見かける外国人は、圧倒的にアングロサクソンが多い。貧乏臭い日本の風景を見て、「ざまあみやがれ、経済大国なんて言ってるが、まだまだうちが勝ってるぜ」と無意識下で拳《こぶし》を握りしめているのだ。

夕方とはいえ、まだまだ陽射《ひざ》しは強く、墓地で飲んだビールはすべて汗と流れていく。この街では自動販売機の数も規制されているようだ。ぼくは脇道《わきみち》に入った。ポケットの小銭をじゃらじゃらいわせながら、どんどん狭くなる迷路のような路地をいいかげんに突き進んだ。

いくつか角を曲がったところで、思わずつんのめった。路地の真ん中に六歳くらいの女の子が立っていたのだ。真っ黒な髪を肩口でばっさり切り落とし、乾いたアイスクリームで口元をてらてら光らせている。青いタオル地のブラウスに真っ赤なスカート。手には「うさちゃん」のぬいぐるみ。まさに絵に描いた「谷中子供」だった。

「ちょっとごめんね」

脇を通り過ぎようとすると、彼女が意外なほど強い口調で言った。「だめ！　そっち通っちゃだめ」

「えっ」声に押し返されるように、ぼくは彼女の正面に戻っていた。「どうしてだめなんだい」

「おとうちゃんが、だめって。よその人は誰も通しちゃだめだって」彼女は両手を広げた。道幅は、それで完全にふさがれてしまうほど狭かった。

ぼくは路地の奥に目をやった。五十メートルほど先で路地はとぎれ、ここからではよく見えないが、急に道が開けるらしく、それまでの路地にはないほの白い明りがぼんやりと空気を染めている。飲み屋街かもしれない。そうでなくても大通りだ。知らないうちに言問《こととい》通りの近くまで歩いてきたのかもしれない。ビールの自動販売機か酒屋ぐらいはあるだろう。

「大丈夫。おにいちゃんはね、江戸っ子やから。地元やから。よその人やないねんで」

彼女は混乱して、「うさちゃん」を胸に抱きしめた。それで開いた隙間《すきま》をつき、ぼくは彼女の向こう側へ身をひねらせた。

彼女は状況に気がつき、「おとうちゃんにしかられるぅー！」と叫んで、路地の反対側に走り去っていった。煙草《たばこ》を尻《しり》にくっつけられたリスみたいだった。

風が吹いた。蟬の声が運ばれてきた。ぼくは耳をすませた。ウァンウァンウァンウァン。違う。蟬の鳴き声だけじゃない。ウァンウァンの隙間に妙な音が混ざっている。巨大なモーターが震えているような、地鳴りのような機械音。

それは路地のつきあたりから聞こえてくるのだった。

路地のつきあたりをくるむほの白い空気に向かって、ぼくは、一歩、二歩と歩き出した。機械音はどんどん高まっていった。

「評判いいよ、お宅の音響」

男の声がした。ぼくは立ち止まった。

「特注で作ったPA入れましたからね」別の男の声だ。「奥行きが違うんです。その気になりゃあ、百人単位の『葬式』や『宴会』だってばっちりです」

「お宅は通りに面してるからねえ、予算が違うんだよな」煙草に火をつける音。「うちなんて路地裏なもんだから、プログラム自体五年前からバージョンアップできないんだ。まあ上で仕事できるぶんだけ、隣の山内さんに比べりゃましだけどね」

「そういえばあの人、三日間も『墓参り』のアトラクション、手配し忘れたんですってね」

「降格だよ、降格。むこう一年は上には上がれないんじゃないの。地下の食糧管理官がいいとこだろう」

いったいなんの話だ。ぼくは黒塀からそっと頭を出した。

そこは袋小路で、日本家屋が四軒、四十坪ほどの敷地を取り巻いていた。ただ、それは表通りから見える普通の日本家屋とは違っていた。屋根の部分はたしかに瓦《かわら》ぶきだ。しかし柱は銀色の鉄柱で、壁に当たる部分はすべて巨大なガラスで覆《おお》われていた。おかげで家屋内の様子がよく見えた。障子や畳などどこにもなかった。コンクリート打ちっぱなしの広大なフロアに、テレビで見覚えのあるスーパーコンピュータが三台。技師らしい服装をした四人の男が机に向かい、モニターを見つめ、ときどき手元のキーボードを叩《たた》いていた。

「地下といえば、出産規制はそろそろ解けるんですか」

「いやあ、どうだろう。『館長』が代わるまでは無理じゃないか」

ふたりの男は敷地の右奥にしつらえたテラスに座り、メロンを食べていた。

ふたりとも見るからに高価そうなスーツ姿で、四十代半ばだろうか、「できる奴」という雰囲気をジュン菜のゼリー部分みたいに身にまとっていた。

片方の男の胸から着信音が鳴った。男は携帯電話を取り出した。しばらく話すうちに、男の表情、口調とも底なし沼にはまったように沈んでいった。

「どうしたんですか」男が携帯電話を切ると、もう片方が聞いた。

「どうもうちらの区画に『外』の人間が入り込んでいるらしい」たぶん、ぼくのことだ。

「大至急中央管制室に戻らなくちゃならん。どうせ酔っ払いが道に迷ったんだろうが、去年みたいなことになっちゃかなわんからなあ」

「あの雑誌屋はどうなったんですか」

「地下のファームで洗脳済みだよ。とりあえず私は下へ降りるから、モニターでの監視は怠りなくやっといてくれ」

男は敷地の中央にある井戸の蓋《ふた》に立ち、携帯電話のボタンを幾度か押した。まるでエレベーターのようにするすると蓋が下がり、男の全身は三秒ほどでかき消えた。

残された男は、見た目には重そうな井戸の蓋をテラスの隅から軽々と片手で運ぶと、井戸の上に載せた。そしてスーパーコンピュータのある部屋に入っていった。

彼らの話はよくわからなかったが、洗脳されるのは御免だ。地下農場で一生メロン作りなんて天下御免だ。

ぼくはもと来た路地を走った。さっきどこを曲がったかなんて覚えてはいない。しかも路地はどこも同じように見えて、いくら走っても進んだ感じがしない。

どの路地でも、テレビの音に混じって家族が笑い合う声が聞こえる。なるほど、たしかに素晴らしい音響装置だ。テクノロジーに支えられた旧き良き日本、というわけだ。

数えきれないほど角を曲がる。その度に、次こそ表通りだ、という期待は裏切られる。路地は迷路だ、とどこかで読んだ。これは比喩《ひゆ》じゃない。迷路として造ったに違いない。誰が？　そんなこと、知るものか。

ぼくは、立ち止まった。モニターで監視している奴がいるならば、走っているぼくを要注意人物として捕まえようとするだろう。しかし、ただの酔っ払いでふらふら歩いているだけならば、彼らは事を荒立てようとはせず、ぼくが出ていくに任せるのではないか。

ゆっくりと歩き出す。ときどき軽くつまずいてみせる、なんていう小技も忘れずに。あせらず、太陽の沈みかけた方角がいつも正面に見えるよう注意して。

だんだん道幅が広がってきた。ぼくは落ち着いて見える足取りを保ちながら、頼りなく歩を進めた。

角を曲がったところに、彼女が立っていた。

「おにいちゃん、おとうちゃんに怒られたでしょ」心配そうに彼女は言った。「さちが言ってること、聞かないんだもん」

「ごめんごめん。でもさっちゃんのおとうさんとは会わなかったよ」

「ほんとう?」彼女は意外そうな、しかしどことなく安心した表情になった。

「ほんとほんと。さっちゃん、ずっとひとりで遊んでるの?」

「ううん。いっつもは友達とスーファミやったりするんだけど、今日はさち、上に出ていい日だから、ひとりでいるの」

「さっちゃんのおうちって?」

「地面の下。みんな『したまち』って言ってるけど。さちは早く『うえ』に住みたいなって思ってるの。でもおとうちゃんたちは、だめだって」彼女は怖い「おとうちゃん」の顔真似《かおまね》をして、眉《まゆ》をしかめた。

「なんでなの」

「うーん、よくわかんないんだけどね、『シカク』がないと『うえ』じゃお仕事できないんだって。『プログラム』とか『ガクゲイイン』とかの」

「ふーん。じゃあ早くさっちゃんも『シカク』取れるといいね」

「そうなの、そうなの！　ねーっ、うさち！」彼女はうさちゃん人形を抱きしめたままくるくる回った。

「さっちゃん、おにいちゃん、ちょっと聞きたいんだけど」

「うん」彼女はダンスをやめて、ぼくの顔を見つめた。「なあに」

「おにいちゃん、ちょっと迷子になっちゃってね。大きい道に出たいんだけど、どう行ったらいいのかなあ」

彼女はあごに手をやって少し考え込んだ。ドラマかなにかで覚えた「考えるポーズ」なのだろう。けれどそれはとても彼女によく似合って、愛らしかった。

「大きい道って、石の『めんじょう』がたくさん立ってるとこかなあ」

「『免状』？」

「うん。すごくよく働いた人がもらえる免状。すごいんだよ、さちのおじいちゃんももらったけど、『うえ』と『したまち』と、勝手に行ったり来たりできるの」よくわからないが、彼女しか頼れるすべはない。「うん、そこだと思う。そこに連れてってくれる？」

彼女は右手にうさち、左手にぼくの手を握り、路地を駆け出した。自信のこもった足取りだ。さっきとは逆に、道幅は徐々に狭くなっていく。しかし不安は感じなかった。塀の向こう側から漂う湯煙や、洗い場に湯が流される音も、さっきまでとは違い、好ましい現実の世界とぼくをつないでくれているように思った。家族の笑い声を聞いても、まるでそこに本当の家族がいるような気さえした。

彼女は急に立ち止まった。そこは行き止まりだった。

「さっちゃん、ここは？」

「これっ」黒塀の下に大きく開いた穴を指差して彼女は笑った。「ここからね、免状が見えるよ。すっごくたくさん」

ぼくはしゃがみ込んで、塀の外を見た。

谷中墓地だった。蟬《せみ》の声はもうやみ、夕暮れの風がけやきの葉を揺らしていた。ぎこちない墓参りの客もいなくなっていた。

石に刻まれた免状。『吉田千太郎』はいったいどんな資格を手にし、どんな功績を上げたのだろう。ぼくは、地下に降りていったあのメロンの紳士が『吉田千太郎』だったような気がした。

「ありがとう、さっちゃん」ぼくは振り返って、彼女に言った。

「おにいちゃん、『外』の人なの？」

「そう、そうだと思うよ」

「おとうちゃん、『外』の人はおっかないから話しちゃだめだって、ずっとね、さちに言ってたの。でも、おにいちゃん、ぜんぜんおっかなくなかったよ」彼女はにっこり笑った。「この街はね、『ハクブツカン』なんだって。さち、あんまりよくわかんないけど、『外』のお客さんに、ふるいふるいくらしを見せるんだって。『外』の人にばれちゃだめなんだって。だからね、『外』の人とお話なんてできないの。さちもお話ししたことなかったの。さちね、おにいちゃんと遊べて、とっても楽しかったよ」

「また来るよ」ぼくは嘘《うそ》をつくのがとてもへただ。彼女がにっこり笑ったのは、ぼくの言葉にほんの少しの本気を読み取ったからかもしれない。ぼくは繰り返した。「きっとまた来るから」

「じゃあ、ここでね。さち、塀の向こうには行けないから」

ぼくは黒塀の穴に下半身から潜り込んだ。首まで穴を通ったところで、ぼくは仰向《あおむ》けにさっちゃんの顔を見上げた。さっちゃんはうさちの手を持って、ぼくに向けて振った。

「ばいばい」

「ばいばい」

ぼくは黒塀の穴を通り抜け、谷中墓地に立った。塀の向こうから、路地をぱたぱた駆けていく音が聞こえた。

不規則に並んだ石の免状は夕焼けの薄い明りを吸い込み、うっすらと光って見えた。西の空にカラスが飛んでいた。あれは、間違いなく本物だろう。紙やすりのような舌で頬《ほお》の内側を削りながら、ビールの自動販売機を求めて、ぼくは暗くなってきた墓地を歩き出した。

魚のおろし方を学ぶ速度で

新宿西口新都心

あのころ彼女は浪人生で、ぼくは家庭教師だった。いや、家庭教師というのは正確じゃない。ぼくたちは毎週水曜日、ぼくの勤めていた会社のロビーで会った。そして来客用のカフェテリアで英語の参考書を開いた。

いくら宿題を出しても、彼女はほとんどやってこなかった。やる気がなかったわけではない。片道三十分の道程を、彼女は休まずやってきた。週に一度の授業を楽しみにしていた、とさえ言えるかもしれない。ただ、彼女には、問題を出されそれを解くという手続きが理解できなかったのだ。

「答えのページ見て、もういっぺん問題見てもさ、なんのことかよくわかんないんだよね」彼女はアイスミルクティーを啜《すす》りながら言った。「蛍光ペンでチェックしたりするのは好きなんだけど、『答えよ』なんて命令されると、ねえ。きついじゃん」

こんな女の子がどうして大学へ行こうなんてことを思いついたのか、ぼくには見当もつかなかった。ぼくは無報酬でいくことにした。彼女に異存はなかった。ぼくたちは毎週一度、カフェテリアで会い、ビールやコーヒーを飲みながら雑談をした。キャッチセールスの男が女子高生をたぶらかしているように見えなくもなかった。

雑談の甲斐《かい》あって（ないない）、彼女はある新設大学に合格した。しかしそのころぼくは無茶苦茶に忙しくて、電話で報告してきた彼女をいいかげんにあしらってしまった。ぼくはときどき自分でも信じられないことをする。そのときの彼女にしても信じられなかっただろう。多くのティーンエイジャーがそうであるように、彼女も「いいかげんにあしらわれる」ことがなにより嫌いな女の子だった。彼女はその後いっさいぼくに連絡を取らなくなった。そして（信じられないことに！）ぼくもそれをまったく気にしなかった。

ある日、彼女の噂《うわさ》を耳にした。銀座で毛皮のコートを着て、中年の男の腕にだらりとぶら下がっていた、というのだ。彼女であるはずがない、とぼくは笑った。だいたい、ぼくと腕を組んで歩いたことすらないのだ。

しかしその夜、銀座のバーで、太ったはにわのようなおやじが、風邪をひいた孔雀《くじゃく》みたいな女の子の尻《しり》のくぼみに芋虫大の指を走らせているのを見て、ぼくは思った。彼女がこういうことになっていようがいまいが、ぼくの声を聞けば彼女はきっと喜ぶに違いない、と。たぶん、酔っていたんだろう。とにかくぼくはそのバーから彼女に電話をかけることにした。彼女は浪人のころからひとり暮らしをしていた。かなり遅い時間だが、きっと大丈夫だ。ぼくは黒電話のダイヤルを回した。

現在、使われておりません、という言葉が延々と繰り返される受話器を戻し、ぼくはなんか、その夜、無茶苦茶に飲んだ。

二年ほど経《た》って、彼女から電話があったとき、ぼくはカレーを作っている真っ最中だった。粉の調合を間違えて、失敗作になるのが二時間前からわかっている、という虚《むな》しいカレーだった。ぼくは徒労カレーのことなんか忘れて、彼女の話に聞き入った。

大学に女性が少ないこと。入学当初は月夜のウサギみたいに遊び回っていたこと。そのうち大学に行くのがアホらしくなり、欠席を重ねるうち留年してしまったこと。おまけに次の年も留年してしまったこと（こういう徹底したところは彼女の美点のひとつだ）。最近、このままじゃダメだ、と再起を決意したこと。そしてその手初めにぼくに電話したこと。

「ほんと言うとね、今までも何度か電話したんだよ」彼女は言った。「でも、いつも留守でさ。あたし、留守電、嫌いじゃん。だからすぐ切ってたの。でも、なんでこんな時間に家にいるの？」

こんな時間といっても、夜の七時くらいだった。ぼくは会社を辞め、家でぶらぶらしていることを教えた。

彼女はけらけら笑った。「やっぱりね。いつまで続くかと思ってたけど。でも、昔と全然変わんないよ、話し方も、言葉の選び方も。すごく安心した。よかった」

彼女はぼくが出した本のことも知っていた。

泣かせる奴《やつ》やないかい。ええ女やないかい。

ぼくは彼女が合格を知らせてくれたときの態度を謝った。

「え、それ、なんのこと？」と彼女は答えた。

彼女はそれからも何度か電話をかけてきた。声のトーンで、落ち込んでいるのがわかった。しかし彼女は決してなにがあったか話さなかった。ぼくも意味のない話をした。家に帰るとイラン人がビデオを見ていたとか、電気を止められて三日間ロウソクで暮らしたとか。ぼくにはこういうことしかできなかった。けれどこういうことに関しては、ぼくはかなり上手なのだ。

彼女もぼくも、なぜかすぐに会おうとは言い出さなかった。なんとなく、照れ臭かったのだと思う。しかし、お互いあまりにも暇な一週間を目前に、そろそろ時機も整ったことだし、と待ち合わせの約束をした。

新宿駅の改札口から現れた彼女を見て、ぼくは驚いた。鳥肌が立って髪が羽ばたきした。ヘアスタイル、表情、背格好など、三年半前とほとんど変わっていなかったからだ。十代後半から二十を過ぎるまでの間に、ぼくの知っている多くの女の子は、やもりがF1マシンになるみたいに、あるいはインコがやかんになるみたいに、その姿を変えた。

しかし彼女はほんとにあのカフェテリアから直接ここへやってきたみたいだった。

「ひっさしぶりぃ！」彼女の声でぼくは我に返った。ぼくたちは両手を打ち合わせ、傘を振り回しながら駅の外へ出た。小雨が降っていたが、寒くはなかった。

ぼくと彼女は西口の立ち飲み屋台に入り、乾杯した。冷え過ぎたビールの入ったプラスチックのコップが、ぱこ、と間抜けな音をたてた。

ぼくたちはいろんな話をした。電話であれほど話したのに、こんなに話すことがあるなんて不思議だった。話の量だけ、やはりぼくたちも変わったのかもなあ、と思った。注意して見ると、彼女はピアスをイヤリングに変えていた。しかし耳の形が変わらないように、話の内容が変わっても、話すリズム、笑いのつぼなど、ぼくたちは三年半前となんら変わっていないような気もした。

「だから、それはあたしも電話で言ってたでしょ」彼女は言った。

「実際会《お》うて話して、それで初めて具体的にわかるんやんけ」ぼくは言った。「電話はなんか抽象的で、好かんのや。電話やったら糸電話に限るな」

そういうわけのわからないところも変わってない、と彼女は笑った。ぼくはとにかく嬉《うれ》しくなって、氾濫《はんらん》した河にかかった水車のような勢いでビールを飲んだ。

夕方四時、開店直後というのに、店の中はコートやジャンパーを着たおやじでいっぱいだった。常連客が多く、店のあちこちで挨拶《あいさつ》が交わされる。立ち飲み屋のルールというか、楽しむこつといったものをみんな心得ているようで、隅の方からひとテーブルに六人ずつ、順番に詰めていく。彼女も「こういうところ初めて」とか言いながら、そういった心得をすぐさまのみ込んで、煮込みやモロキューを頬張《ほおば》っている。こういう店では、きっとぼくや彼女が生まれる前から、今と同じルールで、みんな酒を飲んでいたんだろう。

おっさんらが笑ってコップを傾ける。会社では会社員、家庭では家庭人という服をカブトガニみたいに生真面目《きまじめ》に着続けてきた彼らが、こういう店ではただのおっさんの顔をしてにこにこ笑う。ただのおっさん同士だから、初対面でも大丈夫だ。隣り合った者、お互いに赤ら顔で「まあ一杯」なんてやっている。猿の楽園を見ているようだ。そこでは自作の猿酒の杯を、見知らぬ猿同士、延々交換し合うのだ。おっさんたちは人間で、猿ではない。もちろんここは楽園でもない。しかし時間空間、本能限定付きの「楽園もどき」ぐらいには見える。

そう言うと、彼女は頬杖《ほおづえ》をついたままつぶやいた。「あたし、一晩だけ猿になってみたい」

ぼくたちは、猿になるなら世界中のどの猿がいいか、しばらく討論した末、店を出た。ぼくはオランウータン、彼女はクモザルを主張して一歩も譲らなかった。

西口を高層ビル街の方へ歩いた。雨は上がり、ネオンの照り返しで雲が薄赤く染まっていた。地球が侵略される前触れのような夜空だ。ぼくは先日、宇宙人に会った話をした。彼女は本気で悔しがって、今から宇宙人に会いにいこう、と言った。ぼくは断った。酔っ払った勢いで宇宙人に会うのは、彼らに悪いような気がしたからだ。

「会うときは、自然にやってくるって」ぼくは言った。「宇宙人って、そういうもんや」

気がつくとビル群の手前まで来ていた。真下から眺めるビルたちは、空の色のせいもあって、隕石《いんせき》の到来を威厳をもって迎えようとするブロントサウルスの群れに見えた。

ぼくは中学校の先輩を思い出した。彼は学校帰りのパン屋でミリンダ・グレープを飲みながら言った。「あんな、『太陽にほえろ』の歌の初めに出てくるビルあるやんけ」

「うん」後輩のぼくは答えた。

「あれな、七曲署《ななまがりしょ》ちゃうねんぞ」

「ええっ？」

「あれ、『太陽にほえろ』の基地ちゃうねん。ただのビルやねん。うちのおばちゃん、あっこで働いてるって言うてた。なんか、ごっつい地味な、ホケンの仕事」

ぼくたちは「だまされた」とか言い合って、カレーパンを食べた。苦いカレーパンだった。あの日以来、『太陽にほえろ』をあまり見なくなってしまった。

「あたしの小さいころ、ここって何本かビルは建ってたけど、ほとんど草っ原だったの」彼女は言った。「まさかこんなになるなんてね。猿はここじゃ、生きられないよね」

「でも、なんかおれ、ここって好きやな」とぼくが言う。「笑ってしまうんや、このビル見てたら。うんこって、普通やと、まあ、普通やろ。でも、無茶苦茶でっかいうんこって、すごいやんけ、意味なくって。そういうのがどんどん増殖していってるわけやろ。うーん、うまく言えへんな」

「なんとなくわかる」彼女が言う。「あたしも、ここが空き地だったとき、すっごくおかしかったの。近所にあるみたいなただの空き地じゃないしさ。子供だったからさ、大平原に見えるわけ。ビルに囲まれた大平原って、すごくって、ほんとばかばかしくって」

きんきらきんに光った都庁の前に出る。すごい。まったく、すごいなあ。電池を抜かれた合体ロボットみたいだ。どうしてこういうものを建てようなんて思いつくんだろう。

「この辺がただの住宅地や駅前デパートみたくならなくって、ほんとによかったよね」彼女が言う。「やっぱりさ、この場所って、空き地のころから変わってないのよ。上になにが建っても、意味のない、ばかばかしい感じにしかならないんだと思うな」

都庁から出てくる職員たちは、げらげら笑うぼくたちから視線をそらして、次々と立ち去っていく。こういう場所に毎日来ていると、この冗談そのものの建物を、ただの勤め先にしか思えなくなってくるのかもしれない。慣れはときどき、大きなものを見えなくさせる。そして笑いを奪う。

まあ、都庁に勤める職員全員がげらげら笑いながら西口通路を歩く姿も、あまり見たいものじゃないけど。そういうわけで、人間のなりわいには、慣れがある程度必要だという気もする。

ぼくたちは、西口から東口まで歩き、地下の居酒屋に入った。

「あたし、二年留年してるでしょ」彼女は背筋を伸ばして冷や酒を飲んだ。頰が大根の桜漬けみたいだった。「入学したときの仲間がね、卒業していくわけね。最近、やっとわかった。こいつらに会えてよかった、この学校に入ってほんとよかったと思うんだ」

「レントゲン写真みたいなもんかな」ぼくは答えた。「最初はいくら見ても、ただの模様にしか見えない。なんの意味もそこから読み取ることはできない。けど、毎日まいにち、とにかくいやでも睨《にら》んでると、ある瞬間、世界に穴が開いたみたいに全部『見える』んやって」

「そういうのとはちょっと違うと思う」彼女は言った。「だんだんわかってくることってあると思うんだ。魚のおろし方とか」

「魚なんか、おろせるようになったんか」ぼくは驚いた。

「当たり前じゃん。何年ひとり暮らししてると思ってんのよ」彼女はこちらが心配になるほど勢いよくグラスを空けた。「おすしだって、テリーヌだって作れるんだから」

ぼくは深く感心した。彼女のことだから、毎日魚を買ってきて、失敗を積み重ねながら徹底的におろし方をマスターしたのだろう。台所に山積みされた魚の骨や、そのせいであちこち穴の開いた巨大な生ゴミ袋を想像して、ぼくは笑った。「お前、やっぱり変わらんなあ」

「そうかなあ」彼女も笑った。

その後、ゴールデン街に向かった。彼女は初めてだった。ゴールデン街はそれだけで一軒の店で、飲み屋は細かく区分けされた部屋みたいなものだ。狭い路地は廊下だ。人が頭に思い描く通りの姿で、流しのミュージシャンが歩いている。店の外で寝転ぶ人はあまり見かけない。寒いからだろう。さすがに陽が暮れると猫も丸くなる寒さだ。

「昔ながらの飲み屋街なのね」教習所の道路標識みたいに並ぶ店の看板を眺めて、彼女が言った。

「そういうのを売り物にしてないから、ええよな」ぼくは答えた。「自分で『情緒』とか『歴史』とか言い始める奴らって、結局、昔に頼らな生活できへんから、手ぇ抜いてるだけやもんな」

ぼくたちは、急な階段を上り、初めての店のドアを開ける。満員に見える。

「おふたりさん？　ちょっと待って。ねえ！　そこ詰めてよ！」

たちまちふたり分の席が空く。いったいどうやって空間を稼ぎ出すのか知らないが、ゴールデン街の店はいつもこういう魔法を使う。そういえば魔法使いみたいな風貌《ふうぼう》の人が多い。よけいなお世話か。

彼女はとても嬉しそうに席に着く。初物好きなところも変わっていない。

ぼくたちはジンやウオッカを飲みながら、新しい可能性として、虫になれるとしたらなにがいいかを話し合う。これは、フンコロガシということで一致した。それも、巨大な。

「ええっと」フンコロガシになったぼくと彼女はまわりを見回し、フンが小さ過ぎるのでかなり戸惑う。「どうしよう」

そこで新宿西口に向かい、ビルを一本横に倒すと、二匹並んで後ろ足で転がし始める。最初はそろりそろり、だんだん速く。ビル群はぽきぽき折れ、地面に転がったそばからぼくたちに転がされる。一時間ほど経つと、そこには大平原が広がっている。ぼくたちは「しゃあないなあ。フン、なくなってもうた」とうなずき合い、夕陽に向かってぶうんと飛び立つのだ。

あ、フンコロガシは飛ばんか。

気がつくと十二時前になっていた。ぼくたちは店を出て、新宿駅に急いだ。プラットフォームまで送っていこうと、階段を上っているとき、彼女が振り向いて言った。

「ね、こんどカレシに会ってね」

「ええ?」

「なんか会わせたいんだ、見てやってって感じ」

そうかそうか。

ぼくは不覚にもしみじみしてしまった。

魚をおろす手順をひとつひとつ身につけていくように、やはり彼女は変わってきたのだった。彼女の土台は変わらない。けれど西口の空き地にキテレツなビルが建っていったように、いろんな建物を自分の上に建ててきたのだ。ぼくにはさっきまでと違う風景が見えた。彼女の言葉を聞いて、立ち位置が変わったせいだろう。

彼女は、すごく二十三歳だった。いくら彼女だとしても、十九歳ではなかった。

建っているものが、ぜんぜん違う。

彼女が高層ビル街を見るとき、たぶん同じような感慨を味わうんじゃないだろうか。

それにしても、とぼくは思った。やっぱり自分は「レントゲン写真」方式なのだ。そしていつも、後から考えるとばかみたいに見える。

「ねえ、どうしたの」

「いやいや」ぼくは彼女の肩に手を置いて、深くうなずいた。「そいつ、おもろいか」

「うん。おもしろいよ」

「よし、お前が言うんなら間違いないやろ。楽しみにしてるわ」

中央線の最終電車が入ってきた。彼女は「あまり飲み過ぎないでよ」と言って、車内に駆け込み、手を振った。ドアが閉まった。そしてひよどりの鳴き声のような笛の音を合図に、列車はプラットフォームを出ていった。

フォームを見渡して、彼女の言った意味がわかった。ぼくの家の方面に帰る電車は、とうになくなっていた。ぼくは階段を下り、東口の改札を出た。十分前の半分くらいに、人は減っていた。ぼくは靖国《やすくに》通りに立って、ゴールデン街のどの「部屋」に入ろうかなんて考えながら、信号が変わるのを待った。

老将軍のオセロゲーム

神保町

古本屋で声を出している人は少ない。無言で棚を睨《にら》み、ときおり一冊手に取ると奥付を開き、そっと閉じて棚に戻す。

化石を掘り出そうと刷毛《はけ》を振るう考古学者みたいだ、とぼくは思う。

考古学者がいつも地層にへばりついてはいないように、ここに集まった人たちも家に帰れば寝転んでナイターを見たりしてだらだら過ごす。よく見ると、どことなく、「あきらめた」感じの人が多いのだ。そんななまけもの風の人々が、古本屋では、ここぞとばかり神経を集中させ、本棚を眺めている。

カラカラ、と自転車のペダルを逆に回すような音がして、ドアが開いた。

左手にショッピング・バッグをぶら下げ、右手で腹の上に十冊以上も本を抱えた老人が入ってきた。大柄な体からもわかる通り、ずいぶん力が強いのだ。肌の色艶《いろつや》もよく、今朝鏡で見たぼくの顔よりよほど張りがあった。

服の趣味もじゅうぶん若かった。

なにしろ、真っ白な学生服を彼は着ていた。

「なにかを心に決めた人間はその度ごとに若返るんだよ」と昔、祖母が言った。それが本当かどうか、当時のぼくにはわからなかった。けれど本に挟まれた通路をぐんぐんと奥へ進む老人は、まるで部下を失い決死の覚悟を決めた軍人のように見えた。

店中の客が彼を振り返って見ていた。ぼくも彼に注目していた。両手がふさがった状態で、どうやって本を選ぶのかすごく興味があったのだ。

老人はレジの前に立って、向こう側に積まれた本の山を見つめた。この店のもともとの主人は三年前に亡《な》くなり、今はアルバイトの学生が交替でレジを打っている。二代目を継いだ息子は目録による注文販売に専念しており、店にはめったに顔を出さない。アルバイトの学生は明らかに戸惑っていた。手元のノート型パソコンに集中するふりをしてややこしい注文をやり過ごそうという思惑が、店の入り口にいるぼくにもありありと見えた。

老人は学生には目もくれず、レジ横の本棚から順々に歩を進め、結局、一冊の本も手にすることなくそのまま店の外へ出ていった。全員が音を殺して吐《つ》いた溜《た》め息のせいで、一瞬、店の気圧が上がったような気がした。しかしすぐに、客も、アルバイトの学生も、手元の本と自分たちだけの音のない会話を始めた。

ただ、なにかが徹底的に違っていた。

例えばオセロゲームでは、たった一枚のコマがそのゲームにとって決定的な意味を持つ。あくまで六十四の升目のひとつにしか過ぎないのに、その場所に一枚のコマが置かれた瞬間、勝利は確実に片一方のプレイヤーのものとなって、ゲームの存在意義自体が失われてしまう。この場にとって白い老人はそういう存在だった。少なくともぼくにはそう思えた。客も本も、もうすぐぱたぱたと白にひっくり返ってしまうのだ。

ぼくは自転車のチェーンを逆に回して、外に出た。

神保町《じんぼうちよう》ほど「内と外」のコントラストが鮮やかな場所はない。他人がいて、会話があって、太陽が照って風が吹く。そういう「外」を、「内」、つまり店の中ではまったく意識することがない。洋書専門店の二階にいたりすると、外で世界が終わってしまっていてもきっと気づかないだろう。核シェルターが欲しい人は古本屋で働くことだ。

本は違った世界への扉を開く、と小学校で国語の教師が口酸《くちず》っぱく言っていた。たしかにその通りだ、とぼくは思った。そのかわり、表紙をめくると背後でもうひとつの扉が閉まる。本は「外」の世界を一時的にしろ滅ぼしてしまう。

古本は、それぞれ一冊がいろんな世界を滅ぼしてきた。兵器としての年季が、そこらの新刊本とは違うのだ。もはや「なにかのため」に書かれる実用書などは、兵器として用をなさない。それは「外」の存続に奉仕するものだからだ。もちろん、「外」の世界を滅ぼすに足る力をもった新刊本だってたくさんある。しかし新刊書店は「なにかのため」の本にあらかた占拠されてしまって、兵器としての本は隅に追いやられている。そういう意味で、古本屋はその空間そのものが世界を滅ぼす兵器だと言っていいかもしれない。

ぼくはぼけっとカレーを待ちながら、そんなことを考えていた。

そのころ、ぼくは毎日カレーばかり食べていたのだ。通を気取っていたわけではない。ほかの食べ物を選ぶのが面倒だっただけだ。とにかく、そこら中にカレー屋はあった。神保町の交差点から駿河台《するがだい》下にかけては、とくにおいしいカレー屋が集中していた。

「どの店の味もぜんぜん違うんですね」ぼくはある有名なインド料理屋の主人に言った。

「インドを九十度右に回してごらん」主人は答えた。「ヨーロッパ大陸とほとんど同じ広さなんだ。人口だってそうさ。ドイツ、イタリア、スペインの料理が違うように、デリー、ボンベイ、カルカッタのカレーはまったく違ったものだよ。だから、一年中食べても飽きることはない。『カレー』とは『汁』って意味だっていうけれど、それより日本語でいう『ごはん』に近いと思うな」

主人は、毎日でもうちにおいでよ、と笑って言った。

今はもうぼくは、あまりカレーを食べない。飽きてしまった、と言っていいと思う。しかしそれはぼくのせいで、カレーの責任ではない。もちろんあの主人のせいなんかではない。

とにかくぼくはそのとき、チキンカレーを待っていた。

そこに白い老人が本を抱えて現れたのだった。

本の数はさっきより増えていた。ふたり掛けテーブルの両側にショッピング・バッグと本の束を置くと、老人はその隣に悠々と腰掛けた。座高が高かった。背筋を伸ばしているからかもしれない。時代劇の茶室のシーンを見ているみたいだった。老人はうやうやしくメニューを取った。

「ご注文は」ウェイトレスの女の子は、さっきの店番の学生とは違い、なに、この変な の、という視線を無遠慮に注いだ。

「この野菜カレーというのを」熟考の末、老人は答えた。老人の声は、セロハンを口に貼《は》りつけたみたいに嗄《しわが》れていた。「それから、コーヒーを」

「カレーの辛さはどういたしましょう」女の子は、老人の声とは関係なく、軽やかに体を揺らしながら答えた。

そんなことは考えてもなかった、しまった、と虚をつかれた老人は、しばらく間を置いて「普通の辛さで」と言った。

「中辛でよろしいですね」女の子はもう厨房《ちゅうぼう》の方へと一歩踏み出していた。

「自分は普通と言ったのにこの娘は中辛だと。聞き間違いじゃないかと問いただすべきか、いやこの店では普通を中辛と言うのかもしれない。しかしそういう説明くらいあって当然ではないか」などと老人が考え込んでいるうち、女の子は厨房の奥に向かって「中辛、いっちょう」と叫んでいた。

老人は一瞬、呆然《ぼうぜん》とした表情を浮かべた。メニューがさびしげにテーブルに戻された。ぼくは祖母の言ったことを思い出して心の中で深くうなずいた。彼はひどく年老いて見えた。古本屋で見たときとはまったく異なった、自信なさげな風貌《ふうぼう》にぼくは少し驚いた。陽を浴びたテレビ画面のように、存在基盤そのものから消え去ってしまいそうだった。

ぼくのチキンカレーが運ばれてくる。土臭い香りが漂う。しばらく専念して口元に何度かスプーンを運んだ後、ぼくは頭を上げた。

老人はショッピング・バッグの中から、本を一冊取り出して、ページに蝶《ちょう》がとまっているかのように一心に見つめていた。和装の本だ。背をぴんと伸ばし本を手にした彼はまったく勇ましげだ。さっきの自信のなさは手に取ったのがカレー屋のメニューだったせいだろう。こうなると白い学生服がやはり軍服に見えてくる。海軍将校の制服から勲章やモールをちぎり取ったら、こんな風になるのではないか、と思った。

老人がページをめくる。彼はむくむくと大きくなっていく。店を突き破り、神保町を踏み潰《つぶ》し、大きなげっぷをする。げっぷで空は曇り、世界中に胃腸薬の匂《にお》いがたちこめる。どうなろうが彼の知ったことではない。そして、彼は……。

「野菜カレー、お待たせしましたあ」

「あ、どうも」老人は原寸に戻り、あわてて本を机の下に隠した。さっきよりさらに年を取ったように見える。目の前にスプーンと皿が置かれていくのを、おあずけを命じられた犬みたいにじっと見つめている。白い学生服は、彼が学生時代から着続けたせいで色が抜けきり白くなってしまった、そんな風に見えてしまう。

女の子が奥に下がると、老人は手に持った和装本を見つめ、席を立ち、本をショッピング・バッグに戻そうとした。しかし、ぎごちなく手を伸ばしたせいで、バッグは床に落ち、こうなっては兵器でもなんでもない本たちがばさばさと床に転がり出た。

ぼくは「外」の世界に属する素早い動作で席に駆け寄り、一冊ずつ本を拾い始めた。

「いや、どうも、いや」老人は輪郭をぼやぼやさせながら、言うべき言葉を探した。

「大丈夫ですよ」ぼくも見当違いなことを言っていた。「このカレー屋は、清潔です」

本を全部ショッピング・バッグにしまうと、ぼくはそれを老人の足元に置いた。「こっちの方が安全ですからね」

「すみませんねえ」やはり嗄れた声で、老人は言った。「年を取るとこういうことから恥をかきます。ところであなたも、古書を？」

「コショ？　……ああ、古書。はい、変な翻訳ものばかり、よう買います」

「なるほど。それで、ですか」老人は、ぼくの席に置かれたK書店の包みに、ちらりと目をやった。「どうです、こちらに来られませんか。若い方とお話しする機会も、私、ありませんので」

ぼくに異存はなかった。それどころか、願ってもない展開に興奮すら覚えた。白い学生服を着た老人とカレーを食べるなんて、そんなにあることじゃない。ぼくはチキンカレーの皿とハイネケンの缶を持って、老人の正面に座った。老人は胸を張り、また軍人っぽくなっていた。目まぐるしいじいさんだ。

ぼくは、さっき古本屋で彼を見かけたことを話さないでおこう、と思った。その話をするのはこの場にとって決定的なオセロのひとコマのような気がしたのだ。

「あなたは、その、日本人ですか」突然、彼が言った。

「はあ?」ぼくは、なに言うとんねんこのじじいは、という思いがなるべく声に表れないように答えた。ぼくはよく髪の毛を脱色する。そしてそのときもたしかに金髪だった。しかし顔はどう見間違えようもなく、日本人だ。ゴリラの毛を剃《そ》っても人間に見えないのと同じことだ。

ぼくは、そういうことを説明した。脱色という言葉に馴染《なじ》みがなかったらしく、彼は少し途方に暮れた表情を見せた。しかしすぐに軍人風に戻り、言った。「とにかく、金髪とは驚いたねえ」口調まで変わっている。

「ぼくは別に古本が趣味というわけじゃないんですが」

「古本、とは言わんでほしい」老人は野菜カレーをがつがつ食いながら、完全にペースをつかんでいた。「古本という言葉には、捨てられるのを免れた、という響きがあるからね。私はあくまで古書と呼びたい」

なにが「呼びたい」だか。ウェイトレスに負けてるくせに。

「古書の中でも、和書がお好きなんですね」

「そういうわけでもない」老人はスプーンを止めてぼくを見つめた。そして金歯を剝《む》き出しながらセロハン声でがさがさとつぶやいた。「あなた、自分の運命が書かれた本を読みたいと思わんかね」

「なんですって？」

「人にはそれぞれ、運命の一冊があるんだよ」老人は身を乗り出した。「人生に起ることが書かれている本が一冊だけね」

「おっしゃることが、ぼくにはよくわからないんですが」

「いいかね」老人は椅子《いす》を引き、座り直した。ぼくより二十センチは大きく見えた。「人の運命は、それぞれ一冊の本に相当するんだ。印刷された版じゃなく、物理的に一冊だけ、という意味だがね。最初、字面《じづら》だけを眺めていてもまるで無関係に見える。しかしその本の『本質』をつかんでページをめくれば、書かれてある真実がすべて目に飛び込んでくる。それは、人生の記録なんだよ」

「待ってください」ぼくは言った。「生まれてから死ぬまで、その人のすべてが書かれてあるわけですか」

「そう、すべてがね」老人は話に熱中して、カレーのことなんて、忘れてしまったみたいだ。黄色い表面が粘土細工のように固まっている。「人は自分について書かれた本を乗り越えることはできない。すべてそこに書かれた通りになってしまい、だから人生は自分が思ってもみなかった方に転がってしまうんだよ。しかし『自分の本』を自ら手に入れた瞬間、すべて思い通りになる。いくらでも書き変えることが可能になるわけだからね」

「じゃあ、ご自分について書かれた本を探していらっしゃるわけですね」

「そう」老人は答えた。「まだ自分のは見つからんがね、私の買うのはすべてそういう本だよ。家の書棚には二万人分の運命が積まれているんだ」

ぼくは、黙ってしまった。老人はスプーンをつかむと、ぼくから目を離さずにカレーをゆっくりとかき回した。ぼくは老人が裸電球の光の下、たったひとりでソファに座っている姿を想像した。そして骨張った手でゆっくりと、二万人の人生を撫《な》で回すのだ。

「どうして、そんな秘密をぼくに教えてくれるんです」

「別に秘密でもなんでもない」老人はカレーを弄《もてあそ》びながら答えた。「古書を探しとる連中の大半は、『自分の本』を探しているのさ。世間に耐えられない連中ばかりだよ。ただ、自分の手でなにかを変えようという意思を持っている分、世間に乗っかって生きとる連中よりはましだと思うがね」

ぼくは、誰も『自分の本』を見つけることなんてできないんじゃないか、という言葉をビールとともに飲み込んだ。『誰かの本』を見つけることはできるかもしれない。けれど、きっと『自分の本』は、それを探す人の手から最期《さいご》まで逃げ続けるのだ。あるいは、その本を手に入れたとき、人は「内」も「外」も越えたまったく違った次元へ行ってしまうんじゃないか。ぼくにはそんな気がした。

ぼくたちは揃《そろ》って席を立った。老人は自分が支払うと言って聞かなかった。階段を下りながら、老人はぼくに、なにか探している本はないのか、と聞いた。

「そうですね。クリュニー修道院について書かれた本が、なかなか見つからなくて」ぼくは出まかせを言った。

「ああ、それならS堂の二階の右奥の、そう、向かって左から三つ目の棚の上から二段目、あそこの右から四冊目にあったと思うな」

カレー屋の前で老人と別れた。スポーツ用品店の並ぶ小川町《おがわまち》方面へ歩く彼の後ろ姿は、まるでディズニーランドに迷い込んだ白熊《しろくま》みたいだった。あまりの異様さに、周囲も彼を黙殺し、彼自身もまわりを存在しないものとして歩いているように見えた。

S堂に行ってみると、老人の言った通りの棚に『中世フランスの奇跡――クリュニー修道院、その起源と発展』という本があった。かなり高価な本だったが、ぼくはそれを買うことにした。店の主人は箱から本を取り出し、値札を見るとぼくをじろりと睨《にら》んだ。

「困るんだよ、こういうことされちゃ」

「え、なんのことでしょう」

主人はぼくに値札を見せた。よく見ると、消しゴムでいったん消された価格の上から、新しい金額が書き込まれていた。それは、前のものより三割がた安かった。ぼくにはわかった。あの白い老人がやったことだ。

ぼくは消されていた額通りの金を支払い、外に出た。

あの日以来、神保町で老人の姿を見かけたことはない。

「あれが最初で最後だったわ」とカレー屋の女の子も言った。

ぼくは白い学生服について聞いてみたかったのだが、その機会は永遠に失われたような気がする。どこかで決定的なオセロの一枚が置かれたのだ。

もしかすると彼はとうとう『自分の本』を見つけたんだろうか。

そんな気も、少しする。

そして白い老人がどうなろうと、古本屋に集う人たちは、『自分の本』を探し求めて、今日もさわさわと、無口にページをめくっている。

クロマグロとシロザケ

築地

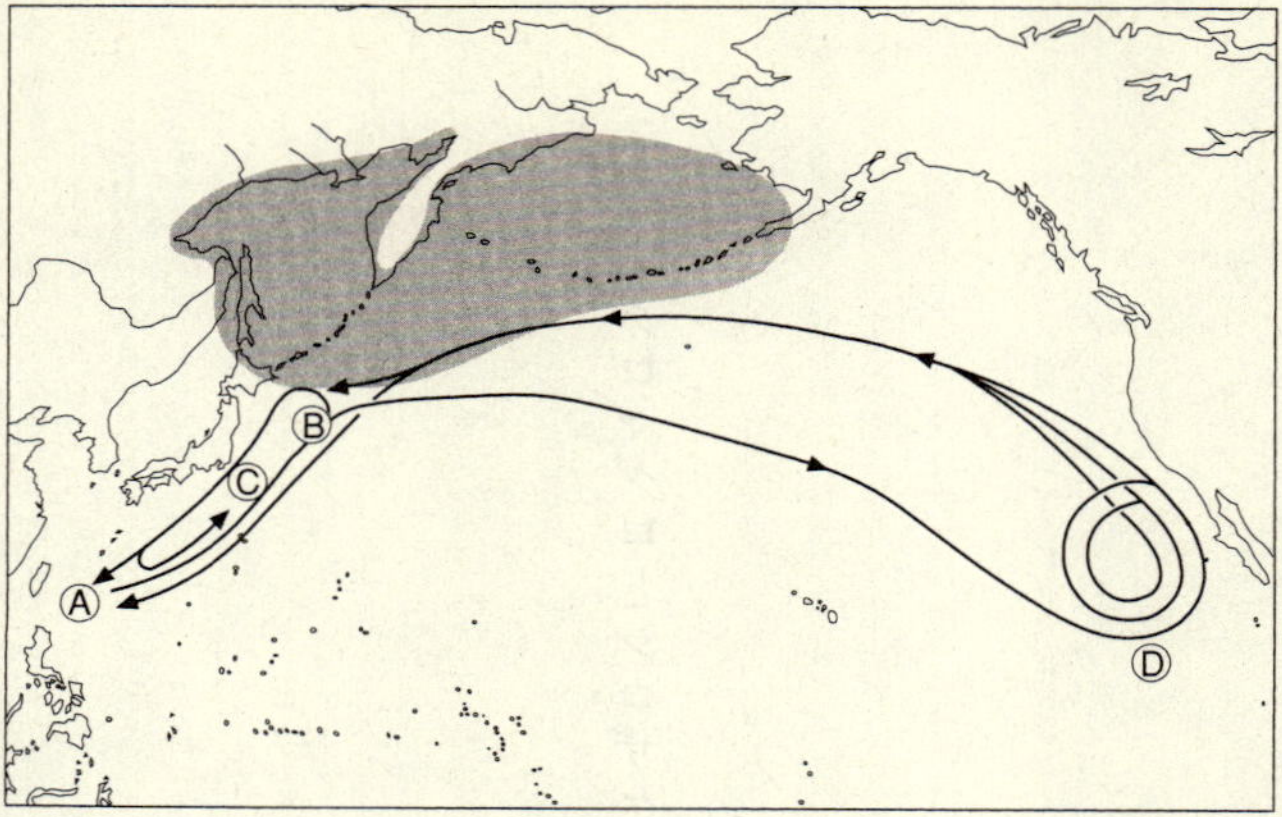

クロマグロ

別名　クロシビ・ホンマグロ・マグロ

英名　Bluefin tuna

太平洋クロマグロの産卵は、四月下旬から七月にかけて、非常に限定された海域（Ⓐ）、つまり台湾〜沖縄諸島の東側で行われる。稚魚群は十センチごろまで産卵場周辺にとどまるが、その後成長しながら黒潮に運ばれ日本沿岸を北上する。秋の到来とともに、北緯四十度以南の海域（Ⓑ）から逆戻りし南下、再び春が来ると北上する。そのまま回遊運動を繰り返して成長し、成熟魚（四〜五歳）になると海域Ⓐへ向かい産卵する。それ以降、日本近海を回遊し、毎年産卵を繰り返す（Ⓒ）。これが基本的なクロマグロの回遊パターンである。

ところが一方で、生まれたばかりの一部の魚群が、海域Ⓑからそのまま東へ向かい、太平洋を横断してアメリカ側へ移動することがわかっている。太平洋の横断には七カ月程度を要する。アメリカ側へ渡った魚は、東太平洋の沖合で小規模な回遊を行いながら、二〜五年間、海域Ⓓにとどまる。成熟した魚は再び太平洋を渡り、日本側の産卵場へ戻る。太平洋を横断する魚がほかとどう異なるのか、なんのために横断が行われるのかなど、多くの点がいまだ謎《なぞ》のままである。

シロザケ

別名　サケ・シロジャケ

英名　White salmon

アジア系のシロザケは北海道、オホーツクからアリューシャン列島まで、広範囲の河川で生まれる。生後二カ月ほどで川を下り、群をなして沖合へ出ていく。その後、成長しながら、北緯四十度以北の海域を秋〜冬期は南下、春〜夏期は北上しつつ、狭い範囲（■部）でゆるやかな回遊を行う。多くの魚は四年で成魚に達する。四年目の春は早めに北へ戻り、自分の生まれた川へ戻る。河口においてしばらく淡水に体を慣らした後、川をさかのぼり、産卵を行う。「母《ぼ》川《せん》回帰」のしくみについては、いまだよくわかっていない。

午前四時、店の薄明りの下、男たちは包丁を研ぎ始める。
高い天井の下、発泡スチロールが跳び箱のように積み上げられている。
エビ、ハマチ、ハマグリ、カツオ、ヒラメ、シャコにワカメまで。
帽子を目深《まぶか》に被《かぶ》った男たちがメモ帳片手に、箱のまわりをうろつく。
セリに備えているのだ。
白熱灯の白い明りが銀の鱗《うろこ》に反射して、高い天井を照らす。
市場は試合前の競技場のような、爆発しそうな静けさを湛《たた》えている。
船着き場に近い別棟には、見渡す限り、巨大な魚が並ぶ。
たった今、冷凍室から出されたばかりなので、零度の煙が真っ白なローブみたいに、
魚の体にまとわりつく。
「おい、こいつぁすげえ」男が叫ぶ。「こんなシビ、見たこたぁねえ」
続々と男たちが集まってくる。輪になって、二メートルの巨体を見下ろす。

「でかけりゃいいってもんじゃねえが」中年の男が唖然《あぜん》とした声で言う。「見なよ、あの脂《あぶら》のサシ具合。生きてるみてえじゃねえか」

男たちは押し黙ってしまう。目の前に置かれたものをなんと呼べばいいのか、わからない、そういう表情を浮かべている。けれど全員、その言葉を知っている。その言葉を自分が口に出していいものか、迷っているのだ。

ハマグリのように寡黙《かもく》で知られる最年長の男が、静かにつぶやく。「とにかく、五十年来、俺がこの河岸《かし》で見た最高の一本だな」

男たちはほっと息を吐き出す。そして彼の声がかすかに震えていたのに気づく。全員、彼がこんな口調で話したのはいつ以来のことだろう、と考える。

男たちが驚いたことに、彼は軽く舌打ちして、もう一言付け加える。

「たしかに、こんなマグロ、見たこたぁねえ。まるでマグロじゃねぇみてぇだ」

底の砂地に近い、水の温《ぬる》んだ岩陰でぼくは目覚めた。周囲にたくさんの仲間が見えた。体にくっついた大きな玉をちゅうちゅう吸うと、自分がその分だけ大きくなるのがわかった。ぼくは尾鰭《おびれ》を軽く振り、岩陰から出た。頭上で熱帯の太陽が、生きた銀紙みたいに揺れている。上にのぼればのぼるだけ、春の水は暖かく、ぼくは全身の力を抜いて、光の中を漂う。仲間も一緒だ。ぼくは自分たちが光の粒になったような気がした。

生まれてからしばらく、夏が来るまで、その海域で過ごした。ときどき、親たちの影がものすごい速度で頭上を横切っていった。産卵期はまだ続いていたのだ。一度、産卵の現場に出くわしたことがある。メスが一匹、群れから飛び出す。なん匹かのオスたちが彼女について、我先にと追いかける。彼らはぐるぐると一定の半径を保ちながら猛スピードで円を描く。そのうち一匹、また一匹と脱落者が出る。そしてとうとう、オスが一匹だけになったと見るや、メスは海中に卵を撒《ま》き散らす。巨大な宝石が砕かれたみたいに、海中に赤い光が満ちる。その上に、オスが白いガスを振りかける。宝石のかけらは、ゆっくりと海底に沈んでいく。オスとメスは疲れ果てて、流木のように海中を漂う。けれど泳ぐことはやめない。かすかに尾鰭を揺らし、少しずつ前進し続ける。ぼくたちは永遠に泳ぎ続けなければならない。止まると、窒息して死んでしまうからだ。しかし、産卵レースがあまりの長時間にわたり、オスもメスも動けなくなってしまう場合もある。彼らは、もちろん、死んでしまう。安堵《あんど》でもあきらめでもない奇妙な表情を浮かべ、自分たちの子供とともに、彼らは底へ沈んでいく。この海域の底には、だから、死体がごろごろ転がっている。

稚魚の食料は、海中に漂うワムシだ。泳ぎながら、片っ端から飲み込んでいく。生まれたときから、ぼくたちの口は開けっ放しなのだ。だからもちろん、ワムシ以外のものが喉《のど》に引っ掛かることもある。仲間の中でもぼくはワムシよりそういう変なものが大好きで、上へ下へ、飛び回って貪《むさぼ》った。

三カ月も経《た》たないうちに、ぼくたちは群れをなして泳ぎ始めた。群れ全体が一匹の巨大な魚のように、ワムシの煙を吸い込んでいく。ぼくたちは暖流に乗って、北へ北へと進んだ。イワシやアジはぼくたちの影に怯《おび》えた。一匹ずつは小さくても、群れとして集まれば、彼らをぞっとさせるにじゅうぶんな大きさだった。口を大きく開けたまま、ぼくたちは海中を直進した。

暖かな海で生まれる魚にしては、かなり冷たい海にもぼくたちは適応することができた。しかし、それにも限度があった。北上するに従って、海中に今まで聞いたことのないような音が響いてきた。ちぎられつつある海の、悲鳴に聞こえた。水温はゆっくりと低下し、ぼくたちの速度もそれに比例して、重いブレーキをかけたように下がっていった。ぼくたちはその速度の多くを海流に頼ってきた。つまりだな、とぼくは考えた。海流の速さが落ちているんだ。この先で、なにかが海流をせき止めているに違いない。

ぼくが予想した通り、海流はしだいにただの「波」程度のものになった。そして、ある日突然、ぼくたちはまったく違う海域に飛び込んだ。それまでとは、水温が十度は違った。真っ正面から寒流がぶつかってきた。

『関門』の噂《うわさ》は、聞いたことがあった。あの悲鳴のような音は、南からの暖流と北からの寒流がぶつかり合う音だったのだ。

「群れの形を崩すなよ」ぼくは叫んでいた。「ばらばらになっちゃ、イワシに食われるぞ」

周囲にいた仲間とお互いに寄り添い合い、懸命に泳いだ。ぼくたちは湧《わ》き立つ海流に翻弄《ほんろう》されながら、声をかけ合って前進した。暖流と寒流の境目を行ったり来たりしながら、「泳ぐ」厳しさを生まれて初めて思い知った。しかし「泳ぐ」ことをやめようなんて、一度も思わなかった。もちろん、やめたってよかったのだ。けれど生まれたてのぼくたちは、知らない世界には自分のためになにか素晴らしいものが用意されているはずだ、と思い込んでいた。

ひと月経つと、海流の影響を受けない、静かな海に出た。『関門』の東側に抜けたのだ。ぼくは周囲を見まわした。群れは四分の一ほどに減ってしまっていた。「たぶん、死んじゃったわけじゃないと思うよ」仲間の一匹が言った。「君の声が聞こえなかったんだ。群れの端のあたりにいた奴《やつ》らは、寒流に流されて南へ下っていったんだ。たぶんしばらく海流をうまく使って、『関門』の西側を南北へぐるぐる回ってるんじゃないかな」

水温は決して高くはなかった。けれど、泳げば泳ぐほど、体がほてった。自分がこの世の誰よりも泳ぎのうまい奴だという気がした。そう話すと、仲間はいっせいに笑った。たぶん、全員が同じことを考えていたんだと思う。

口に入るものはなんでも飲み込む、これがぼくたちの食事だ。栄養がある、ないなんて関係ない。けれどぼくたちはどんどん大きくなっていった。自分と同じサイズだった小魚が、二週間後には、もう餌《えさ》になっている。とくにぼくは極端に成長が早いようだった。

「おい、三歳児」まだ、ゼロ歳のぼくをつかまえて仲間は言ったものだ。「俺も来週はお前の餌食《えじき》か」

冬を越し、春になってもぼくたちは泳ぎ続けた。東へ向かっていた。北の寒さは耐え難かったし、南へ向かうと餌がみるみる少なくなっていくのだ。だからといって、もと来た海を戻るのもつまらない。東からは毎朝太陽が昇った。それだけでなにかありそうに思えた。

夏が来た。食べ物の味が変わった。別の海流に乗ったのだ。それは暖流で、南へ下っていた。左手にとてつもなく長い大陸棚が見えた。

ある暑い日、ぼくたちはひと回り大きな群れにのみ込まれた。体つきも、ぼくたちよりひと回り大きかった。ぼく自身は彼らに比べても遜色《そんしょく》ない大きさだったのだけれど。最初、彼らの話す言葉が理解できなかった。けれど、どう見たって同じ仲間だ。ぼくは群れの中心にいるメスに近寄って、話しかけた。「こんにちは」

「ハロー」と彼女は言った。「懐《なつ》かしいわ、その言葉。故郷を思い出す」

「やっぱり仲間だったんですね」ぼくは安心した。「でも、そのハローってのはなんです」

「このあたりの挨拶《あいさつ》よ。カニもクジラも、みんなこう言うの」彼女は照れ臭そうに笑った。「私たちはおととしの夏、この海域に着いたのよ。まあ、二年先輩ってわけ。あなたぐらいの大きさなら、私の群れに交じってても不思議じゃないけどね」

彼らは先輩だけあって、泳ぐスピードもぼくたちとは段違いだった。ときどき、彼女がぼくたちに合わせて、群れ全体の速度を抑えているのがわかった。息を切らせるぼくを見て、彼女は言った。「悲観しないで」実際、ぼくたちは打ちひしがれていたのだ。

「あなたも私も、これから十何年、あるいはそれ以上生きて、どんどん大きく、強くなっていくんだから。生まれたての二～三年は、数カ月の差で体力がぜんぜん違うの。あなたたちが私の群れについてこられるだけで驚きなのよ」

ぼくたちは暖かい海域を、ときにはのんびり、ときには猛スピードで、大きな弧を描いて回遊した。故郷に帰り産卵レースを行うための訓練なのだ、と彼女は言った。ぼくは生まれたてのころ見た光景について話した。彼女も同じような記憶を持っていた。あの暖流と寒流のぶつかる『関門』で群れから分かれた経験も同じだった。

「『関門』はたぶん、私たちにとって通過儀礼の場所なのよ」彼女は背鰭を光らせて言った。「選ばれた、強い者だけが『関門』の東側に来ることができる。今年の冬には私たち、西側へ戻るの。そして向こうでばらばらになって、一匹ずつが新しく群れを作って、何年かしたら産卵レースに出るのよ」

「どうしていったん、ばらばらになるんですか」

「あなた見たんでしょう」彼女は声をひそめた。「強い者だけが子供を作れるの。私たちが今、ここで食べてる食事は、西側のものと違うの。それに、経験そのものも食事になるわけ。わかる?」

実感は湧かなかったが、彼女の言うことはわかるような気がした。「なんとなく」

「ただ、いくら強くったって、一匹だけで暮らすわけにいかないでしょう? 鮫《さめ》なんてのもいるし。だから産卵期が来るまでは、強い一匹のまわりにその他大勢が壁を作って、そう、守らせたまま、回遊するわけ。で、そのときが来れば、南の果ての故郷に戻って、産卵レースよ。強い一匹は連れ合いを決めて、子供を作るわけ」

「残りのその他大勢は、どうなるんですか」

「知らないわよ、そんなこと」彼女は笑った。「弱い者同士、慰め合って、将来性のない子供作るんでしょう。そういう子供には関門の東側に泳いでくる能力なんて、最初っから欠けてしまってるんだけどね。それとも、レースで無理して、死んじゃって餌になるか。彼らにしてみれば、その方が本望かもね。形はどうあれ、強い一匹の一部になれるんだから」

「餌になる、って?」

「さっき言ってたじゃない」彼女はスピードを落として、ぼくを横目で睨《にら》んだ。「あなた、たくさん食べてたんでしょ、死体の肉。だからそんなに大きいのよ。あなた、自分の大きさをなんだと思ってるのよ」

ぼくは、なんて言ったらいいかわからなかった。死体を、もしかすると自分の親を食ってでかくなった、ということについても、自分の大きさにわけがあった、ということについても。ただ、自分の巨大な体の居心地が悪くなった。こんな感じは、初めてだった。大きいから、強いのか。大きいから、選ばれたのだと言えるんだろうか。

一方、まわりの仲間たちは、彼女の話を聞いてとても元気が出たようだった。みんな、将来どんな群れを作ってどんな風に回遊するつもりか、口々に話し合った。

ぼくは彼らが好きだった。だから、この群れのままいつまでも一緒でいられるように、苦難を乗りきってきたのだ。どうしてばらばらにならなくちゃいけないんだ。

産卵ということについては、まったくピンとこなかった。子供を残すということに、去年まで幼魚だったぼくがどういう実感を持てるというんだろう。しかし仲間たちは産卵レースについても熱っぽく語った。彼らがぼくの分まで子供を作ってくれそうな気がした。

「三歳児」いつもぼくのすぐ後ろを泳ぐ仲間が、言った。「お前、群れ、どうするよ。

鯨でも集めるか？」みんな笑った。

ぼくは、わからない、と答えた。そして、群れは作らないかもなあ、と付け加えた。

「そうだよな」彼は言った。「お前なら、一匹でじゅうぶん、群れとしてやっていけるよ」

みんな、もう一度笑った。

ぼくだって笑った。

寒い季節がやってきた。二度目の冬だ。ぼくたちは沿岸部から沖合へと移動した。年を越すと、彼女の群れは、そのまま『関門』の西へ向けて出発した。

「来年か、さ来年、南の果ての産卵所で会えるかもね」と彼女はぼくたちに言った。なぜか彼女はぼくと視線を合わせなかった。

ぼくたちの群れの中から、彼女とともに西へ向かう者も若干いた。

暖かくなると東の沿岸部に戻り、イワシやアジを飲み込んで、ぼくたちは泳ぎ続けた。夏には後輩が関門を越えて西から渡ってきた。しかし、ぼくたちに追いつける者はいなかった。秋が過ぎ、三度目の冬が来たが、ぼくは西に帰る気になれなかった。群れがまた、小さくなった。

「おめでとう」三年目の春、沖合から沿岸部に戻る途中で仲間のひとりが笑って言った。「これでお前も、名実ともに三歳児ってわけだ」

「ありがとう」名実ともに、どころか、ぼくは仲間に比べて倍近く大きくなっていた。

その年を越しても西へ向かうそぶりすら見せないぼくに対し、仲間はいらだち始めた。群れはこちらへ来たころと比べて三分の一に減っていた。

「お前、どうするつもりだよ」いつもぼくの前を泳ぐ仲間が言った。「一生このあたりにいて、ハロー、バーイなんてやってるつもりか、三歳児」ぼくは四歳になっても「三歳児」と呼ばれていた。

「一生ここにいるつもりはないけど」ぼくは言った。「なにか、『関門』の東側へ来たっていう実感が欲しいんだ」

「この海の食い物でそんなにでっかくなった体の、どこにリアリティがないって言うんだよ」彼は言った。

「でかくなるだけなら、どこでだってできるさ」ぼくは答えた。

彼はあきらめたようだった。ぼくたちには、お互いのことがとてもよくわかる。そのくせ、自分のことは全然わからないのだ。ぼくに限ってのことかもしれないが。

翌日、仲間全員はぼくを残して西へ旅立つことに決めた。

「三歳児、お前が好きだったよ」仲間の一匹が言った。「向こうで会ったら、ハローって挨拶しような」

「お前は、変だよ」もう一匹が言った。「お前を見てると、なにか、悲しいんだ」

彼らを見送りながら、三年前、こっちにやってきたときの群れ全員の顔を思い出そうとした。しばらくかかったが、なんとかうまくいった。そして、彼らの顔を頭の中でくるくると回しながら、ぼくはふだん隠したままの第二背鰭《せびれ》を立て、鋭く方向転換した。そして海の底へ、深く深く潜っていった。

五年目の初秋、暖流に乗って、沿岸部を南に下っていると、前方に真っ黒な塊が見えた。ぼくは塊を横目に見ながら大きく迂回《うかい》した。しかし奇妙なことに、塊はゆっくりと進路を変え、浮き沈みを繰り返しながらぼくの方へ向かってくるように見えた。不思議なことに恐怖はまったく感じなかった。ぼくは塊に近づいていった。

「よう」塊が声を出した。「なんだ、見たところ若いのにあんたもひとりか」

同類だった。まるで雲が落ちてきたみたいにでかかった。横に並ぶと、少なくとも、ぼくの三倍はあった。

「こんにちは」ぼくはどうもあの、ハローというのが苦手だ。「初めてぼくより大きな方に会いました」

「俺もここ十年、会ったことないよ」彼はのろい口調で言った。「もう二十年は生きてるんだ。俺たちは年取るごとにでかくなるからな」

口調と同じく泳ぐ速さも遅くて、ぼくは苦労して老人に合わせた。同類とはいえ、彼はなにかを徹底的に失っていた。勢いとか、閃《ひらめ》きとか、そういうものだ。

けれど、ぼくはあのメスリーダーの言葉を思い出した。『強い者だけが東側に来ることができるのよ』

「あんたはいくつかね」

「五歳です」

「そうか。その体じゃ十歳弱かと思ったが」

「二十歳っていうのは、どんな感じですか」

「悲しいもんだよ」老人は溜《た》め息をついた。「死ぬってことを忘れるのと同時に、生きる実感も忘れちまったような気がするよ」

「でも強いんでしょう？　こっち側に渡ってきてるじゃありませんか。あの寒流と暖流の『関門』を越えて、この東側の海へ」

「『関門』？　『関門』だと？」老人は言った。「俺みたいな体で海流の影響なんか受けると思うか。いつだって、気が向けばこっちの方には来てるよ。だいたい、あんたがこっちへ渡ってきたのは、いつだ？」

「四年前です」ぼくは答えた。

「今の俺はそのときのあんたの、一万倍はでかいんだ。若いときの苦労なんて、後から考えればオキアミのひげなんかより軽いものさ」老人はもう一度深く、溜め息をついた。

「こんな体だろう。どんな群れにも入れやしない。まあ、いいさ。一匹には慣れてるんだ。つらいのはな、速く泳げないことなんだ。自分が泳ぎたい速度で泳げなけりゃ、泳いでるって気にならないだろう。さっき生きてる実感がなくなったって言ったのは、そういうことだよ」

目の前にイワシの群れが現れた。彼の開いたままの喉《のど》に、どうどうとイワシが飛び込んでいく。ぼくの喉に一匹、彼に五匹。ぼくの喉に三匹、彼に二十匹。

「でかいだけじゃ子供は作れない」イワシの腹みたいに冷えた声で老人は続けた。「作りたいって気持ちもないし。でも、いいんだ。俺、口がでかいから食うには困らないし。あんたみたいのが、俺の分も作ってくれりゃいいんだよ」

ぼくは、仲間が別れ際《ぎわ》に言った言葉を思い出した。彼らは奇妙な表情を浮かべていた。ぼくはあのときすでに、この老人の悲しみを身にまとっていたのだ。仲間がぼくを「三歳児」と名づけ、そしてそう呼び続けた複雑な気持ちを思った。あのメスリーダーには、ぼくは「幼い老人」という摩訶《まか》不思議なものに見えていたんだろう。

「俺も昔は楽しくやったものさ」老人は、若いころの話をした。たて続けに五度、産卵レースに勝った話、仲間とともに氷の浮き島を運んだ話、海鳥を海中に引きずり込んで遊んだ話、などなど。「本当に俺がやったのかわからなくなるときもあるよ。なあ、小さいの。でかくなんて、なるもんじゃないよ」

ぼくたちはそれから何日か一緒に過ごした。ぼくはいろんな話を聞いた。ただ聞いていただけじゃない。とても熱心に聞いたのだ。彼はどんどん元気になっていくように見えた。

「なにかやらなくっちゃ、って感じを思い出すね」彼は巨体を上下に揺らした。「ずいぶん長い間、一匹だったんだ。一匹だと、やっぱり自分はわからないもんだな。自問自答ってのは要するに、逃げなんだよ」

ぼくもそう思う、と答えた。

「あんたのおかげで、自分のやりたいことがわかったような気がする」彼は言った。「ほんとうに、ありがとうよ」

ある日、彼はぼくから離れて、暖流に逆らって泳ぎ出した。そしてそのまま、姿を消した。翌日、ぼくは沖合に浮かぶ巨体を見つけた。彼は海鳥の休憩所、かつ栄養補給基地となっていた。

その晩、ぼくは西に向けて旅立った。まだ秋で季節外れだったけど、どんな海だって乗り越えられる気がした。乗り越えなくては、と思った。根拠なんてなかった。そもそもぼくが泳ぐのに、どんな根拠が必要だというのだ。

男たちは懐中電灯を当て、ずらりと並んだマグロの尾の断面を念入りに調べている。決して体に手は触れない。

『魚の体を傷《いた》めるのはやめましょう』と看板にもある。

そのくせ、大きなカマでマグロのえらを引っ掛け、アイスホッケーのパックのように地面を滑らせる。冷凍マグロは、よく滑る。

臀鰭《しりびれ》の上あたりに赤く数字が書かれている。状態のいいものから若い数字が振られる。マグロたちはその順番に整列している。いつもなら一桁《けた》台は誇らしげに笑っているのだ。

しかし、この日の主役は、あの生のクロマグロだ。

彼には誰も懐中電灯を当てたりしない。

ただ、見守っているだけだ。

六時を過ぎ、市場は仲買人が踏み鳴らす長靴の音で揺れる。

誰もがクロマグロを一目見ようと、揚げ場のあたりに集まってくる。

ベテランの男たちは、マグロの目について話している。今まで見たことのない目だ、と。

銀色に光る巨大な体つきとの対比が、その特徴をより印象的にしている。

誰かが聞く。「こいつぁ、どこで揚がったんだ」

誰かが答える。「三陸《さんりく》の沖だってさ」

近海クロマグロの生は、最近ではまったく市場に出ない。男たちは、このマグロに値を付けるなんて無理だ、と言い合う。

いつまでも暇があるわけはなく、男たちは仕事に戻る。しかしイカやカツオの目を見て、あのクロマグロのまなざしを思い出す。突然、サイレンが市場の高い天井にこだまを響かせる。セリが始まるのだ。

彼女に会ったのは、翌年の秋だった。

初夏に『関門』を越え、西側の海に戻ったぼくは、ちょうど産卵を終えて北上してきた群れに合流し、沿岸部を回遊していた。このあたりは食物の宝庫で、尾鰭を三回振れば、確実にエビやイカを口にすることができた。沖合では乏しい栄養源を求めて長い距離を泳ぎ続けなければならなかった。今までずっと沖合で暮らしてきたぼくの胃腸はフル稼働《かどう》した。仲間の体つきは、産卵後ということを差し引いても締まりがなかった。彼らは逆流にぶつかると、それがどんなに緩やかでも、深く潜ってそれをやり過ごした。表層と深層で、海流の向きは往々にして違うものなのだ。自分たちにとって今はシーズンオフで、できるだけ体を使わないようにするんだ、と彼らは言った。春こそが勝負のとき、産卵レースのシーズンなのだ。しかし、彼らを見ていると、来年の産卵レースでぼくが負けるのは、クジラがウミヘビに腕相撲で敗れるより有り得ないことのように思えた。

夏が過ぎるころ、暖流に乗って北へ向かうぼくたちの頭上に、ゼロ歳児の群れが見えた。ぼくたちは彼らを飲み込まないように、より深みに潜った。

『関門』に近づくと、群れはスピードを落とした。そして、『関門』のすぐ西側の海域で、ゆったりと回遊を始めた。このあたりは沿岸部の中でも最高の餌場《えさば》で、冬を越すまで栄養をつけた後、南へ、産卵地へ向かうのだという。

ときどきゼロ歳児たちが海流にのみ込まれて右往左往するのが見えた。ある者は『関門』を越えて、東側へ渡っていった。ぼくには自分のいる群れが情けなく思えてきた。『関門』の北側に広がる海がどんな様子か、今まで会った誰も知らなかった。暖かい西側、延々と海原が続く東側や南側とは違った厳《おご》かな海。それはぼくの想像力を強く刺激した。寒流が流れ出すところなのだから、寒いのは当然だろう。しかし、ぼくは自分たちの体がかなりの低温にも耐え得ることを知っていた。北へ行く、と言うと、なん匹かがついてくると言った。中には、見るからにご老体の女性も含まれていた。

「心臓、大丈夫？　おばさん」

「なんやと！」おばさんは尾鰭でぼくの横《よこ》っ面《つら》をひっぱたいた。「言葉に気ぃつけや。ちょっとは老《ふ》けて見えようが、うちは現役や。うちは、『奥様』っ！」

ぼくたち一行はやすやすと『関門』を越え、鋭く向きを変えると、北へ向かって深層部を進んでいった。たしかに水温は低かったが、食物は南側よりさらに豊富だった。海水の透明度は信じられないほど高かった。とんでもない大きさのカニが、よく喉に引っ掛かった。その度にスピードを上げ、水の勢いでカニを飲み下した。

ある日、海底近くでぼくは仲間とはぐれてしまった。スピードを上げ過ぎたのだ。ぼくは底に腹鰭をすりつけ、砂を巻き上げて進んだ。

鈍い音がして、なにかが横に弾《はじ》け飛んだ。かすかに悲鳴が聞こえた。ぼくは第二背鰭を立て、急カーブを描き反転した。当たったときの感触で、それが食物ではないことはわかっていた。慣れない海の慣れない場所で、慣れないことをするからこんな事故になるのだ。ぼくは自分の不注意が腹立たしかった。

海底に、魚が一匹横たわっていた。大きさは、ぼくの四分の一ぐらいだった。

それは今まで会ったどの魚とも似ていなかった。体全体が微妙に波打ち、スピードを出すだけのため、といったぼくたちの体形に比べ、複雑なリズムを感じさせた。鰭はそれぞれはっきり違った形を持ち、まるでなにかの儀式のために着飾った風に見えた。全身が銀色に輝いていた。ぼくたちも含め主色が銀の魚は少なくないが、こんなに深みのある銀色は初めてだった。体そのものが銀でできているような気がした。

見とれていたのは一瞬だった。できる限りスピードを殺し、何度もその魚のまわりを往復して、行き過ぎる度、鼻先で軽くつついた。五往復目で、目が開くのが見えた。ほっとしながら、起き上がるのを後ろ目で確認した。もう一度戻ってくると、驚いたことに、海中に静止したまま、魚はゆっくりと鰭を動かしていた。

「大丈夫かい」ぼくは傍らを通り過ぎながら言った。

「ええ」魚は答えた。「ちょっとまだ、ふらふらするけど」

「よかった」ぼくは方向転換し、魚に向かって泳ぎながら言った。「衝突事故は、初めてなんだ」

「ねえ、そんなに落ち着きがないってことは」魚は嬉《うれ》しそうに言った。「あなた、マグロね。ねえ、そうでしょう。ほんとにずっと泳いでるのね」

「どうしてそんなに落ち着いてられるんだよ」すれ違いざま、ぼくは尋ねた。「息、苦しくないの」

「私は大丈夫なのよ、無理して泳がなくっても」彼女は体全体を優美にくねらせ、ゆっくり浮き上がった。そしてぼくの後ろについた。「マグロって初めて見るの。うわあ、まるで岩ね。急流でぴかぴかに削られた岩みたい」

「あんまりくっつくと鰭で怪我《けが》するよ」自分の心配がまったく問題にされないのに、ぼくは少し腹を立てて言った。「二度も続けて事故に遭わせたくないからね」

　彼女はぼくの頭の方に回り込んできた。その泳ぎ方を見て、ぼくも事故のことなんて忘れてしまった。彼女は海の中で踊っているように見えた。水も海流も、彼女のまわりから消滅したみたいだった。彼女と比べ、ぼくやその仲間は、水中にあらかじめ用意された道を選んでたどっていたに過ぎない、そんな気さえした。

そう言うと、彼女は少し考え込んで答えた。「それはね、たぶん私がサケだからよ」

「サケ?」

「そう。サケはね、もともと川の魚なの。川っていっても、わからないでしょうねえ。海とは水の濃さがまったく違うのよ」

ぼくは三年前、東の沿岸部に近寄り過ぎたときのことを思い出した。妙にふわふわした水に飛び込んで、ぼくは体の踏ん張りが利《き》かず、溺《おぼ》れかけたのだった。

マグロにもいろいろあるのだ、と言って彼女はぼくを驚かせた。住む場所が違えば、体格や習性も違ってくるのだという。「あなたはクロマグロって呼ばれてる種類だと思うわ」

「へえ」ぼくは熱中していた。「じゃあ、サケにもいろいろあるのかい」

「そうよ。私はシロザケなの」彼女は銀色の腹を倒し、横向けになって泳いだ。水中に光が散乱し、埃《ほこり》のようなムシたちが右往左往する様子がはっきり見えた。

ぼくは彼女をサケの群れが集まっているあたりまで送っていくことにした。海底の静寂を笑い声で破壊しながら、ぼくたちは泳いだ。『関門』の東側に広がる海の話を彼女はとてもおもしろがった。あの老人の大きさをどう説明しても納得しなかった。

「それはクロマグロじゃないわ」彼女は言った。「マッコウクジラっていうのよ。それでダイオウイカと闘うの」

「なんだいそれ」

「知らないわ」彼女は答えた。「でも、マッコウクジラはダイオウイカとワンセットなんだって。そう決まってるのよ、ずっと昔から」

それから毎日のようにぼくと彼女は会った。六度目の冬がやってきたが、寒さのかけらも感じなかった。ぼくがゆっくり泳いでいると、上下左右、あらゆる方向から、なんの前触れもなしに彼女は現れるのだった。

「匂《にお》いなのよ」彼女はちょっぴり誇らしげに言った。「サケはね、鼻が特別あつらえなの。帰るべきときがやってくれば、生まれた場所の匂いまで思い出せるようになるのよ」

「それはすごい」生まれてこのかた泳ぎ続けているぼくには、場所の記憶という感覚は皆無だった。

しかし一方で彼女は、北の狭い海にしか住めない自分の身を嘆いた。寒流の中でもとくに冷たい水域でないと、息が上がってしまうのだそうだ。ぼくは、息が上がるとどうなるのか、尋ねた。

「浮いちゃうのよ、海の上に」彼女は答えた。「ぷかぷかと」

「でも、君もときどき海の中で、ぷかぷか浮いてるみたいに見えるときがあるよ」

「全然、違うわ」彼女はぼくを睨《にら》みつけた。「あなたと同じように、私だって泳ぐのをやめると死んじゃうのよ。呼吸ができなくなるのよ。私が『浮いてる』ように見えたとしても、それは『浮かせてる』の。自分の意思で、そうしてるの」

ぼくはその言葉を聞いて、彼女の泳ぐ姿がいっそう好きになった。

ぼくはときどき、『関門』の南側へ戻り、暖流の流れる海域で、珍しいカニやイカを獲《と》ってきた。驚いたことに、彼女はそれらの名前をすべて知っていた。それだけではなく、地形や潮流の性質などにも詳しかった。彼女の話によれば、川から海へ下ってきて、まだ三年と少ししか経《た》っていないはずだ。ぼくより年下なのに、どうやったらそれだけの知識を頭にしまっておけるのか、見当もつかなかった。

「ぼくと同じ年のサケなんて、どんな風になっちゃうんだろう。きっとマッコウクジラとダイオウイカが揃《そろ》って攻めてきても勝っちゃうんじゃないかな」

そう言うと、彼女は黙って、曖昧《あいまい》に笑った。

泳ぎ疲れて帰るとき、彼女はいつもぼくの胸に触れた。そして、温かいね、と言った。たしかに彼女の体は、陽の射《さ》さない海底の洞窟《どうくつ》みたいに冷たかった。冷たい体を胸鰭で抱きしめると、彼女はぼくにぴったりと身を寄せた。今なら百匹のダイオウイカにだって勝ってみせる、と思った。

ある日、彼女を待ち焦《こ》がれてゆっくり泳いでいると、上から大きな影が降ってきた。

『奥様』だった。

「わあ、ひさしぶりですね」

「ちょっとあんた、自分がなにやってるか、わかってんのか」

「なんのことです」

「こっちへおいでっ！」彼女はぼくを連れ、北へ向けて泳ぎ出した。そして身を翻《ひるがえ》し、どんどん深みへ潜っていった。数カ月のうちに彼女は見違えるほど太っていた。体から生気がほとばしっていた。いつの間にか、もうじき春だ。産卵レースのシーズンなのだ。彼女は急に速度を落とし、海底の窪《くぼ》みの上で、ようやくぼくに振り向いて言った。「あそこに、なにが見える」

ぼくは目を凝らした。なんの変哲もない窪地だった。強いていえば、深層の海流を避けるのに、とても適した場所のように思った。そこには誰もいなかったけれど。

ぼくがそう言うと、『奥様』は静かに話し始めた。「あそこはな、シャケのキャンプ地や。川から下って、北の海を三年間回ったシャケがその年の冬、体を休める場所や。じゅうぶん休養をとったシャケはそれぞれ故郷の川へ帰っていくんや」

「それは」ぼくも低い声で聞いた。「産卵のために」

「その通り。見てみい。お前が言うた通り、もう誰もおらんわな。みんな寒い北の海へ帰ってもうた。一匹だけ残してな」

ぼくは、鱗《うろこ》が逆立つのを感じた。

「うちらには実感ないけどな、このあたりの水温は、もうシャケには無理や。知ってるか。あんたの彼女は、もっと北の海底に一匹だけキャンプ張って、アホなクロマグロに会いにこのあたりまでわざわざ下ってきとんのや。あの子にとって、どういうことかわかるか。あの子はシャケなんやで。マグロやないんやで。寒い寒い、川の生れなんやで」

ぼくは言葉もなかった。

「もう一個、教えといたろ。あの子にしてみれば、命、懸けとるんや、あんたみたいなアホに。水温の話とちゃうで。あの子はな、マグロみたいに毎年、産卵レースなんかできへんのやで。このシーズンだけ、一回こっきりなんや」

「それ、どういう意味です」

「シャケはな」『奥様』は目を伏せた。「産卵が終わったら、みんな死ぬんや。生まれた川の上流で、自分らの卵の上でな。生まれて四年経ったら、川に戻って自分の命を卵に託す、そういう道がきちっと決まっとるんや」『奥様』はそれだけ言うとぼくを残し、海面の方へ上っていった。

しばらく経つと、ぼくは、北に向かって全速力で泳ぎ始めた。口に入ってくる食物が煩《わずら》わしく、自分がマグロでしかないことをいっそう思い知らされるようで悲しかった。

ぼくは体がばらばらになるまで泳ぎ続けたかった。たぶん産卵レースのとき、マグロはこれぐらいの勢いで泳ぐのだろう。けれどぼくは、自分が永遠に相手に追いつけないことを、認めたくはなかったが、知っていた。

岩礁《がんしょう》がなければ、海から飛び出してしまっていたかもしれない。頭をぶつけ、血が噴き出たが、一匹の鮫《さめ》も寄ってこなかった。しかし、シロザケが一匹、前方からやってくるのが見えた。

「知られないうちに、ぷかぷか浮いちゃおうって思ってたのに」彼女は笑った。よく見ると、銀色は黒ずんで、体に妙な斑点《はんてん》が浮かんでいた。「かっこ悪いでしょ。産卵が近づくと、出てくるんだって」

「ごめん」ぼくは自分の無知をタコに食わせてやりたかった。

「心配しないで、そんなに弱ってないのよ。このあたりでは、水はまだ冷たいし」そういえば、目や鰭《ひれ》の色艶《いろつや》はよかった。銀色を越えた輝きがあった。「辛気臭い顔、しないでよ。まだしばらくは大丈夫よ。春になって、あなたが南に行くのを見送りたいの。がんばってよ、産卵レース」

堪《こら》えきれず、ぼくは泣いた。涙が海水に溶け、後ろにたなびいた。

「情けない顔ねえ」彼女はぼくの鼻を尾鰭で拭《ふ》きながら言った。「男はこういうときには泣かないものよ。私を食べちゃうくらいの図太さは欲しいわ」

ぼくは顔を上げた。「なんだって」

「えっ。なんであなたみたいのを好きになっちゃったのかなって」

「違う違う」ぼくは彼女の目を見つめた。「今、そうは言わなかったろ」

彼女は首を傾《かし》げた。「私を食べちゃうくらい……」

「それだっ！」

ぼくは大口を開けて彼女を口に含むと、海水を思いっきりキックした。さっきより倍近いスピードを出し、ぼくは泳いだ。カニやイワシが入ってこないよう、できるだけ口をすぼめた。もちろん、彼女の食料となる小型のハダカイワシなんかが入ってくるだけの隙間《すきま》は残しておいた。

「痛い、痛い。ちょっと！　顔に水が当たって痛いわよ」

「正面向いて！　じっとしてれば大丈夫」水が通り抜けるので、彼女の呼吸に問題はなかった。最初、頰《ほお》の筋肉が引きつったが、二時間も経つうちに慣れた。

「どこに連れてくつもりなのよ！　ねえ、出しなさいよ」

ぼくは、無視した。

口の中に広がっていく彼女の香りに神経を集中させた。ぼくはそれまで自分がいかに匂いに無頓着《むとんちやく》だったかを知って驚いた。こんな豊かな世界は初めてだった。彼女があんなにも博識だったわけが、少しわかったような気がした。

香りはぼくの中に、いろんな風景を描いた。見たこともない海草、海底を歩く魚、ぼくの体ほどもある貝。珊瑚《さんご》、流氷、鏡のような海。ときどき、彼女の香りが外に溶け出していくような気がした。その度、ぼくはその香りを追いかけた。北へ北へ進むにつれて、彼女の香りはいっそう具体的になっていった。ぼくは目を閉じて、匂いだけを思った。頭に浮かぶ風景はお互いに連結され、明らかにひとつの場所を示し始めていた。静かな、しかし厳しい海。その沿岸部に流れ込む「ふわふわした水」。水の勢いで巻き上がる茶色い砂。川から運ばれてきた石が転がる海底。そこに群がる、無数のシロザケたち。

十日後、ぼくはスピードを緩めた。しばらく尾鰭を動かさず、惰性で進んだ。もはや彼女の匂いが海に流れ出しているようには思えなかった。逆だ。海の匂いが、口の中で蠢《うごめ》いている、そういう気がした。

ぼくはゆっくりと目を開けた。頭に浮かんだあの風景が、まさに目の前にあった。

シロザケたちは川の水に体を慣らすため、河口で待機していた。

こわばった顎《あご》を少しずつ広げていくと、彼女が、初めてこの世に姿を見せるように滑らかに泳ぎ出た。そして、しばらく河口の仲間たちの方を見つめていた。

「やっぱり私は、サケなのね」彼女は言った。「途中で、あなたがどこに行こうとしているかわかったの。そのとき、あなたの胃袋に飛び込んじゃおうか、と思った。でもね、できなかったし、本気でそうするつもりがないこともわかってた。この河口の風景があなたの口の中でもはっきり見えて、本当に懐《なつ》かしかったの」

ぼくは彼女の周囲をゆっくりと泳ぎながら黙って聞いた。

「でもね、私、マグロになりたかったのよ。毎年、あなたと暖かい海で産卵レースやりたかった。でもね、この河口を目の前にしたら、私、やっぱりここを上っていくしかないって……わかった」

彼女はぼくの前に躍り上がり、えらにしがみついてそっと言った。「あなたと並んで、川を上りたかったな。ずっとそう思ってたのよ」

彼女は身を翻し、河口の方へ泳いでいった。そしてあっという間に、群れの中へ消えた。

「ぼくだって、サケになりたかった」ぼくはつぶやいて、泳ぎ始めた。彼女の冷ややかな肌の感触がまだえらに残っていた。たぶん、一生消えない、と思った。

ぼくはゆっくりと南に下った。行きは気づかなかったが、海の温度はものすごく冷たかった。大口を開けてでかいイワシを飲み込みながら、ぼくは川をさかのぼり始める彼女の姿を思った。そして、無茶苦茶に泳ぎ始めた。身をひねり、海面へ飛び上がるとまっさかさまに深海へ潜ったりした。あらかじめ決められた道をずたずたに引き裂いてやりたい、そう思った。けれど泳ぐほど、自分の前に透明な管が延々と続いているようなな気がした。ぼくは泳ぎ続けた。泳ぐのをやめる気はなかった。ぼくは『関門』を越えたときのことや東側の海を思い出した。あの老人はマグロとして堂々と生を終えた。そういう強さを、彼は二十年間の暮らしで身につけたのだ。ぼくにはそんな強さはなかった。ぼくが持っていたのは、でたらめに泳ぎ続けようという意思だけだった。ぼくはねじ曲がった稲妻の束のように、何日も荒々しく海中で踊り続けた。

突然、海全体が動き始めた。水が揺れ、小魚たちが乱雑に暴れた。とうとう透明な管を引き裂いたのだろうか。ぼくはその亀裂《きれつ》をさらに広げようと、いっそう激しく暴れた。海底が持ち上がってきた。まわりの魚たちと一緒に、ぼくは海の上に押し出された。海の終わりが来た、と思った。ぼくは雑多になった魚の群れの中で周囲を見回した。ぼくたちは海上にぶら下げられていた。次の瞬間、いっせいに暗い穴の中に落ちた。強く頭を打った。それっきり、なにも見えなくなった。

「聞いたかい、キロ十万だってよ」

「へえ、ありゃどう見たって三百はあったろ。三千万かよ」

セリが終わった後も、市場は騒然としていた。

記録的な高値を、金持ちの道楽だと嘲《あざけ》る者もいた。その度、彼はきつくたしなめられた。『あいつ』を見てもいねえお前《めえ》が、知ったような口、たたくんじゃねえ！」

縦横に広がる狭い通路を、荷車を引いたターレーが爆音をたてて進む。あちらこちらで荷車が引っ掛かり、怒号が飛ぶ。これは喧嘩《けんか》ではない。これから始まる卸し売りのために気合いを入れ合っているのだ。

『あいつ』をセリ落としたのは、老舗《しにせ》のマグロ専門店だ。

包丁人たちが、厳粛に包丁を研ぎ直している。築地《つきじ》始まって以来と言われる一本を自分が捌《さば》くことになるとは、いまだに信じられぬ、という顔つきだが、包丁が研ぎすまされるにつれ次第に自信を取り戻していった。ここで働くのは、やはりプロフェッショナルとしての自負にあふれた男たちなのだ。

荷車が到着する。まわりの店員たちも集まってくる。

全員、言葉を失ってしまう。

店主が荷車の後ろから現れ、厳粛に礼をする。

隣の店の老主人は、目に涙を浮かべている。

みんな、この市場で働いていた甲斐《かい》があった、と思っている。

通路に人があふれ始める。商売の時間だ。

卸す魚は最高の状態で店頭に並べたい。

自分の店の魚をなおざりにするわけにはいかない。

みんな店に戻り、仕事にかかった。

「おう、これにもいい値が付いてたよな」向かいの店員が荷車で運ばれてきた発泡スチロールを開けた。「うわあ！　こいつもすげぇや」

「だろ」セリ落とした店員が帽子を脱いで頭をかいた。「向かいのシビは別格だけどよ、あれ以外じゃ、今日一番の出物だぜ」

店主がやってきて、箱を覗《のぞ》いた。「おう、こいつか、妙なところでかかったってのは」

「妙なところって？」店員が聞いた。

「おう、なんでもな、千島《ちしま》の沖合で一匹だけかかったんだってよ。普通なら、川で産卵の最中だぞ、時期的に言っても」

「そうですねえ」店員が不思議そうにつぶやいた。「なにしてたんでしょうねえ。腹ぼてのシロジャケが、海のまん真ん中で」

その瞬間、向かいの店のまな板からクロマグロが跳ね上がり、通路に落ちた。

「バッカヤロー、なにやってんだ！」店主が怒鳴りつけた。

「で、でも大将」巨大な柳包丁を握ったまま、包丁人がマグロを指差した。

マグロは通路を転がり、向かいの店の前で止まったかと思うと、もう一度その場でジャンプし、荷車を倒した。発泡スチロールがひっくり返り、中のシロザケが水の打たれた通路に落ちた。あわてて拾い上げようとする店員の手が凍りついた。サケは横向けになりながら優美に波打ち、マグロの傍らへ寄り添った。そして、大きく口を開けると、体を反らし、震えながら、下腹部から大粒の卵を絞り出した。マグロはえらぶたを大きく開け、かすかに痙攣《けいれん》しながら、その上に真っ白な液体を吹きつけた。

卵と精子を放出し終わると、魚たちは体を寄せ合い、それっきり動かなくなった。

男たちは魅入られたように動けなかった。いや、動かなかった。そしてコンデンスミルクの乗ったイチゴみたいに美しい宝石と、その脇《わき》に横たわった二匹の奇跡を、まばたきする間も惜しげに見つめ続けた。

そこにいるの？

¿Estás ahí?

大久保

「彼女」と暮らして、ちょうど半年が経《た》った。

「彼女」といっても、声が女性に聞こえるだけのことで、本当のことはわからない。「彼女」はラジカセのような形をしている。カセットテープを入れて再生ボタンを押せば、ちゃんと音楽が流れ出す。実際のところ、ぼくも最初は、ラジカセだと思って「彼女」を拾ったのだ。「彼女」はラジカセとしても高級品に見えた。

陽が沈んだ後、冬の押し入れみたいに暗い部屋で新大久保《しんおおくぼ》のネオンを眺めながら、ぼくはコロンビアや韓国のテープを聞いた。そういうものなら、同じアパートに住む女性たちがいくらでも貸してくれたのだ。昼間、彼女たちはアパート中で自分の国の音楽を鳴らした。夜になると、アパートにはぼくひとりが残された。そういうとき、ぼくは「彼女」に話しかけた。マイクに向かってこう言うのだ。「こんばんは、こんばんは。元気ですか」

すると「彼女」は、笑った。夢の鈴みたいな声で笑った。それは、どの言語圏にも属さない、いわばこの世のエッセンスみたいな笑い声だった。

ぼくは「彼女」にいろんな話をした。仕事のこと、家族のこと、世間で起こっているらしい事件のこと、などなど。話はなんでもよかった。どんな話を聞いても、「彼女」は笑った。ぼくは「彼女」を笑わせるために、外出してはいろんな話を収集した。コンビニエンス・ストアで働く学生が見た全身銀色の女、娼婦《しょうふ》同士の殴り合いの顚末《てんまつ》、中華料理屋の主人の四十年ぶりに会った息子に対する失望。毎日、雑誌や新聞にも目を通した。しかし、そのうち部屋の中だけでもじゅうぶんやっていけることがわかった。天井に染《し》みついたえんじ色、窓の桟で死んでいた蠅《はえ》、畳の間からかすかに匂《にお》いがらっぽい体臭、そういったことすべてに「彼女」は笑い声でこたえた。

ときどき「彼女」の声が聞こえにくくなることがあった。そういうとき、録音ボタンを押したまま、「彼女」をポケットに入れて、ぼくは新大久保と大久保の間のデルタ地帯を歩いた。そのあたりにはタイや韓国、ミャンマーなど各国の料理店が揃《そろ》っていた。どこも、非常においしい、らしい。入ったことはなかった。そのころのぼくはほとんど食事らしい食事をとらなかったのだ。ぼくは店のウィンドウを渡り歩きながら、食に満ち足りた空気の振動を「彼女」の中に封じ込めた。それを「彼女」が望んでいたのかどうか、ぼくにはわからなかった。家に帰ってきて再生ボタンを押すと、アジアや南米の人々の喧騒《けんそう》は、誰もいない砂漠に吹く風みたいにもの悲しく聞こえた。そういった音を録音した夜、「彼女」は黙り込んだ。しかし、翌朝から「彼女」はいつもの笑い声を聞かせてくれた。

ぼくの隣には、ずいぶん前からコロンビア人の姉妹が住んでいた。姉妹、といっても本人たちがそう言っているだけで、ふたりはあまり似ていなかった。「姉」の大きな顔には細かい皺《しわ》が目立った。気を緩めるとだらだら溶け出しそうな脂肪をぴちぴちのジーンズと下着でどうにか固定している、といった感じだった。昼間、彼女がクンビアの曲に合わせ踊ると、ぼくの部屋の窓はかたかた鳴った。「妹」は、たぶんまだ十六、七だったんじゃないかと思う。肌の色は浅黒く、明らかにインディオの少女だった。

ふたりは別の職場で同じような仕事をこなしていた。ふたりには共通の「おにいさん」がいた。「姉」はときどき「おにいさん」のところに泊まった。そんな夜、「妹」はファミコンの機械とソフトを持ってぼくの部屋へやってきた。彼女の持っているソフトは、古いロールプレイングゲーム一本きりだった。四人の戦士が、悪魔に支配されつつある世界を救う、という、どうにもありふれた代物《しろもの》だ。彼女が自らコントローラーを握ることはなかった。ぼくの横に座って、エンディングの場面までじっと黙って、ウーロン茶を飲みながらモニターを見つめた。最初三日かかったものを、ぼくは三時間で終えられるようになっていた。悪魔が粉々に砕かれ、世界に明るい陽射《ひざ》しが蘇《よみがえ》る瞬間、彼女はいつも、静かに鼻をかんだ。モニターからやってくるちらちらと青白い光に照らされたちり紙は、夜の海で眠る珊瑚《さんご》みたいに見えた。エンディング・テーマが終わると彼女はちり紙を片づけ、目をこすり、よかった、よかった、と言った。職場の女主人の口癖なのだそうだ。そして、勝手に布団《ふとん》を敷き、その場に倒れると、悪魔にやられた王妃のように眠りにつくのだった。

朝になると「姉」が「妹」を起こしにやってきた。「妹」をスペイン語で叱《しか》りつけると、ぼくには愛想笑いで「おみやげ」を差し出した。いつも、シューマイだった。「おにいさん」の家の前にシューマイ屋があったのだろうか。それともわざわざどこかまで買いに行っていたのだろうか。どちらにしても冷めて固くなったシューマイは、とても食べられる代物じゃなかった。

「彼女」の存在にいち早く気づいたのは、やはり「妹」だった。夏の夜、ぼくが「彼女」に話しかけ、その笑い声に耳をすませていると、突然押し入れが開いて「妹」が現れた。姉妹の部屋からぼくの部屋へは、押し入れの壁に開いた穴を通して行き来が自由だった。彼女たちがいつも、入国管理局、いわゆる「ニューカン」の突然の訪問から、危うく逃れることができるのも、この穴のおかげだった。

「妹」は仕事から帰ったばかりだった。仕事用の衣装から着替えてさえいなかった。これには驚いた。彼女はぼくに衣装姿を見られるのをひどく嫌がったからだ。ぼくも、正直言って彼女の衣装姿はあまり好きではなかった。彼女がラメの入ったワンピースを着ると、ひょろひょろした若木に巨大なウミウシがへばりついているように見えた。女性が似合わない服を着ているのは、滑稽《こっけい》なものだ。

「妹」は、ぼくの目の前の「彼女」を見つめ、「今の笑い声は？」と聞いた。

ぼくは、なんて説明したらいいかわからなくて、黙っていた。

「妹」はぼくの隣に座り込んで「彼女」を指差し、「これから流れてくるのね」と言った。

「正確に言うと、笑うんだよ」とぼくは答えた。『彼女』が、笑うんだ」

ぼくは「妹」に、なんでもいいから話しかけてごらん、と言った。

彼女は、スペイン語でゆっくりと発音した。ぼくにも彼女がなにを言ったのかわかった。「あなたは、そこにいるのですか？」

「彼女」は、いつものように、笑い声を上げた。そしてその声は、白い砂に青い海が染み込んでいくように、ゆっくりと、部屋の空気に溶けて消えた。

「妹」と「彼女」の対話は一晩中続いた。途中から「妹」もつられて笑った。朝が来て、「姉」がシューマイとともにやってきた。もちろん「姉」もすぐ「彼女」に心を奪われてしまった。

その日以来、「姉」が「おにいさん」のところに行くのは週に一度か二度になった。「妹」もファミコンを押し入れの奥にしまい込んでしまった。それどころか、アパート中の住民や姉妹の仕事仲間が、毎晩ぼくの部屋を訪れるようになった。彼らは輪になって、「彼女」に一言ささやき、笑い声を聞くとにっこりして、隣に「彼女」を渡していく。

「アンニョンハシムニカ」けらけら。にっこり。

「オラ、コモ・エスタ」けらけら。にっこり。

「ニン、グゥイシン」けらけら。にっこり。

「彼女」は何周も、何周も回って、楽しそうに笑い続ける。

最近は六畳の部屋に二十人以上の外国人が座っていることも珍しくない。昨晩はわざわざ大阪から、十五年不法滞在を続けているイラン人がやってきた。そして、こんなに楽しく笑ったのは三十年ぶりだ、と涙を流した。

「彼女」を手に持ってその笑い声を聞くとき、ぼくたちは自分こそが世界なんだということを、そして、ぼくたちが生きているのはそういう世界でしかないことを、笑顔で認めることができた。「ニューカン」であろうが「ニュークリア」であろうが、対抗するには「笑い」があればいい。そういうことを、ぼくたちは「彼女」から聞いていたのだと思う。

ぼくはアパートから出ていくことにした。「彼女」は残したままだ。「彼女」を必要とする人たちがこのあたりにはまだまだ多い。けれど、世界となんとかやっていこうと、ぼくの部屋から笑顔を浮かべて出ていった人の数もずいぶんになる。

明日は早起きだ。姉妹を見送りに空港に行かなくちゃならない。

この部屋に誰もいなくなって、ひとり残された「彼女」の姿を想像してみる。「彼女」はいつまでも待っているのだろう。誰かが戸を開けるのを出迎えようと、声の調子を整えて。

さっき「妹」が戸から顔を出して、笑みを浮かべ、「彼女」に言った。「さようなら、さようなら。あなたはずっと、そこにいてください。私はきっと、二度と戻りません」押し入れの向こうから、荷造りをする姉妹の声が聞こえる。衣装の取り分でもめているようだ。「眠れるかな」そうつぶやくと、「彼女」はいつもの笑い声でこたえた。

その声が溶け出した空気の中で、もちろん、ぼくはあっさり眠りについた。

クリスマス追跡　渋谷

枕元《まくらもと》で電話が鳴った。と思ったら、枕の下だった。ぼくはベッドから滑り落ちながら、手を伸ばして受話器を取った。「はい、ゴルバチョフです」

「信じらんなーい、もう酔ってるんだあ？」たしか飲み屋の女だった。名前は覚えていない。一度会った女の名を必ず覚えている友人がいるが、彼を思うとぼくはご愁傷様と涙ぐんでしまう。そろばん塾に通いつめたせいで、頭がおかしくなったのだろう。悲しい話だ。

「なんや、お前か」ぼくは毛布を頭に巻きつけながら、よく知らない女に答えた。「こんな朝から、なんの用じゃ。金なら貸さんぞ」

「なーに言ってんの。もう、五、時」女の喋《しゃべ》り方っていうのは、なついてくると、どうしてどいつもこいつも同じような気色悪さに満ちるんだろうか。頼むからもっと事務的に話してくれ。混乱するし気分が悪い。「今日、どうしてるう」

「寝とんのや」

「ええーっ、いつまでぇ」電話線で感電して死なんかな、こいつ。

「お前に関係ないやろが。だいたい寝るとき、『いついつまで寝よ』なんて決めるか」

「普通の人は決めるのよ」ごもっとも。「今晩ね、うちでパーティ、やるのね。だからさぁ、来ないかなーって」

「なんのパーティやねん。飼《こ》おとる伝書鳩《でんしょばと》クク丸が卵でも産んだんか」

「そんなの飼ってないわよ。おクリじゃない、おクリ」

「下品な奴《やつ》やなあ」

「クリスマスよっ！」

なるほど。ヒゲの外人に鞭《むち》でしばかれる夢にうなされたのはそのせいか。

ぼくは小学校の低学年まで、毎週日曜学校に通う天真爛漫《てんしんらんまん》な子供だった。羽がもげて地球に落《お》ってきた天使みたいやねえ、と近所のおばはんたちに騒がれたものだ。

クリスチャンだったわけではない。牧師の嫁が配るケーキ目当てだった。説教の終わるころを見計らって忍び込むぼくの姿を見つけ、あの毛唐はおおげさに溜《た》め息をついた。いやみな奴だった。

クリスマスには特別にお菓子の詰め合わせセットが配られた。ぼくは双子《ふたご》の弟を駆使して、五袋手に入れた。その夜、腹をこわしてさめざめと泣く美少年をつかまえて、母はこう言った。

「お菓子が、あんたにとっての踏み絵やったんやねえ」

いまだに意味は不明だが、あの一言で、クリスマスは怖い日だと子供心に植えつけられたのは間違いない。サンタクロースなんか、やばいと思う。全身真っ赤なじじいが、夜中に勝手に家に入ってきて、子供の寝顔を見ながらにやにや笑うのである。変態だ。そんな変態が跋扈《ばっこ》する日に、浮かれてなどいられるものか。

「寝るわ」ぼくは一言つぶやいて、受話器を置いた。

しかし、寝つけなかった。ここ数年間、ぼくはクリスマスを無視し続けた。みんなレストラン、みんな花束、みんなホテル。バカか。吐き気がした。そして今はなにより、そういうクリスマスを避けてきた自分自身に腹が立った。

いったいクリスマスとはなんだ?

今、クリスマスはどうなっているのだ。

この問題に真正面から立ち向かわず、低い方へ低い方へと流される暮らしを続けていても、あのヒゲ牧師の青黒い影を一生振り払うことはできまい。

ぼくはアサガオのつるのようにへなへな立ち上がった。毛布がどさりと足元に落ちた。

今宵《こよい》こそ、対決の夜だ。油断するなよ、クリスマス。ぼくが見極めてやるからな。

ふらつく足で周囲に散らばる衣服を集め、適当に重ね着すると、半笑いを口に張りつけたぼくは、夕闇《ゆうやみ》の中、駅に向かって走り出した。

あの女の言った通り、かなり酒が残っていたのだろう、今から思えば。

まずは教会である。最初からクリスマスの懐《ふところ》に飛び込もうという自らの勇気に奮い立ったぼくは、御茶《おちゃ》ノ水《みず》の駅に降りた。寒い。ごっつ寒い。勇気に続いて寒さに震え上がったぼくは、立ち食いそば屋に突入した。

御茶ノ水には『ニコライ堂』という由緒《ゆいしょ》正しい教会がある。名前は楽しげだが、ギリシア正教の日本における総本山である。キリスト教が原始宗教であったころの儀式を守り続けて百数年。そのケーキのような外観は見知っていたけれど、その中で行われているであろう面妖《めんよう》な儀式を思うと、神田小川町《かんだおがわまち》に用があるときも、わざわざお茶の水橋方面から遠回りして出かけたものだ。

そういう場所に討ち入るのである。異端者であるぼくは、火あぶりにされたときのことを思って、西の空を見上げた。両親の姿が胸に浮かんだ。とおさん、かあさん、息子は立派に殉教しましたで。

殉教、とは言わないな、こういう場合。

鐘が鳴り響く。降誕祭《こうたんさい》の始まりだ。

ニコライ堂は補修中でシートを被《かぶ》り、クリストの孫弟子が手掛けた作品、という感じに仕上がっている。どこからこんなたくさんのギリシア正教徒が、と、おののくほど、人が集まっている。みんな高価そうな服を着て、礼儀正しく、敬虔《けいけん》そのもの、といった表情を浮かべている。社長とか、令嬢とかいう言葉が似合いそうな人々だ。古着で固めたぼくは、挫《くじ》けそうになる気持ちを十字架でぶっ叩《たた》く。

　大きなドアが開く。整列して堂内へ進んでいく。受付のようなところで、ろうそくを売っている。みんな買う。そうか、原始宗教だけあって、電気のない原始時代を彷彿《ほうふつ》とさせる演出なのだな、あれ、原始時代にはろうそくなんかないよな、などとアホなことを考えながら、ついついぼくもろうそくを買ってしまう。

　堂内は薄暗く、地下シェルターのようだ。照明は、すべてろうそくである。よく電気が止まる困った部屋に住んでいるぼくには親しみの湧《わ》く空間だ。広さはテニスコート六面分ぐらい。正面には田舎の映画館に掛かっているような、首筋や腕の輪郭など、ところどころデッサンの狂った地味派手絵が描かれている。『イコン画』だ。描き込みは大層なのにやたら平面的な人々が、一生懸命こちら側へ飛び出してこようという絶望的な気合いに満ちていて、それが田舎っぽいヒューモアを感じさせて、ぼくは『イコン画』を見るといつもついつい笑ってしまう。描かれたおっさんたちも、ぼくの笑いを受け止めて、まあ一杯いけや、と言いたげである。

　そういう笑いを、信徒の人たちも感じているのだろうか。周囲を見回すと、みんなろうそくを手にうつむいて、今から始まる儀式を厳《おご》かに待っている。すいませんでした。

堂内には、椅子《いす》も机もない。信徒のみなさんはホールの中央部に、ファッションショーでモデルが通るぐらいの空間を空けて、黙って植林された木のように立っている。現れた。ヒゲの牧師だ。いや、正教では牧師とは言わないのか。とにかくヒゲの男が、しゃんかしゃんか鈴を振り鳴らし、正面にうがたれた出入口から現れた。教会では必ず、ヒゲなのだろうか。薄暗さといい、イコン画といい、並んだ信徒たちといい、そしてヒゲ男といい、尋常ではない雰囲気だ。

昔、こういうのあったなあ、と考える。そうか、ショッカーの基地であった。

鈴を振りながらヒゲ男が姿を消すと、右奥に集まった上品そうな信徒たちが、唐突に歌い始める。オルガンを弾く長老みたいな人との掛け合いで、歌のエネルギーがどんどん高まっていく。長老の弾き語りパートは、まったくお経だ。オルガンがやんでも、長老は延々とお経を読み続ける。早口なのと切れ目が曖昧《あいまい》なせいで、何語で言っているのか、まったくわからない。

隣で出腹の社長が目を瞑《つむ》って、揺れている。朝礼で居眠りする生徒のようだ。

「あの、あれ、何語なんですか」

社長は口の端から答えた。「たぶん、日本語っ！」

礼拝堂のあちこちに雛壇《ひなだん》のような燭台《しよくだい》があって、入り口で売られていたカラフルなろうそくが、琥珀《こはく》の幽霊みたいな炎を頭に浮かべて並んでいる。ぼくも買ったろうそくを、なぜか奇跡的に空いていたお内裏様《だいりさま》の位置に堂々と突き立てる。ほかのろうそくたちがいっせいに「引いた」ような気がした。

ギリシア正教徒のみなさんはどんどん増えて、まさしく秘密結社のようだ。

ここには、ぼくが相手にするべきクリスマスはいそうになかった。いわば頑固一徹、職人気質《かたぎ》のクリスマスで、その一貫した態度は立派だとさえ言える。

ぼくは背中にお経のシャワーを浴びながら、出口へ向かった。

守衛のおじさんが、「また来てくださいね」とパンフレットをくれた。それによると、ニコライ堂の本名は『東京復活大聖堂』というのだった。

ケレン味のない名前に感心しつつ、夜空に浮かぶドームを見上げた。なんとなく気恥ずかしそうで、工事中のシートが照れ隠しのハンカチのように見えた。

渋谷《しぶや》・公園通りは、予想通り、あらいぐまの群れで埋めつくされていた。ばかでかい紙袋をぶつけ合いながら、坂を上へ、下へ、入り乱れて進軍していく。いんちき屋台「大阪焼き」も大繁盛《だいはんじょう》だ。ぼくはデパートの人混みを思い出した。恋愛のバーゲンセール、本日限り、ただいま開催中、というわけだ。

女の子同士のふたり組が意外に目立つ。哀《かな》しい理由が容易に想像される男ふたり組に比べて、それぞれオリジナルな事情があるような気がして、彼女たちに話を聞いてみたいという衝動に駆られる。

いかんいかん。それじゃ、ただのナンパだ。あくまでも無意識下でのコントロールとはいえ、ぼくにまで性欲的行動を起こさせるとは。この渋谷、かなり大物のクリスマスが支配する街と見た。

坂を上がると、山手《やまて》教会の前で、実直そうな老人がマイクを握って叫んでいる。

「はい、ただいまミサが始まります。どなた様も、お気軽にお立ち寄りください。ミサです。ミサです。どうぞお入りください」

えらく気さくな教会だ。ミサの大安売りときた。

ここまで言われて無視するのもどうかと思って、「お気軽」に立ち寄ってみる。ペンギンのような出立《いでた》ちのおばさんが、キャッチセールスの人みたいに寄ってきて、プログラムやビラを渡してくれる。

礼拝堂は天井が高く、真っ白に塗られ、ニコライ堂に比べて「肩の力が抜けている」という感じがする。照明も、少し落とされてはいるものの、蛍光灯だ。燭台もいくつか立っているが、よく見ると電気製品のいんちきである。信徒たちは礼儀正しく最前列から詰めて座っている。そう、椅子があるのだ。これが普通だ、と言えばそれまでだが、やはりニコライ堂に比べ「楽している」「手を抜いている」と言われてもしかたあるまい。コンビニエンスな山手教会は、コンビニ慣れした人々に合っているのだろう。そのぶん信徒の裾野《すその》も広そうで、ニコライ堂よりずっとリラックスした空気が流れている。オルガンの演奏が始まる。演奏者は、最近ではあまり見かけない純粋天然パーマの若者で、しかも昔懐《なつ》かしい「ティアドロップ」型のメガネをかけている。ぼくは嬉《うれ》しくなって、彼が目を開けたり閉じたりして、天パ頭を揺らしながらオルガンを弾くのを見守る。そして「がんばれ、がんばれ」と胸の中で声援を送る。演奏が終わったので、拍手した。しかし、ぼくひとりだけであった。信徒たちの視線の針がぼくを貫き、十字架の上まで持ち上げ席にたたき落とす。そうか、教会では拍手しないものなのか。ごめんな。うつむく天パ。ごめんな。

それにしても、オルガン演奏の後、礼拝堂の雰囲気が漂白されたように見える。緊張して待っていると、今まで嘘《うそ》ついたことはございません、という感じのおやじが壇上に現れる。今夜の段取り、祈りのときには席を立たない、歌うときには起立しないでよろしい、などのルールを説明する。結婚式の司会のようなものだな。

ところが、このおやじが結構な実力者らしく、そのまま聖書を片手に説教を始めた。幼児体験がフラッシュバックとなって、ぼくはクラクラし始める。ヒゲのないことがせめてもの救いだ。

おやじが朗読を終えると、信徒たちは入り口で渡された紙の中から一枚を取り出す。そして中華屋のメニューのように肩を狭《せば》めて膝《ひざ》に置くと、天パのオルガンに合わせて歌い出した。「きませり」「こぞりて」「しゅいえす」など独特のクリスマス用語に、ぼくの目眩《めまい》がつのる。

歌が終わり、ほっとする間もなく、聖歌隊、入場、の声が天井まで響く。振り返ってみて仰天した。昔のぼくのようなイノセント・エンジェルはひとりも見当たらず、幼稚園児が着る純白のスモックに包まれたおじさんおばさんが、いんちきろうそくを片手に、転ばないよう注意しながら一歩一歩慎重に歩いてくる。老人ホームの自警団みたいだ。

聖歌隊がずらりと壇上に並ぶのを見たぼくは、もうだめだった。

外へ出た。あらいぐまたちを見て、ほっとした。こいつらなら、いくらでも笑える。ともあれ、ニコライ堂より薄味ではあるが、この教会にいるものも、やはり具体的なクリスマスだ。相手違いだ。内輪の寄り合いに口を突っ込むのは趣味じゃないし、意味がない。

ぼくは階段を駆け下り、あらいぐまの波に加わって坂を下っていった。

下の方から、叫び声が聞こえてきた。なんだなんだ。

人波を切り裂いて、男女ふたりずつの四人組が、笑顔で拳《こぶし》を突き上げ練り歩いていた。

「イエス・キリストを信じるなら、すべての人は救われますっ」

「イエス・キリストには、愛がありますっ」

笑ったまま、大声で叫んでいる。高等技術だ。そのうち女の子がタンバリンを叩き始める。残りの三人は、もう、精一杯、揺れるひまわりのように歌う。

「イエスさまには愛がある、イエスさまには愛があるう!」

この人たちは、行進が終わったらどうするんだろう。「いやあ、今宵は盛り上がったねえ、ルチア」「ペテロ、乗りまくりだったじゃん」なんて言って、ポテトチップとコーラで乾杯したりするのだろうか。「じゃあ、聖夜に!」とか言って。紙コップなのでグラスは鳴らなくて。

ぼくの心配をよそに、楽しげな彼らは坂の上へ消えた。

教会で祈る人も、歩道で歌う人もいる。キリスト教の人々も決まったやり方があるわけじゃないのだ。それぞれ勝手にやっているのだ。ぼくは少し安心して、あらいぐまたちから離れ、裏道を通って宇田川町《うだがわちよう》に向かった。

裏道といっても、昼間の繁華街並みに賑《にぎ》わっている。自動販売機の数より、道端に座り込んだふたり組の数が多い。ふだん夜遊びなんかしたことなさそうな男の子が、妙に化粧の濃い女の子を連れて、寸分も間を与えないよう喋《しやべ》り続けている。ガードレールに止まった女の子を両側から挟み撃ちする男たちもいる。まるで『野生の王国』を見ているようだ。

いつも青臭い精液と中華料理の匂《にお》いで目が痛い宇田川町交番の前あたりに来ると、カップルたちははっきり三種類に分かれる。

そのままセックスまでつながっていく流れがとっくにできている余裕のカップル。ふたりとも交尾の予感を喉元《のどもと》で押し殺しながら決め手に欠き、主に女の子が整地した道筋に男の子がめくら滅法クワを入れているカップル。最初っから片一方にセックスの意思がまるっきりない絶望的なカップル。

それぞれ十パーセント、四十パーセント、五十パーセントといった比率で分布している。

二番目のカップルの男に、いまだスーツ姿が目立つ。情けない。似合わないスーツが辛うじて許されるのは、成人式と入社式の日だけである。撫《な》で肩、細腰でダブルのスーツを着るんじゃない。まるで茶筒から頭を出したシマヘビみたいだ。

それに比べ、女の子はみんな思い思いに工夫したお洒落《しゃれ》をしていて、見ているだけで楽しい。丸《まる》の内《うち》あたりで見かける、高級ブティックのハンガーみたいな格好もここでは皆無だ。ジーンズの子もワンピースの子も、パンクっぽい子も、一人ひとりが自分の演出作法を心掛けていて、それがまた、しっくりきている。華やかで、清潔だ。

彼女たちを見ていると、今のクリスマスがわかってきたような気がした。

ぼくが目をそらしている間に、あの、どこかのホテルチェーンが仕掛けたに決まっているクリスマスは廃《すた》れてしまっていた。

ぼくが手を下す間もなく、とっくに死んでしまっていた。

今のクリスマスは、女の子たちの個人的なわがままの「口実」「言いわけ」として、立派に更生していたのである。しかも、オールマイティの。「クリスマスだから」お洒落しよう。いいね。「クリスマスだから」くじら食べよう。そうしよう。「クリスマスだから」パチンコしよう。気合い入れろ。「クリスマスだから」セックスしよう。がんばろう。「クリスマスだから」ダメよ。残念。「クリスマスだから」帰るね。気をつけて。

どうして、なんて聞いてはいけない。クリスマスは「公理」なのだ。証明のいらない、高校数学におけるユークリッドの公理みたいなものだ。女の子なら誰でも使える、一夜限りの魔法の公理。これは男には使えない。男が使うと、すごくさびしい。

ふだん鬱積《うっせき》したありとあらゆる素直なわがままの「口実」に、クリスマスはなっている。いつも曖昧な嘘をついて曖昧な日常を送らざるを得ない彼女たちは、この夜、とてもクリアで真っ正直で、数学の証明式みたいにきれいだ。一人ひとりがひさしぶりに蘇《よみがえ》った自分の「乗り」をその瞬間ごとに堪能《たんのう》できているからだ。

夜の渋谷はとても明るい。今夜に限っては、それはネオンや自動販売機の明りのためだけではなく、女の子たちの解放されたわがままが、輝く靄《もや》のように街を包んでいるせいだという気がする。

ぼくは心の底から楽しくなってきて、セックスへの道が開けたカップルたちとともに円山町《まるやまちょう》の坂をのぼった。『ホテル・ジョイ』、『ホテル・シーサイド』、『ホテル・ミノタウロス』、その他もろもろ。どこの路地も市場のような賑わいで、四つ角に立っていると前後左右から人が現れる。長丁場を覚悟してか、コンビニエンスストアの袋をぶらぶらさせた女の子も多い。ホテル選びのパターンはこうだ。まず男の子が空室があるかどうか確かめる。次に女の子を奥へ連れていき、気に入った部屋を選ばせるのである。「空室」サインが目立つわりに、ホテルからホテルへ転々とするカップルが目立つのは、きっと「クリスマスだから」こんな部屋じゃ、やっ！　と女の子がわがままをかましているせいだろう。いつもそんな奴《やつ》なら張り倒したくなるが、彼女たちの浮かれた様子を見れば「今日だけ」の魔法に酔っていることは明らかだった。

こういう夜に、ニコライ堂ではお経が上がる。聖歌隊は揺れさざめき、四人組は紙コップで乾杯する。どこにも、スタンダードなんてない。

みんなばらばらだ。素晴らしい。

帰り道、東急《とうきゅう》百貨店の前の電話ボックスにアジア系外国人の若者が列を作っていた。故郷の家族に「メリークリスマス」を言うための行列だった。若者たちは整然と並び、しかしお互い両親や兄弟の話をして、楽しげに待っているのだった。

電話が終わると、後ろに並んだ全員に「メリークリスマス！」と手を振り、若者はネオンがてかてか光る坂の下へ歩いていく。

行列の横を、七人の高校生が通り過ぎる。みんな女の子だ。

ひとりが大声を上げる。「こーんなはずじゃ、なかったんだけど」

「ねーっ!」全員が後を引き取って、声を合わせて叫ぶ。

そして先刻まで会っていた男たちの悪口を言い合いながら、にぎやかに、ついさっき若者が通ったばかりの坂道をてかてか明るい渋谷駅の方へ下っていく。

Le Japon enclubé——Une étude sur son centre

『クラブ化する日本——その中心部をめぐる一考察』

銀座

『ヴァンテリー』誌 1995・11月号
ヴァーグ・マンソンジュ著
いしいしんじ訳

訳註　文中『　』付きの単語は原文でローマ字表記されていた日本語のカタカナ訳である。「　」は、原文ではイタリック表記であったことを示す。

フランス人が日本という国について持っているイメージが一面的であり、時には時代遅れにさえ思える現状に、私は長年、不満を持っていた。私が初めて日本を訪れたのは戦後まもない昭和六十年[*1]のことだが、そのときには既にサムライは街から一掃され、道行く人はみな、文明開化の音が響くウォークマンに耳を傾けていたのだ。あれから三十[*2]年、日本はおおきく変わった。もちろん変化を拒み続けているところもある。ただ、フランスであなたたちが安易に想像する日本の姿とは、月と亀《かめ》[*3]ほど異なっていること、これは間違いない。

そこで私は、できる限り現実に近い日本をあなたたちにお知らせしたいと思う。その企てに際し、あなたたちの固定観念からできるだけ遠く、しかし想像の守備範囲を越えない程度に近しい場所を選び、その場所について詳細な記述を行うという手法を採ることにした。その場所とは『ギンザ』である。『ギンザ』は商行為の中心を意味し、日本の各都市に必ずある空間であるが、『トウキョウ』の『ギンザ』は別格である。『ギンザ』の『ヨコヅナ』、と言ってもよいだろう。この場所から日本のすべてを理解できる、と言うつもりは毛頭ない。また、理解したつもりになられても困る。日本そのものが即《すなわ》ち『ギンザ』ではないのだから。しかし、日本のどんな場所も『ギンザ』的状態になる瞬間がある。あるいはこうも言えよう。日本人は『ギンザ』的状態が大好きであり、生活の至るところにそっと『ギンザ』を隠し持っている、と。この『ギンザ』が、フランス人の持つ日本観、つまり『ブシドウ』『キンベン』『オギワラ』[*4]などのイメージに修正を迫るのである。

『トウキョウ』の『ギンザ』は一丁目から八丁目まで広がる市街地である。格子状[*5]に走る道路は中国の長安を模したものだ。中央通りと昭和通りの二本は南北方向、それに交差する晴海《はるみ》通りが東西方向への大通りだ。

私の常宿『ホテル・セイヨウ・ギンザ』は中央通りの北端、一丁目にある。『セイヨウ』とはヨーロッパの意味であり、いくら金持ちになったとはいえまだまだあなた方にはかないません、へへえっ、という日本人の謙虚さが感じられ、とてもいい気分で朝を迎えることができる。朝食はコーヒー、スクランブルエッグなど、徹底して『セイヨウ』にこだわっている。こちらが気を遣って『キモノ』でレストランに入ろうとすると(日本のホテルでは宿泊客に一枚ずつ『キモノ』をサービスする)、ギャルソンは遠慮がちに笑い、どうかスーツに着替えてください、とへりくだるのである。

ホテルを出て中央通りを南へ歩くと、左手に巨大なクリップ*6が現れる。身長ほどもあるクリップを、日本人はなにに使うのか。それについては日本人の宗教観から説明しなければなるまい。日本人の崇《あが》める造物主は『カミ』と呼ばれ、その意味は「紙」である。日本人は紙を信仰しているのだ。日本は八百万枚の紙が積み重なってできたと神話にもある。日本の台所を覗《のぞ》くと、必ず文字を書いた紙が貼《は》ってある。便所にも、電柱にも、電話ボックスにも紙がある。敬虔《けいけん》な信者は通りに出て、ティッシュペーパー*7を配り布教に努めている。おわかりだろう。クリップは巨大な『カミ』の降臨を願うモニュメントなのだ。無宗教で機械的な合理性のみを生活信条とする、といった日本人像は、大いに歪《ゆが》んだものである、と言わざるを得まい。

さらに進むと晴海通りとの交差点、四丁目に出る。初めてここを訪れる者は、北東角に伏せたライオン*8に驚かされることになる。このライオンはとてもおとなしく、人を襲うことはめったにない。もとはサーカスの呼び物だったのだが、飼い主の猛獣使いが大阪の飲食店*9にスカウトされたため寄る辺もなく、『ギンザ』をうろついていたところを三越《みっこし》デパートの社員に餌付《えづ》けされた。彼は三越の主な顧客である主婦層『オクサマ』に人気が高く、彼女たちの社交場となっている『ライオン・オクサマ』劇場では、毎日、ライオンを主人公とした小劇が繰り広げられている。私も何度か足を運んだが、ライオンが『オクサマ』の窓に忍び込むシーンなど、なかなか色っぽく、興奮させられるものであった。これほど親しまれているライオンではあるが、しょせん獣である。油断し過ぎた女優が腕を食いちぎられるという陰惨な事件はいまだ日本人の記憶に新しい。獣と相対するときのポイントは「目を合わせないこと」、これにつきる。戦前まで獣同然の暮らしをしてきた日本人はさすがによくわかっており、このライオンには全員尻《しり》を向けている。見事である。

三越は、世界有数の高級デパートとしてフランスでも有名である。店員のサービス、品揃《しなぞろ》えなど、申し分ない。日本で初めて、あの「マクドナルド」ができたのはこの一階であるが、もはや影も形もない。拍手喝采《かっさい》である[*10]。日本中の主婦は休日を三越で過ごすために日夜『ベルマーク』[*11]を集める。買い物で得た貴重な包装紙は『カミダナ』に祭られ、その後バスマット[*12]として使われる。多くの日本人にとって、三越は『ギンザ』のシンボルなのである。

これほどの名店三越の北隣に並ぶ松屋《まつや》デパートは、当然のことながら、長年不遇の時代をかこってきた。それが六年前、イギリスの自動車会社ＭＧ社[*13]と提携することで、若者の間では三越に並ぶかそれ以上の人気を博するようになった。とくに食料品売り場が充実しており、私も先日『カラシメタコ』を買ったばかりだ。唐辛子をペースト状に固めたもので、ここ[*14]でしか買えない珍味である。『キヨーケン』[*15]売り場の横になぜかフォションの食品売り場が独立して入っているのも、日本人独特のユーモアを感じさせて微笑《ほほえ》ましい。しかしなにより松屋デパートの呼び物は、豪華なトイレである。青白く輝く未来のトイレ、麦藁《むぎわら》の薫《かお》る大草原のトイレなど、意匠を凝らした作品が並ぶ。六階[*16]など、全フロアがトイレである。そのすべてがたった今磨いたばかりのように美しいのも、フランスでは考えられないことだ。もうひとつ。すべて、無料なのだ。天使だって雲の上から降りてきたくなるに違いない。

　中央通りを挟んで三越の向かいには、これまた有名店『ワコー』と『ミキモト』が並ぶ。『ワコー』とは、服部《はっとり》時計店、すなわち『セイコー』の、服飾品まで含めた販売店である。財布、鞄《かばん》、そしてもちろん時計まで、どれも上質で、職人気質《かたぎ》をうかがわせる製品ばかり。まさに国民的ブランドである。そのため、日本人女性の名前の多くは『セイコー』、『ワコー』、そして皇太子妃に倣《なら》った『マサコー』である。ちなみに犬の名前には『ハチコー』が多いが、その理由は不明である。

『ミキモト』は宝飾製品の専門店であるが、そのほとんどに真珠を使用している。真珠といえば『ミキモト』。銀色がかったあの輝きは日本女性の心をとらえて放さない。彼女たちは金よりも銀を好む傾向がある。金は「年寄りくさい」のだ。要は性的魅力に欠ける、ということである。そこで奇妙な風習が現れた。男性が陰部に真珠を入れ始めたのである。これは日本語で睾丸《こうがん》を「金色の玉」と呼ぶことに起因している。とにかくなにがなんでも、金より銀、である。オリンピックで日本選手がなかなか金[*17]メダルを取れないのは、あれは「取らない」のである。この考えは古来から根強いものがある。そうでなければ『ギンザ』は『キンザ』と呼ばれていたはずだ。

この二店に挟まれて『キムラヤ』という店がある。パン屋である。いったいなぜ宝飾店の間にパン屋が、と訝《いぶか》しがる方も多いだろう。そして、この店で最大の売り上げを稼ぎ出すのが習慣性の強い麻薬である、と聞いて、フランスの有識者諸君はもう、わけがわからなくなってフラメンコでも踊りたくなるに違いない。そう、『キムラヤ』はただのパン屋ではない。日本の闇《やみ》経済を支える一大チェーンストアなのだ。全国の小学校、中学校の近所には必ず『キムラヤ』があり、授業を終えた生徒たちの溜《た》まり場となっている。ここで彼らは『アンパン』と呼ばれる麻薬に耽溺《たんでき》するのである。私も実物を見た経験はないが、『アンパン』を摂取すると万能感に満たされ、校舎の上で「俺、すーぱーまーん」などと叫び、手をひらひらさせながらジャンプしてしまったりするらしい。恐ろしいことだ。どうしてこのようなものが公然と販売されているのか、理解に苦しむ。強力な経済を支えるためにはドーピングも辞さない、という政府の覚悟であろうか。リーゼント頭の中学生に聞いてみたところ「最近、アンパンなんてやったトキねーよ」と抜けた歯の隙間《すきま》からつぶやいた。日本における昨今の不況は『アンパン』が廃《すた》れてきた、ということなのだろうか。銀座の『キムラヤ』では、今日も『アンパン』を求める人の列が絶えないのであるが。*18

さて、四丁目交差点の南側に目を向けてみよう。南東の角には自動車メーカー『ニッサン』のショールームがある。自動車を買えない人々が歩道沿いに集まり、ガラス越しにスカイラインやシーマを眺めている。むろん中央通りにも晴海通りにも、ニッサン、トヨタ、ホンダはあふれているのだ。両側から高級車に挟まれてなすすべのない彼らの瞳《ひとみ》は、人生の不条理を目《ま》の当たりにした絶望に彩《いろど》られている。三越、ワコー前の人々は通りの向こうから無遠慮な視線を浴びせる。その瞬間、『ニッサン』前の彼らも『ギンザ』の一部になっているのだ。

南西の角はどうだろうか。ここには『サンアイ』*19という用途不明のビルが建ち、夕方ともなれば若い女性の待ち合わせでごったがえす。しかしワコー前の女性たちに比べ、やはりどこか違う。瞳に、影がある。何人かの女性にインタビューした結果、意外な事実が判明した。彼女たちは全員、妻を持つ男性と待ち合わせをしていた。これは『フリン』である。『フリン』とは「倫理に反すること」、配偶者を持つ相手との恋愛・肉体関係を意味する日本語だ。倫理とかおおげさなことを言っておきながら、これがフランス以上に盛んなのである。あなたたちはオフィスの恋愛関係図なんて書けないだろうし、自分の『フリン』を人に話したりはしないだろう。日本の女性は、やるのである。彼女たちは驚くほど多量の酒を飲み、肉を食うが、その際、もっとも頻繁に出る話題が『フリン』である。日本で女性にもっとも人気のある男優が「エロール・フリン」である。名は体を表すのである。彼女たちの待ち合わせに使われる『サンアイ』は、「三つめの愛」つまり『フリン』の隠語なのだった。

なお『サンアイ』の前には妙な形をしたバス停[*20]があり、ここに勤務する車掌たちはとても親切である。万が一、道に迷ったり、財布を落としたりしたときには訪ねてみればよい。

中央通りを南に進むと『キュウキョドウ』という店がある。「鳩《はと》がいる店」という意味だ。しかし、いくら店内を探しても鳩なんていない。店員に聞いてみると、悲しい話を語り出した。

もともと日本人は鳩が大好きだ。どの公園に行っても、駅のホームにさえも、鳩のさえずりが響いている。『ギンザ』にも昔はもちろん鳩がいた。しかもとりわけ立派な奴《やつ》だ。彼は交差点の対角に座るあのライオンとともに、『ギンザ』名物となった。荒々しいライオンと平和のシンボル鳩。彼らはよきライバルとして、切磋《せつさ》琢磨《たくま》を続けた。そこに、真っ黒な集団、カラスたちがやってきたのだ。彼らもただのカラスではなかった。夜は皇居で休み、陽が昇ると『ギンザ』で豪遊した。いわばエリート・カラスだった。

彼らは鳩を目の敵にした。自分たちより力で劣る鳩がちやほやされるのが憎たらしくてたまらなかったのだ。鳩は次々とカラスの犠牲となった。しかし、こうした状況に泣き寝入りする『キュウキョドウ』の鳩ではなかった。彼はカラスのボスのところへ行き、決闘を申し込んだ。ボスカラスにとっても望むところだった。闘いが始まったのは正月の朝、六時。日比谷《ひびや》公園の上空に飛び上がった二羽は、昼が過ぎても降りてこなかった。初詣客《はつもうできやく》は、頭上で鳥の尊厳を懸けた闘いが繰り広げられているとはつゆ知らず、お互いお辞儀してお年玉を交換した。いくつも揚がった凧《たこ》に鮮血が飛び散った。鳩たち、カラスたちは花壇に並んで戦況を見つめた。そのうち、凧のひとつにボスカラスが足を取られた。鳩たちは歓声を上げた。ところが『キュウキョドウ』の鳩は考えられないことをした。カラスの足に引っ掛かった凧糸をくわえ、切ろうとし始めたのだ。糸が切れ、カラスが凧をぶら下げたまま飛び上がったそのとき、鳩の両足には何重にも凧糸がからみついていた。そのまま、彼は落ちた。彼のまわりにはカラス、鳩、合わせて千羽以上が集まった。翌日、『キュウキョドウ』の前には鳩の死体がそっと置かれていた。その日以来、カラスは朝方でなければ『ギンザ』には近寄らず、鳩たちも距離的には近いが質的にまったく異なる『シンバシ』へ縄張りを移した。ライオンは今でも『キュウキョドウ』をじっと見つめたまま動かない。

そういうわけで、鳩が眠るこの敷石のあたりは日本でもっとも高価な土地として名高い。つまり世界一高いということだ。見えない鳩をいるものとして経済価値で表すとは、禅に通じる奥深い経済である。日本はここしばらく、それで繁栄を極めたのだ。『ハブリ』がいい、とは「鳩がよく羽ばたく」の意味であるが、これが日本では「金銭的に成功する」ということになる。『ハブル』経済には、我々も見習う点が多い。ともあれ一メートル四方で三千万円である。私は『キュウキョドウ』に三千円渡し、一平方センチメートルの敷地に自分の名前を刻んだ。言い忘れたが、『キュウキョドウ』は和紙や筆など、書道道具の店である。店内からは線香臭が漂う。香を薫《た》きしめた紙を扱っているのと、仏壇の前からここへ直行する老婦人が多いせいである。鳩も結構なところに埋めてもらって本望だろう。

そのまま中央通りを直進する。この通りでは日曜日ならば『ホコテン』という行事が行われる。道[*21]の両端にヘヴィ・メタルのバンドが並び、頭を振りながら延々と演奏を続けるのだ。演奏の邪魔は許されず、自動車も通りには入ってこれない。『ギンザ』とヘヴィ・メタルという組み合わせに、あなたたちは首を傾《かし》げるかもしれない。しかし日本ではヘヴィ・メタルの演奏は「ミサ」[*22]と呼ばれ、日曜日の音楽としては最適なのである。『ギンザ』には画廊が多い。自分たちの絵をできるだけ多くの人に見てもらおうと、通りに店員を立たせ、『カミ』を配って客を呼ぶ画廊が中央通りに何軒かある。見習いたい努力である。若い女性店員が、マンツーマンで絵の解説をしてくれる。「ウンメイテキナデアイ」「48カイブンカツバライ」[*23]など、新鮮な美術用語が飛び出すので、たいへん興味深い。ただ、少し香水がきつ過ぎるような気もする。現在、日本ではクジラやイルカの絵が流行《はや》っている。驚くに当たらない。セザンヌがリンゴやワインボトルを描いたのと同じである。ダリも言ったように、芸術は食欲なのだ。

陽が沈むと、裏通りにタイトな服を着た女性がぞろぞろ現れる。四季を通じて薄着で、肌の色と強いコントラストをなす口紅を付けている。まるで香水の風呂《ふろ》にでも入ったような匂《にお》いを漂わせ、男性を挑発しているように見える。しかし外見に惑わされて、値段を聞いたりしてはいけない。そういう職業ではないのだ。ところが失礼な男性は後を絶たないようで、カンカンに怒る彼女たちの姿は歌にまで歌われ[*24]、女性解放運動のテーマにもなった。

彼女たちは『クラブ』の職員なのだ。『クラブ』とは日本人特有の制度で、わかりやすく言うと「なにかのふりをして日常を忘れるところ」である。シリアスな人生をゲーム化することで「どうでもいいじゃないか」と受け流す態度は、禅とも儒教とも違う、新しい哲学だといえる。

小学生のころから日本人は『クラブ』に所属する。最初はスポーツ選手や科学者のふりをすることで、『サラリマン』[*25]になるしかないという夢のない未来に目を瞑《つむ》るのである。子供にもっとも人気があるのは医者のふりをするゲームだ。ティーンエイジャーたちは、深夜、狭いフロアでアルコールを摂取し音楽を聞く、という『クラブ』に所属している。これは、外国人のふりをする、というゲームである。アメリカの黒人や白人大学生の装《よそお》いでぎごちなく揺れる少年少女たちは、自分たちが扁平《へんぺい》顔の日本人であることを忘れようとしている。有名な『カラオケ』も、日本では社会的成功者である歌手のふりをする『クラブ』である。

そして成長した男性は、あの女性たちの働く『クラブ』[*26]へ通うことになる。この『クラブ』は家族ごっこである。中心を成すのは『ママ』、つまり母親である。周囲の女性たちはもちろん娘役である。メンバーのほとんどは男性であり、彼は理想的な家庭環境で『バンシャク』するのだ。『キモノ』を着た美しい妻、永遠に結婚しない娘たち。彼女たちにとくに気に入られたメンバーは『パパ』、つまり父親呼ばわりされ、至福を味わう。そこまで至らないメンバーは『センセイ』と呼ばれる。教師役である。日本には家庭訪問という変わった風習があるが、それをゲーム化したものだ。『センセイ』は、この場合は生徒役である女性たちの生活態度を注意し、難解な授業をその場で行う。生徒たちは「すごおい！」[*27]と賞賛の声を上げ、教師役の男性を尊敬するふりをする。一方で、女性には女性用の『クラブ』が用意される。奇妙なことにそこでは『オクサマ』と呼ばれるのが普通である。家庭ではなく、「赤と黒」に見られるような恋愛をゲーム化したものであろう。

その他、政治、学校、通勤、病院など、ゲーム化、『クラブ』化されていないものはない。注射が苦手だ、という男性も病院がゲーム化された『クラブ』には喜んで通うのである。日常のすべてを『クラブ』化し、抽象的なゲームとして日本人は日々を生きる。そして『ギンザ』が一大『クラブ』であることは言うまでもなかろう。それは日本の生活そのものをゲーム化したものだ。ここまでさまざまな店やデパートを紹介してきたが、どこにも生活必需品は売られていない。本当はいらないものばかりである。しかし、それらが必要なふりをし、男性も女性も大金を支払う。ここでは所有や交換、消費活動など、人間の社会性が『クラブ』化されている。私たちは祭りや祝いごとなど特別なときにダンスを踊る。『ギンザ』に集う人々は、みんなダンスしているように見える。いや、実際に踊っているのだ。あの四丁目角に設置されたスピーカー*[29]は、高周波で電波放送を流している。聴覚ではキャッチできないが、体の底にはその振動が響いている。かかる曲は決まっている。日本の裏国歌ともいえる『買物ブギ』*[30]である。三越のライオンの背面に回ってみたまえ。彼の尻尾《しっぽ》はタクトのように動いている。

*[28]

東京　ホテル西洋銀座二〇一二号室にて*[31]
*[32]ヴァーグ・マンソンジュ

註

当誌の校正担当により、マンソンジュ氏なる人物による本稿にはかなりの事実誤認が存在することが判明いたしました。至急、著者であるマンソンジュ氏に連絡を取ろうとしましたところ、ホテル西洋銀座にその所在は確認できず、それどころか過去五年間の宿泊者名簿にもそのような名前は見当たらないとのことでした。ただ、氏の寄稿された本稿はいくつかの点で興味深く、本編集部による註釈付きで掲載させていただくことにいたしました。日本通である有識者の方にもご協力をいただき、補足説明も含め、可能な限り正確な註釈ができあがった、と自負しております。本稿と対照させながらお読みください。なお、お気づきの点、ご意見などがございましたら、本編集部までご一報ください。

『ヴァンテリー』誌編集長　セリュー・トロンペリエ

［註釈］

1　日本では戦後とは、おおむね「第二次世界大戦後」の意味で使われる言葉である。日本独特の「年号」表示によれば、一九四五年は昭和二十年であり、昭和六十年といえば一九八五年だ。マンソンジュ氏はどうも計算が苦手のようである。

2　本当に苦手みたいである。

3　この奇妙な表現は、価値的に大きく隔たったものを例えて、日本ではよく使われる。その他「ぬかと釘《くぎ》」「ジュンとネネ」なども同じ意味。

4　ヨーロッパでもっとも有名な日本人といえばスキー複合競技チャンピオンのオギワラ・ケンジだ。しかし彼ほど偉大なアスリートが日本ではあまり高名ではない。そのため、彼は日本でのシーズンオフには、双子《ふたご》の弟と『ケンジ・キュウジ』という『マンザイコンビ』を組み、地方の演芸施設を回っているという。なお『マンザイ』とはコメディのこと。

5　これは京都。東京はどちらかというと同心円状になっている。高名な哲学者R・B氏はよく「ドーナツだよ」と笑っていた。

註6

註8

6　中心部に大きな洞穴がある、という意味か。
（写真参照）小さいものばかり作る日本人が、その反動でつい作ってしまった不良品のような気もするのだが。

7　ビニール袋入りのハンドティッシュが無料で配られている。袋には電話番号が記されており、宗教団体の本部のものだと思われる。日本滞在中の本編集部員がダイヤルしてみたところ、女性が出て、奇妙な声で唸《うな》り始めたそうだ。たぶんお経の一種だろうが、彼は「いきなりだったので、面食らった」と話している。

8　（写真参照）

9　大阪の『クイダオレ』という飲食店のこと。日本語で「食通」という意味である。この猛獣使いは現在道化師として、店頭で小太鼓を叩《たた》いている。

10　マンソンジュ氏は年配の人物らしく、いまだにアメリカ嫌いのようだ。

11　意味不明。

12　『フロシキ』を間違えて訳している。正しくは、ロシアから渡った食べ物で、牛の内臓を米に包んで揚げたもの。

註13

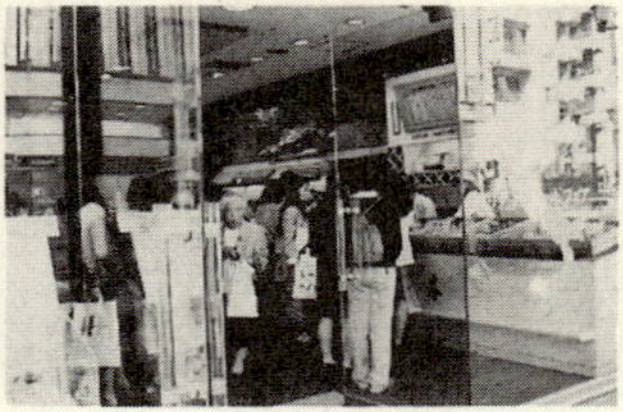
註18

13 （写真参照）

14 本誌への寄稿者ムエ氏は「そんなことはない。私はハカタとアカシで食った」と主張している。

15 日本の駅には必ずある売店。『キヨスク』の剽窃《ひょうせつ》だと思われる。『シューマイ』という栄養食品を主に取り扱う。

16 正しくは五階。八十八個の便器が並び、そこに紳士淑女が腰掛ける様子は壮観である。夜には照明が落とされ、ムードたっぷりの空間になるという。なんのムードだ。

17 実際には、オリンピックで日本選手が獲得した金メダルはかなりの数に上る。たしかにそのほとんどは『スモウ』や『テコンドー』など、日本古来の伝統芸能のためほかに競技者がいないという理由で獲得したものだが。

18 （写真参照）アンパンに群がる常習者たち。女性が多い。

19 （写真参照）古いのか新しいのかわからないデザインが日本的だ。

20 （写真参照）どう見ても交番に見えるのだが。

21 『ヨヨギ』の『ホコテン』の誤りである。なお『ホコテン』とは「ほこらに百二十年以上こもったテング」（ムエ氏）の

註19

註20

略で、しばしば子供をさらうそうだ。とすると『ホコテン』は、秋田の『ナマハゲ』のような行事なのだろう。

22
日本には三十万年の齢《よわい》を重ねる悪魔がミュージシャンとして活動している。ムエ氏も写真で見たが、なぜか往年のコミックバンド「キッス」のような風体をしていたそうだ。ともあれ、これは正確には「黒ミサ」であろう。

23
日本の不動産業者が投資用の物件を勧めるときも、同じような用語を使う。マンソンジュ氏が妙な絵をつかまされていないことを願う。

24
『ギンザカンカンムスメ』。歌うのは『カンカンムスメ』という三人姉妹のバンドで、全員がギターを持ちハードな音を聞かせる。ステージ上で殴り合いの喧嘩《けんか》も珍しくないハードコアパンクだが、ステージを去るときには『ウチラヨウキナカンカンムスメ』、つまり私たちは明るい朗らかな『カンカンムスメ』ですよ、と笑って歌う。日本の国民的バンド。

25
会社に所属する人間をこのように呼ぶ。女性は『サラリウーマン』ではなく、『OL』という。なんの略かは、不明。

26
『スナック』という看板も目につくが、これは日本語でクッキーなどのお菓子を指していう言葉である。三時まではケーキが出されるが、夜が更《ふ》けると『ウナギパイ』という「夜のお菓子」が供される。形態は不明。だがなんとなく想像はできる。下品、である。

27 『ホストクラブ』と呼ばれる。店員はみな異様に肩幅が広く、全員が髪の毛をとがらせたかつらをかぶっている。客はその毛でつつかれるのを好む。

28 『イメージクラブ』と呼ばれるもの。内容は『ギンザ』の『クラブ』と大差ない。氏の言う通り、実際、学校や通勤電車などがゲーム化されている。

29 日本ではマイクを装備した特別仕様車まであり、往来で音楽や演説の絶えることはない。

30 買物ブギ

　今日は朝から私のお家《うち》は
てんやわんやの大さわぎ
盆と正月一緒に来たよな
てんてこまいのいそがしさ
何が何だかさっぱりわからず

どれがどれやらさっぱりわからず
何も聞かずに飛んでは来たけど
何を買うやらどこで買うやら
それがごっちゃになりまして
わてほんまにようわんわ〳〵

たまの日曜サンデーというのに
何が因果というものか
こんなに沢山買物たのまれ
人のめいわく考えず
あるものないもの手あたりしだいに
人の気持も知らないで
わてほんまにようわんわ〳〵

何はともあれ買物初めに
魚屋さんへと飛込んだ
たいに　ひらめに　かつおに
まぐろに　ぶりに　さば　魚はとりたて

とびきり上等買いなはれ
おっさん買うのとちがいます
さしみにしたならおいしかろうと思うだけ
わてほんまによういわんわ〳〵

とり貝　赤貝　たこに　いか
えびに　あなごに　きすに　しゃこ
わさびをきかせておすしにしたなら
何んぼかおいしかろ〳〵
お客さんあんたはいったい
何買いまんねん
そうそうわたしの買物は魚は魚でも
おっさん　しゃけの罐詰《かんづめ》おまへんか
わてほんまによういわんわ
あほかいな

丁度となりは八百屋さん
にんじん　大根　ごぼうにレンコン

ポパイの好きなホーレン草
トマトに　キャベツに　白菜に
きゅうりに　白うり　ぼけなす
かぼちゃに　東京ネギ〳〵ブギウギ

ボタンとリボンとポンカンと
マッチにサイダー　たばこに仁丹
ややこし〳〵〳〵〳〵　ああややこし

ちょっとおっさん　こんにちは
ちょっとおっさん　これなんぼ
おっさんいますか　これなんぼ
おっさん〳〵　これなんぼ
おっさんなんぼで　なんぼがおっさん
おっさん〳〵〳〵〳〵〳〵〳〵〳〵
おっさん〳〵〳〵〳〵

わしゃつんぼで聞こえまへん

わてほんまによういわんわ〱

あー　しんど

31 このホテルにこんな番号の部屋はない。

32 こんな奴《やつ》、[*33]いるのだろうか。

33 もちろん、いるのである。いなきゃ、我々が困る。

うつぼかずらの夜

田町

最初に話を持ちかけてきたのは、Sだった。

アパートの一室にカウンターを置いて、もぐりのバーを始めようというのだ。教えられた住所を地図で調べ、ぼくはそのアパートへ出かけていった。浜松町《はままつちょう》・田町《たまち》間のJR線沿いには、廃墟《はいきょ》のような住宅地が広がっている。ひと気はいっさいない。洗濯物や猫よけのペットボトルなんかで、かろうじて住民の存在が確認できる。五分に一度、JR線が通り、住宅地全体を揺らす。何十年も電車のリズムに乗って暮らしてきたのだ。

「ストライキの日なんかには」ぼくは思う。「住民全員、落ち着かなくって、揃《そろ》って家の外に這《は》い出し、体をぼりぼりかきながら線路の方を見つめたりするんだろうな」

路地の行き止まりに、アパートは建っていた。まさに絵に描いたような、これぞ「にっぽんのアパート」という感じの建物だった。ぼくは一〇四号室の前に立った。路地に面した一階のドアに、まな板みたいに大きな表札が出ていた。おおげさな墨文字で

『N』とあった。ぼくとSの共通の友人の名だ。

ベンチャー・ビジネス一本槍《いっぽんやり》のNは学生時代からさまざまな会社の経営に携わり、当時、昔からの友人たちと電話回線を使った新規事業を始めようとしていた。彼らの話は、ぼくにはさっぱり理解できなかった。しかしNの人柄はよく知っていた。彼が友人を裏切るとか、手を抜いて他人を泣かせるなんてことは、最後の審判が終わった後でも有り得ないことに思えた。彼は自分の楽しみより友人へのサービスを優先させた。そしてそれで満足しているように見えた。なによりすごいのは、ぼくを含めた友人たちに「申しわけない」なんて気持ちをまったく抱かせなかったことだ。こういう人間は、そうはいない。

ドアをノックすると、奥から「おおう」と声がした。ぼくはドアを開け、中に入った。狭い玄関に靴が一足。げた箱、傘立て、そして冷蔵庫。げた箱の上に掛かった日本画はNの趣味だ。金箔《きんぱく》張りの扇子や家具調テレビなど、おおげさな和風物が好きなのだ。異様に細長い部屋だった。窓は大きいものの、陽はまったく射《さ》さず、外の天気も、昼なのか夜なのかさえも、わからなかった。こんなところに三カ月も暮らしていたNは、やっぱり普通じゃない、と思った。真っ黒なカウンターは部屋にあつらえたみたいにぴったりだった。Sがこの部屋を見て「闇《やみ》バー」を思いついたのもうなずけた。

Sは嬉《うれ》しそうに酒を並べていた。

「なんか、床、ねとねとするなあ」

「おう、スリッパ履けや。玄関にあるし」

いちおうフローリング、という感じの床は、微生物のペーストが塗ってあるみたいに粘った。スリッパで歩くと、ぺりり、ぺりり、と音がした。

「Nは?」

「なんか仕事で遅れるって」

ぼくはカウンターの上に置かれたグラスや酒を手に取り、不思議な気持ちになっていた。部屋の奥にはソファベッドや絨毯《じゅうたん》などがあり、Nの生活臭が漂っていた。そこに唐突にぴかぴかのカウンターやグラス、ペルノーやチンザノなんかが並ぶのだ。なんだかよくわからない空間ではある。けれど、確実に心地好《ここちよ》かった。友人の家でくつろぐのではない、バーで落ち着くのではない、まったく新しい心地好さを感じた。懐《なつ》かしさ、というのに近い感情だったかもしれない。小学生のときに作った、段ボールと土管の「基地」を思い出したからだ。

「ええやんけ」

「そやろ」Sは冷蔵庫からビールを出して言った。

薄暗い部屋で、ぼくとSは乾杯した。

保健所に無届けの闇酒場『バーN』は、そんな風に始まったのだ。

当時ぼくは五年勤めた会社を辞め、文字通りぶらぶらした日々を送っていた。夕方目覚め、「もう陽は沈んでるから」という理屈で酒を飲み、街を徘徊《はいかい》し、朝が来ると家に帰ってまた飲んだ。新聞はとっていなかったし、テレビを見ると吐き気がした。周囲を取り囲むぶよぶよしたゼリー状の空気の向こうに「世間」というものが本当に存在するのか、ぼくにはよくわからなかった。悲観的だったわけではない。ただ、海中に漂うくらげが水を吸うみたいに、ぼくは毎日酒を飲んだ。

「君の飲み方は、アホや」飲み屋で知り合った内科医が言った。「なにも食わんと、がばがば鯨みたいに飲んで」

「腹、減らないんですよ」ぼくは答えた。「無理やり食っても、そのまま戻すか、下痢ですからね」

「君はな、胃腸に比べて肝臓が強過ぎるんや」医者はほっけをむしりながら言った。「スーパーカブの車体にハーレーのエンジン積んで、ぶん回してるようなもんや。いつかパンクするど」

「うまいこと言いますねえ、ぱちぱち」拍手すると、彼は割《わ》り箸《ばし》をぼくの頭に叩《たた》きつけた。

最初、ぼくはＤＪとして闇バーに参加した。学生時代から、レコードだけはたくさん持っていたからだ。ただ、店にはＮのオーディオセットしかなかった。ミキサーもなんにもなかったのだ。だからぼくは、アンプのスイッチを切り替えながら、ＣＤとレコードを交互にかけた。情けない、という気持ちも最初は胸を掠《かす》めたが、じきに慣れた。

ＮとＳは日替わりでバーテンダーを務めた。カクテルブック片手のバーテンだ。そのうち、オリジナルカクテルまで作るようになったが、『カリブの暑い夜』とか『キリマンジャロ・ミキサー』とか、名前の通り、まったくいいかげんだった。「ノリ」で作るのだ。レゲエに合わせて腰をくねらし、ヒョーッ！　なんて叫んで、適当に酒やジュースを入れたシェーカーを振り回せば、中身がどうあれ『カリブの暑い夜』なのだった。無茶な話だ。

客は、そう、客は予想以上にやってきた。最初はもちろん、内輪ばかりだった。当たり前だ。崩れかかったアパートのばかでかい表札を見て、「おっ。一杯飲んでいくか」なんて思う奴《やつ》がいるものか。外から見れば、ただの家なのだ。だから、初めは毎晩、同窓会みたいになった。店の三人が全員、大阪出身なので、当然、その筋の奴が集まった。店の中では大阪弁が標準語だった。韓国人バー、なんてよくあるが、大阪人バーというのは、まあほかに類を見ないだろう。

そして『バーＮ』は、一度来たらそのまま逃れられない習慣性を持っていた。靴を脱いで上がり、スリッパをぺりぺり鳴らして席に着き、酔ってきたら床に座り込んでテーブルを、冬はこたつを囲む。そのまま寝てしまってもＯＫである。ユニットバスなので、お風呂《ふろ》もある。その上、勘定が、ざるですくえるくらいのどんぶり勘定だった。「お前、何杯飲んだっけ。五杯くらいか。うん、じゃあな、今日は二千円」

今日は、である。こんな店はない。

最初集まった知人たちは翌週になると友人を連れてきた。その友人が数日後、知人とやってきた。「こんな変な場所を知ってるんだぜ」と自慢したい気持ちは誰にだってある。そして、この田町の闇バーほど妙な飲み屋はほかになかった。客層は、どんどん広がっていった。

あまりの忙しさに、ぼくもＤＪとバーテンを兼ねることになった。カクテルなんて面倒なものを覚える気はさらさらなかった。ロック、水・ソーダ・トニック割り、以上である。ときどき女の子にジュース割りを作ることはあったが、あくまで特別の相手に限られた。

ここでは客も働かされた。ぼくたちは妖怪《ようかい》じゃないので、カウンターから奥のテーブル席まで手は伸びない。酒を運ぶのは奥に座った客の役目だった。レコードを裏返したりするのも、客の役目だった。電話を取るのも、客の役目だった。なまけている奴がいると、特製のカクテルがふるまわれた。テキーラとラムとウオッカに焼酎《しょうちゅう》、泡盛などを混ぜ、そのままストレートで飲ませた。みんな、泣きながら飲んだ。大粒の涙が、隠し味なのだ。

そのうち、客の中から手伝いたいという者が数名現れ、曜日ごとで担当を振り分けることにした。ラジオの深夜番組みたいなものだ。Nは金曜日、ぼくとSはそれぞれ火曜日と木曜日を担当した。ほかの曜日にも、ぼくたちはしょっちゅう顔を出していたし、顔を出せば働くことになるので、担当といってもあまり意味はなかった。しかし、確実に客がたくさん入るのは、Sの担当する木曜日だった。

Sは、会社の同期だった。彼は、なんというか、「まめ」な奴だった。ダブルのスーツに幅広のネクタイなんかを締めて、一見、泡銭《あぶくぜに》を追いかけるタイプに見えて、地道なところで人の心をくすぐる才に長《た》けていた。そしてなにより、相手のキャラクターを見極める天才と言ってもよかった。Sが「おもろい奴」と言えば、そいつはたいてい「おもろい」のだった。彼の周囲には、キャラクターが際立《きわだ》った人間がうようよしていた。そういう人間を収集するマニアみたいだった。

「おもろい奴らを集めて、なんかごっついことできへんかなあって思ってるんや」彼はよく言った。こういう彼は、バーテンダーにうってつけだったと言える。いろんな酒を混ぜて新しい飲み物を作り出すプロデューサーとしても、またそういう場を取り仕切るマネージャーとしても。

そして、Sは「おもろい」奴らを「まめ」さで魅《ひ》きつけた。

ぼくが会社を辞め、最初の本を出したときの話だ。本の発売日、午前中に、彼から電話があった。「おう、さっき本屋行ってお前の本くれって言うたらや、ない、とか言うねん。そんなはずない、調べてくれって言うたらな、店の奥に梱包《こんぽう》されたまま置いてあったんや。届いたばっかりやったんやろな。包みほどかせて、一番上にあったやつ、今買《こ》うてきた。なかなか、おもろそうやんけ」

こういうバーテンが、どんぶり勘定で酒を出すのだ。流行《はや》らないわけがない。

もちろん、Nの金曜日も盛況だった。昔からの仕事仲間は、東京に来る度、店を訪ねてきた。木曜日に比べると、店中が知り合い、という傾向が強かったように思う。Nは話の輪の外にいても、いつもその場の中心だった。老舗《しにせ》の居酒屋の大将、みたいな感じだ。

彼はぼくの本を自腹で三十冊買って、車で運び、バーの隅に置いた。そして来る客それぞれに薦めた。本の代金入れとして用意したナイキの空き箱に千円札がいくらたまっても、彼は無頓着《むとんちゃく》に店の隅に放置したままだった。最終的に金額が合っていたのか、ぼくにはわからない。たぶん、少なかったんじゃないか、という気がする。けれど本が一冊もなくなったバーの隅を見て、Nは「おう、よかったな」と嬉しそうに笑った。ぼくが客でも、こんな大将のいる居酒屋には、通いつめるだろう。

火曜日。この日は、無茶苦茶だった。立ち飲み客が出る日もあれば、カウンターが、冬の海岸に打ち上げられた材木みたいに見えるときもあった。ただ、この曜日ならではのものも、いくつかはあった。まず、カウンターの中に必ず酔っ払ったぼくがいたことだ。ぼくは店に来る前、酒屋に寄って自分用のボトルを買い、カウンターに入った。客に出すより、自分のグラスに注いでいる方が多かったと思う。まったく、クズのようなバーテンだ。

そして客も、あまり通常のバーでは見られないタイプが多かった。おとなしく飲んでるかと思えば、自分の体に絵を描き出す奴。「まがたま占い」なんていう聞いたこともない占術に凝っている奴(占ってほしい、と言われると彼は必ず「今日、自分のまがたま持ってる?」と聞くのだ。誰が持ってるか、そんなもん)。ウクレレを歯で弾いて、血だらけの歯茎で笑う奴。

彼らは、客ではなかった。ぼくもバーテンではなかった。カウンターは、グラス置き場ぐらいの意味しか持っていなかった。みんな酔っ払っていた。うつぼかずらに捕まった虫たちが、うろの底で蜜《みつ》をちゅうちゅう吸い合いながら暴れている、そういう感じだった。半分溶けていく体を揺らせる、統一感のないばらばらなパフォーマンスの中で、みんな世間、つまり自分というお化けへの怯《おび》えに向き直ろうとしていた。少なくとも、ぼくはそうだったように思う。そして向き直る度、さらに怯え、さらに体を震わせた。こういう場所は、バーに限らなくても、めったになかった。虫が集まらない日も、うつぼかずらは営業を続けた。

開店一周年パーティには、百人近い来客が予想された。店は二十平米ほどの広さである。二十人入ればいっぱいだ。ぼくたちは、店の近所の公園にカウンターを移し、屋外版『バーN』を開店することにした。ＪＲの線路に面したその公園はずいぶん広く、ぶらんこやジャングルジムはもちろん、船の形をした不思議な遊戯施設まであった。夜中を過ぎなければ、どんな狂宴が繰り広げられようとも、電車の騒音にかき消されてしまいそうなところがよかった。ぼくたちはオーディオ機器を回すために発電機を借りた。冷蔵庫はクーラーボックスで代用することにした。飲み物はじゅうぶんにあった。少し前に、宣伝用のビールを大量に分けてもらったのだ。三百五十ミリリットルの二十四本入りを、百箱。これを随時、店から運べばいい。店にガスコンロがないせいでいつもは出せない食べ物も、野外なら大丈夫だ。Ｎは当日に備え、バーベキューセットを手に入れた。なにより素敵なことに、公園には大きな噴水があった。ぼくは案内用に作ったファックス・レターにこう記した。『水着持参のこと。当日のルール　恥じない　吐かな

い　ケンカしない』

ぼくたちは一度来たことのある客全員に案内を出した。

当日は、朝から雨が降った。水蒸気みたいに細かい雨が、灰色の田町をどぶ鼠色《ねずみいろ》に染めた。夕方になって、ぼくはひとり、店に向かった。NもSも仕事が忙しく、七時を過ぎないと手が空かなかったのだ。戸を開けた途端、電話が鳴り出した。受話器を取ったぼくは、会場を公園から店に変更する旨《むね》を告げた。入りきらなくってもなんでも、ぼくたちには『バーN』しか場所がなかった。切る度、すぐに鳴り出す電話の前から、ぼくはまったく動けなかった。そのうち、最初の客がやってきた。Nの友人たち四人組だった。ぼくは安心して彼らに電話番を任せ、カウンターに入った。今夜は、酔っ払ってる場合じゃないぞ、と思った。

カウンターが埋まり、床に座る客が出てきたころ、Sがやってきた。ぼくたちは倍速モードのビデオみたいな動きで、ソーダ割りやオンザロックを作った。「お祝い」「差し入れ」の類《たぐ》いがカウンターに山と積まれた。ぼくは憤慨した。なんでバーの一周年記念にケーキを持ってくるのだ。後でパイ投げに使ってやろう、と決めた。そのうち、床に座った客がいやおうなく立ち始めた。奥の壁が見えない。音楽もよく聞こえない。人で、臭い。臭気をごまかすために、ぼくたちはラムのオンザロックをあおった。結局、酔っ払うしかないのだった。

Nが来たときには、店内は「ギネスに挑戦」という感じになっていた。客の数を数えようにも、頭や手や足がそれぞれそこら中から生えていて、なにか全体でひとつの化け物のように見えた。

「ねえ、ちょっと」こちらの方を向いて女の頭が喋《しゃべ》った。「便所が開かないのよう」ぼくはカウンターによじ上り、そこから便所の戸を蹴《け》っとばした。ふたりの男が便器に上がってビールを飲んでいた。カウンターの上のぼくと便器の上のふたりは、お互いを指差してげはげはと笑い合った。「まだおるど」彼らは言った。「この横の風呂おけに、まだ四人いてる。海水パンツ姿で、水かぶってるわ」

もう、どうしようもない。「おい、便所、無理や」そう叫んで、ぼくはさっきの女の頭を捜した。しかし化け物の体に埋もれてしまい、どこにも見つからなかった。たぶん外に抜け出して、公衆便所にでも駆け込んだのだろう。本気で便所に行きたいのなら、それぐらいのことはやってほしかった。

カウンターから降りようとしたぼくは、呆然《ぼうぜん》とした。下に居場所はなかった。化け物はその体をカウンターの中にまで侵入させてきたのだ。横を見ると、Sも上にのぼってきていた。やけだ。ぼくたちはかすかに聞こえる音楽に合わせ、踊りながらシェーカーを振った。

突然、玄関先で誰かが叫んだ。「ドアベル鳴ってる！　ベル鳴ってる！」

「静かに！　じーずーかーにっ！」ぼくとSは叫んだ。一体化していただけに、客全員は一瞬に静かになった。たしかに、この騒ぎで苦情が来ない方がどうかしている。Nが客の塊をできるだけ奥に押しやり、そっとドアを開けた。「なんでしょう？」「はい！」地球防衛軍みたいな格好をした男が箱を抱えて立っていた。「お待たせしました。シカゴ、チリ、ベジタブル、カレー、シーフード。それぞれ十二インチ。ドリンクが五本付きます。それにしても、なんですかここ。なにか、お店なんですか？」

Nは振り返って怒鳴った。「誰じゃ、こんなときにピザ頼む奴は！」

その瞬間、客は爆発し、何本もの触手で宅配アルバイトの男を店に引っ張り上げると、彼を飲み込みうねり始めた。そして誰かがかけたアース・ウィンド&ファイアの曲に合わせて揺れながら、ピザの空き箱と宅配チェーンのロゴマークが入った帽子をペッと吐き出した。十二時を過ぎたころ、本物の苦情があったのだが、彼らはもう、止まらなかった。Sとぼくも酔っ払い、カウンターの上でパンツ一丁になり、叫びながらジーンズで客の頭を鞭《むち》打った。

「ひとり帰りもうひとり去り」というより、化け物がだんだん小さくなっていくように、客は少なくなっていった。小さくなった化け物は、スペースが空いたぶんだけ、大いに暴れた。「ツッパリ・ハイスクール・ロックンロール登校編」に乗ってロカビリーダンスを踊る様子は、蠅《はえ》が組み体操を踊っているみたいだった。すごい光景だ、ほんとにすごい、と、ぼくは感心しながらカウンターの上でラムを飲み続けた。

光らない星がないように（たまにあるが）、帰らない客はいない（たまにいるが）。明け方になって、空き缶やスナック菓子が転がる床を掃除した後、洗い物の山にげんなりしたぼくたち三人は、それぞれグラスを持ってテーブルの周囲に腰を投げた。店の中には、まださっきまでの喧騒《けんそう》が遠く響いていた。

「何人やったんやろ」ぼくは言った。「見当も、つかん」

「野鳥の会でも、無理やろな」Sが言った。

ビールをひと啜《すす》りして、Nがつぶやいた。「六十五人くらいやろ」

「え？」

「数えてたんか？」

「いいや」Nは伸びをして言った。「まあ、そんなもんやろ。ええやんけ、数なんて」

本当だ。数なんて、どうでもよかった。

そのままぼくたちは、眠ってしまった。

あくる日の朝は、ものすごかった。煙草《たばこ》や残り酒のせいで、生ごみの捨て場所に置かれた猫のトイレのような臭気が充満していた。匂《にお》いで目が覚め、その目に匂いがしみ、涙があふれた。ぼくたちは咳《せき》をしながら、窓を開けた。しかし、それが風にも光にも無縁なただの窓枠にしか過ぎないことを、改めて思い知らされただけだった。薄く射《さ》し込む陽光に照らし出された流し台とカウンターに、前夜の糞《ふん》が積み上げられていた。ぼくたちは、無言で片づけを始めた。ぼくは、片づけるのがなんとなくもったいないような気がして、店の中を見回した。ふたりもきっとそうだったのだろう。あの朝の掃除は、まったく進まなかった。懐《なつ》かしい写真をたぐる手の動きが、いつもそうであるように。

その後、客も増えた。内装も変わった。テレビや雑誌に取り上げられることもあった。必ず「隠れ家」などと呼ばれた。その度、ぼくたちは冷笑した。「なんの隠れ家や、いうねん。あほくさい」本当に、いったい、なにから隠れるというんだろう。なにから隠れきれるというんだろうか。

契約は二年半で切れることになっていた。ふと気づくと、それだけ経《た》っていた。そして、更新するなら、もう二年半の契約を結ぶ必要があった。ぼくたちのうち、誰も更新に賛成する者はいなかった。ここまで続けろ、と勝手に線を引かれたような気がしたのだ。ぼくたちが走っていたのは、距離の決まったレースではなかった。それなのに、いきなり見ず知らずのおやじが横にやってきて、「いいラップだ。このままペース保って、次の計測地点まで十五キロ」なんて声をかけたのだ。『バーN』って、そういうのじゃなかった。

さよならパーティは、一周年記念のときと、まあ、同じようなものだった。ただ、人数がさらに増え、Nによれば百人以上が入れ替わり立ち替わりやってきた。ぼくとSは再びカウンターに上り、ダンスを踊った。ピザ屋は現れなかった。たぶん呼んでも来なかったろう。

翌朝、目覚めると、懐かしい臭気の漂う部屋の隅にSが転がっていた。Nは近所に借りた自宅に帰っていた。ぼくは薬屋で胃腸薬を買ってきて、Sに無理やり飲ませた。

「気色悪いな、これ、まずいし」彼は目のまわりを皺《しわ》だらけにして言った。

「飲んだことないけど、なんか見た感じ、修正液みたいやな」ぼくが言うと、Sは口を押さえ便所に駆け込んだ。

昼過ぎになると、店を手伝ってくれていた奴《やつ》らが集まってきた。

「おーす」Nも顔を出した。「四トン、借りてきたで。表に止めといたし」

ぼくたちはカウンターを、冷蔵庫を、椅子《いす》やソファを、レコードや酒やグラスを運び出し、次々とトラックの荷台に押し込んだ。「山」と書かれた掛け軸（どういう意味だ）など、N趣味の不思議な物品も大量に発掘された。前夜空いた缶や瓶の類いは、ごみ袋に十個分あった。

ぼくたちは黙って、最前線の工兵隊みたいに働いた。二時間も経たないうちに、部屋には染《し》みと埃《ほこり》以外、なにも残っていなかった。外から汲《く》んだ水を床に流し、洗剤を撒《ま》くと、ぼくたちは這《は》いつくばって雑巾《ぞうきん》を動かした。ぼくは初めて床の色を知った。エンジ色だとばかり思っていたのが、クリーム色だったのだから驚いた。みにくいアヒルの子だ。床拭《ふ》きも一時間ほどで終わった。あの匂いも消え去っていた。部屋はまるで消毒されたモデルルームみたいになっていた。

ぼくたちは全員外に出た。後ろを振り向き、なにも残っていないことをもう一度確かめて、Nはドアを閉じ、かかりにくくなっていた鍵《かぎ》をしめた。そして、あの冗談みたいな表札を、ドアから外した。さよなら、田町。

二年半の塵《ちり》を消すのに三時間。あっさりしたもんだなあ、と思う一方、まあ、あんなもんだろう、という気もする。とは言っても、醒《さ》めているのとは違う。ずいぶん、違う。

Sは、髭《ひげ》を生やして、いかがわしい風体に磨きをかけながら、勤め先、得意先、遊び場を飛び回る毎日だ。そして「おもろい奴」を見つけては、直観的に閃《ひらめ》いた相手同士を会わせて喜んでいる。外国や電波、服飾、水商売から堅気まで、彼の出没地域は幅広い。そんな雑多なものを混ぜて、どんなカクテルを作るつもりなんだろう。髭もバーテンを意識してのことかもしれない。

Nは自分の会社を作り、いよいよ通信に関する新規事業を始めた。彼のオフィスを訪ねると、冷蔵庫から必ずビールを出してくる。社員たちは、社長である彼を「おっちゃん」として見ているように見える。このおっちゃんのお勧めメニューやったら、間違いないやろ、という風に、彼に従う。そして彼はその信頼にこたえる。やっぱり社長は、「居酒屋の大将」じゃないと。

そしてぼくも相変わらず、世間に向き合って酔っ払う日々を続けている。ただ、あのころみたいな酒の飲み方はしなくなった。溶ける体のリアリティを求め、素面《しらふ》と酔いの境界線を突っ走る際、その場所をぼくは「酒場」から「言葉」へ移した、ということだ。

あのアパートは、もう取り壊されているかもしれない。しかし、全然構わない。N、S、ぼく。少なくともこの三人が、それぞれ勝手に、こんな風に思っていることは間違いないからだ。

「バーN　ただ今、この場所で、営業中」と。

すごい虎

柴又

ぼくは犬だ。

この商店街に居ついて、かれこれ一年になる。

生まれたときのことは、なんにも覚えちゃいない。ぼくの記憶は、段ボール箱の匂《にお》いから始まる。ぬるま湯につかっているような感覚の中で、ぼくは横になっていた。段ボールって、しばらく触れているとそこだけ温《ぬく》もってくる。じっと動かずにぼくは、薄く反射されてくる自分の体温にしがみついていた。飢えて、死にかけていたのかもしれない。生まれて何日経《た》っていたか知らないが、それまでに食物を口に入れた記憶がない。母乳の味すら知らない。でもきっと、人間だってそうなんだと思う。

突然、箱の蓋《ふた》が開いた。粉雪のような空気がきらきら匂った。光の粒が瞼《まぶた》の隙間《すきま》から流れ込んだ。今から思えば、このとき初めて、目が開いたのだ。

「るりちゃん、犬、犬だよ」

「信じらんない！　ともちゃん、ちょっとどいて。箱、下ろすから」

ぼくは「燃えるゴミ」として、捨てられていたのだった。

四本の手がぼくの体を引っかき回した。誰かに触られるのは気持ちがよかった。後々ぼくは人間の触り方にもいろいろあるのだと学ぶことになる。足で勢いよく腹を触ったり、棒を振り上げて尻《しり》を触ったり、遠くからポンと音をたてて脇腹《わきばら》を鋭く触ったり。

薄く開いた目を上げて、『ともちゃん』と『るりちゃん』を見た。初めて見た「もの」だったのだから、はっきりとした印象はない。しかし、なにかこう、心地好《ここちよ》い義務感のようなものを感じた気がする。なんだそれは、と言われても、犬だからですよ、と答えるしかあるまい。

『ともちゃん』がぼくを箱から抱き上げ、しゃがんだ膝《ひざ》の上に乗せた。自分以外の体温を感じ、ぼくはかすかに呻《うめ》いた。

「きゃあっ！　かあいーっ！」

「ともちゃん、あたしも、あたしもお」

かわいい。最近めっきり言われなくなった言葉だが、そんなに残念だとも思わない。この言葉を口にする人は、往々にして口に入れるものをくれないからだ。体をいじって、はい、お終《しま》い、である。まあ、危害を加える気はありませんよ、というサインぐらいに受け取ってはいるが、初めてこの言葉をかけられたあのときは、なにがなんだかわからなかった。『るりちゃん』は「かわいい」を連発したが、なんてカサカサした呼吸音なんだろう、なんて思ったものだ。

「ガリガリだよ、この子」

「あたし、食べ物取ってくるね」

『ともちゃん』が持ってきたポテトチップは、喉《のど》にへばりついて呼吸困難を起こしかけるような食い物だったが、体になにかを入れるという感触は、新鮮というよりどこか懐《なつ》かしく思えた。

やっぱり母乳かなんか、飲んでたのかな。

まあ、いいや。

『るりちゃん』の家でも、『ともちゃん』の家でも、ぼくはまったく歓迎されなかった。団地だったし、どちらの家にもインコがいたのだ。『ともちゃん』の家では、ポテトチップのせいか、玄関先で生まれて初めて意識的な脱糞《だっぷん》をしたため、とくに印象が悪かったようだ。『ともちゃん』の母は動転して、ぼくに殺虫剤をかけた。今でも脱糞するとき、つい涙を流してしまうのはそのせいだと思う。「海亀犬《うみがめけん》」などと、さんざんばかにされたものだ。

『ともちゃん』と『るりちゃん』はいい子だったと思う。なにしろぼくに初めて食べ物をくれたんだし、『るりちゃん』は暖房の効いた部屋で一晩泊めてくれたりもした。

でもお別れの儀式といって、ぼくの横腹に名前を書いたことは、今でもずいぶん恨んでいる。右脇に『るり』、左脇に『ともこ』。それも、油性マジックで。おかげで、ぼくを見た誰もが、ぼくを落書き帳みたいに扱うようになったのだ。ある学校では子供たちに追い回され、四十人以上の名前がぼくの体に記された。『ひろゆき』『けんた』『やすひろ』『ぶいち』『よしえ』その他大勢。マジックならまだしも、ボールペンや鉛筆で書こうとする奴《やつ》までいた。痛いって。小学生は、限度を知らないから嫌いだ。

スプレーを持った高校生に追われたことも二度や三度じゃない。あれは鼻が利《き》かなくなるからつらいんだ。

親切なおばあさんが、ぼくを家に連れて帰って、お湯を沸かしてお風呂《ふろ》に入れてくれたこともあった。ただ、水性絵の具だったもので、ぼくの体はだんだら模様になり、その上シャンプー、リンスのせいで毛はふわふわで、分裂症患者が描いた地獄の生き物のような風体になってしまった。おばあさんは真っ青になって、裏口からそっと、ぼくを押し出した。

幸い、毛は抜け換わる。その度に、希望も持つ。今度はまっさらな地毛のまま生きようと。しかし少しでも痕跡《こんせき》を見つけるや、どれどれ、なんて言いながら、みんなぼくの背中に字を書くのだ。

ぼくはあきらめることにした。

きっとそういう運命なのだ。

今どき、野良犬《のらいぬ》として生きるって、こういうことなのかもしれない。物事をあきらめると、ふいにうまい方に転ぶ、という話はよく聞く。ぼくの場合、そうはならなかった。ぼくの体から模様が消えることはなかった。

カラスからはつつかれ、ネコには追われ、ネズミには引かれそうになる日々。そして一年前、この商店街にたどり着いた。

ここではぼくのような流れ者を邪険に扱わなかった。かえって歓迎する傾向があった。体中に絵や字が書かれていることも、彼らにとってはなにかを思い出させるらしいのだ。

うなぎ屋の床下に住む老犬にこんな話を聞いた。

ずいぶん前に、この商店街で飼われていた虎《とら》が流れ者となった。そいつが一年に一度帰ってくる度、街中で大歓迎するのだそうだ。

「一年に一度だけじゃ」老犬は腹這《はらば》いになったまま、目ヤニの付いた目をうっすら開けてささやいた。「でも、律義《りちぎ》に必ず帰ってくるのじゃ、あの虎はな」

ずいぶんいろんなところをうろついてきたが、いまだに公道で虎を見かけたことはない。そこのところを虎自身もよくわかっているのだろう。自分が姿を見せると迷惑する人がいることを承知していて、ふだんは身を隠し、山鳥を獲《と》って糊口《ここう》をしのぎ、一年に一度「ほら、元気だよ」と姿を見せ、そして再び山へ帰っていくのだろう。

なんて根性の入った虎だ。ぼくはぜひ、その虎に会ってみたかった。あわよくば、一緒に山の中に連れていってほしかった。

そういうわけでぼくはこの商店街に身を落ち着けることにした。

ぼくは、この商店街では『イレズミモノ』と呼ばれている。昔呼ばれた『ホーイチ』なんて気の抜けた名前より、よっぽど男らしくて、ぼくはかなり気に入っているのだ。

「さくらよ、さくらあ」だんご屋の主人がよろめく声で叫ぶ。ぼくは毎朝、店先でこの声を聞いて目を覚ます。

「ここにいるわよう、おいちゃん」さくらさんはもう四十を過ぎていて、あの老犬は『姥桜《うばざくら》』と言うのだと教えてくれた。さくらさんは毎朝、主人のためにお茶を入れる。そしてふたりで延々と虎の話をする。働き者で評判だそうだが、ぼくは彼女がだんごを焼いているところを見たことがない。

入れ歯を口から出し入れしながら、主人は茶を啜《すす》る。「トラは、今ごろ、どの空の下をほっつき歩いていることやら」

「どうせまた女の子の尻でも追っかけ回してんでしょ、いい年して」

「そろそろだよ」主人は湯飲みで入れ歯を洗うと、そっと口に嵌《は》める。「そろそろ帰ってくるよ。そんな気がするんだ」

ぼくは起き上がって駅の方へ歩き出す。午前中の商店街は生ごみの匂いにあふれている。それを嗅《か》いで回るのはとても楽しい。いろんな食材をひとつひとつ思い浮かべていくのもいいし、少し気を緩めると全部混じり合って、音楽を聞いているような趣きがある。

その音楽も店によってずいぶん違ったものになる。うなぎ屋は、低音部から高音部が極端で、それでいてゆったりと流れていくポリフォニー。天ぷら屋は、全体を包む油の調べの中で色とりどりな音符がはぜる感じ。和菓子屋は、温かい小豆と凍りそうな砂糖がお互いを高め合いながらくるくる回る円舞曲。

ぼくは溜《た》まってきたよだれをハフハフと舌から地面に垂らす。なまじ想像力があるばっかりに、空《す》かさなくてもいい腹を空かせてしまう。

それとも腹が空いたから想像してしまうのかな。

どっちでもいいや。

ぼくは犬だから、いつだって腹が減っているし、いつだって排泄《はいせつ》したいのだ。老犬に言わせると、大人になるとは、この両方をコントロールできるようになることなんだそうだ。

駅前の電柱の前で片足を上げながら、ぼくはまだ子供なんだろうか、と考える。でも飼い犬経験のないぼくにとって、食欲と排泄をコントロールする意味がよくわからないのだ。

虎は、どうなんだろう。

それこそ本能のオモムクママという感じなんだろうか。

とにかく、伝説の虎だ。ぼくの想像なんて及びもつかない境地にまで達しているのかもしれない。まったく食べなかったりして。まったく出さなかったりして。あるいは、同時に食べ出ししたりして。うーん、なんだかわからないけど、すごいぞ。

ぼくは駅から始めて、小分けにして小便を排泄していく。一気にこれを出したら、どんな気分がするだろう。

商店街の入り口まで来たところで、弁当屋の正一《しょういち》に会う。右手に水性のマーカーを三本握りしめている。この商店街で、ぼくに落書きをする奴は五人しかいない。いずれも正一の一派だ。正一以外の連中は、みんな小学校に通っている。正一は、なぜか学校に行っていない。正一は、あまり喋《しゃべ》らない。時間はあるので、ゆっくり、丁寧に落書きをする。ぼくは、ほかの奴にされるより、正一に落書きされる方が好きだ。

ぼくはおとなしく石畳に座り込む。正一は真剣な顔つきで、赤いマーカーのキャップを取ると、左手で以前の落書きが薄れかけている太もものあたりを撫《な》で始める。毛を平らにすると、正一は唾《つば》を飲み込んで、マーカーを押しつける。ちょっぴりくすぐったいが、ぼくはすぐに慣れ、正一のマーカー捌《さば》きから、彼がなにを書いているのか推測してみる。

字だな。線だけで、意味のない動きをしている。特別慎重なのは、新しく覚えた字だからだ。正一の掌《てのひら》が少し熱くなってきた。大丈夫だよ、正一。そんなに背中を押さえなくても、ぼくは逃げやしないから。

正一はふうっと息をついて立ち上がった。ぼくは首を後ろに反らせて、太ももを見ようとしたが、へビじゃないので無理だ。

「たこやき、たこやき」正一は笑って、歌うように言った。「たこやき、たこやき」

そうか、たこやきと書いたのか。正一はよほど自作が気に入ったらしく、その後ぼくについて商店街を回り、「たこやき、たこやき」と歌い続けた。

正一の母が、ぶっかけ御飯とちくわの天ぷら三本をくれた。

ぼくがはぐはぐとちくわ天を頰張《ほおば》るのを見ながら、正一は小さく「いかやき」とつぶやいた。

朝から天ぷらはきつかった。ぼくは神社の灯籠《とうろう》の陰で休んだ。

神社にはひっきりなしに人がやってくる。虎の伝説を聞き及んでやってきた客が、商店街を通り抜けたすえ、所在なく立ち寄るのがこの神社だ。狭い敷地のわりに木が多く、商店街の明りに慣れた人たちは山門に立つと、必ず不安げに後ろを振り返る。そして明るいアーケードがまだそこにあることを確認して、おずおずと境内《けいだい》に足を踏み入れるのだ。

ぼくは冷えた地面の匂《にお》いを嗅いで、まだ冬なのを確かめる。冬の匂いは静かだ。神社の土はいつもこの匂いがする。商店街で暮らしているとわかりにくいが、天ぷら屋もうなぎ屋も、その一番奥にはこの冬の匂いがある。この商店街には冬がよく似合う。

川原の方から風が吹いた。

突然、ぼくの鼻孔《びこう》にたしかに嗅ぎ覚えのある匂いが飛び込んだ。全身の毛が逆立った。生まれたてのとき包まれていた、あの段ボールの香り。それもトイレットペーパーや缶ビールの入ったただの箱ではなく、動物脂肪《し》が染みついて柔らかくなった段ボール箱。雨に打たれてすぐ、火であぶって乾かされ、照り焼きのように油が染みた、あの匂い。ぼくと同じ、流れ者の匂いだ。

虎が帰ってきたのだ。

ぼくは跳ね起き、境内の柵《さく》を飛び越え川原へ走る。匂いはどんどん強くなっていく。ぼくが走るのを初めて見た、と言いたげに料亭のおかみが立ち止まっている。

川と並行に走る国道には絶え間なく車が通り、信号が変わるまで渡れそうもない。いらついて待っていると、トラックやバイクのエンジン音の向こうから、じゃばじゃばいう音が聞こえてくる。ぼくにはすぐわかる。虎が川へ放尿しているのだ。ほら、さっきすごいよ。

ぼくのしみったれた小便と、まったく、なんて違いだろう。すごい。虎は、やっぱり、の匂いに甘酸《あまず》っぱい香りが混ざってきた。すごい勢いだ。一気呵成《いっきかせい》に出しているのだ。

信号が変わり、ぼくは土手に駆け上がって川原を眺める。虎らしい影は見えない。でもぼくは犬だ。ぼくには匂いが見える。

ぼくは懐かしい香りのする方へ走り出す。広い川原だ。土手から川っぺりまで二百メートルはある。でも、鼻は確実にぼくを導いてくれる。虎の強烈な香り。酒と残飯とスポーツ新聞とバナナの皮と垢《あか》と、汗とインチキと女と段ボールの匂い。

川岸に渡し船の発着場がある。『ヤギリのワタシ』と呼ばれている。ぼくは何度もここには来たことがあった。いちおう観光名所らしく、年寄りの女性が多く訪れる。しかしその度に、無念そうな表情で引き揚げていく。それはそうだろう。誰の目にも流木が流れついて放置されたままにしか見えない。そこに、虎はいるはずだった。

しかし、いなかった。

かわりに、虎の匂いを全身から漂わせた男が、だらしなく、川に立ち小便をしていた。

虎は、どうしたんだ。ぼくはひさしぶりに唸《うな》り声を上げた。

「おっ、こりゃまた派手な犬だねえ」男は振り返り、右手を軽く差し上げると、性器をぶらぶらさせたまま流木の上を歩き出した。ずいぶん酔っているようだった。「お前もヤクザもんかい？　大丈夫、大丈夫。噛《か》みつきゃしないって」

この男が、虎を食ったのか！　商店街のみんなが、ぼくが、心待ちにしていたあの虎を！　ぼくは思いのたけを振り絞って吠《ほ》えた。二度、三度。

男は驚き、その拍子に足をもつれさせ、川に落ち、沈んだ。

そしてそのまま、上がってこなかった。

全身の力が抜けた。

気が抜けた拍子に、ぼくは腹に溜まっていた天ぷらをその場で排泄した。

「おおい、イレズミ。こんなとこにいやがったか」だんご屋の主人の声が土手の方から聞こえた。「心配してたんだぞ。なんか鉄砲玉みてえに飛び出してったって？」

ぼくは排便を続けた。出し終わると、後ろ足で砂を引っかけた。

主人は川べりまで来て、ぼくの横に腰を下ろし、煙草《たばこ》に火をつけた。そしてゆっくり煙をくゆらすと、大きく溜め息をついた。「さくらにはよ、ああ言ったけど、なんか俺ぁトラの野郎がもう帰ってこねえような気がしてよ。うん、なんだおめえ、泣いてんのか」

大便の後あふれ出してきた涙を、ぼくは殺虫剤の記憶のせいだと思いたくはなかった。

「しょうがねえなあ。あれ、なんだいこりゃ」主人はぼくの太ももを見て笑った。「そうか、食おう。たこやき、食おう。な、イレズミよう」

ぼくはどんな理由にせよ目を潤《うる》ませたまま、たこやきを思いハフハフよだれを垂らしながら、主人と並んでゆっくりと土手をのぼっていった。

正直袋の神経衰弱

池袋

朝、歯を磨いていると、池袋がやってきた。

「どうも、すみません。お邪魔じゃなければいいんですが」

「気にしないでいいさ」ぼくは歯ブラシを頰張《ほおば》ったまま言った。「今朝はとりたててやることもないし。まあ、上がって」

大柄な体をりすのように丸めながら、池袋は居間のソファにそっと腰を下ろした。そして腰のポケットからくしゃくしゃのハンカチを取り出し、首筋を拭《ぬぐ》った。初夏とはいえ、そんな暑さでもない。ぼくは湯飲みを差し出した。勲章をもらう魚屋みたいな仕種《しぐさ》でそれを受け取ると、彼は掌《てのひら》で何度か回転させて口に運んだ。違うって。ただの緑茶だって。

「実は、お願いがあって来たんです」池袋は言った。「今度の本に、ぼくのことを書かないでほしいんです」

「君を抜かすわけにはいかないよ」ぼくは驚いて言った。「そんなの白熊《しろくま》のいない動物園みたいなもんだ」

「そんなの白熊に失礼ですよ」池袋は、ハンカチを揉《も》みながら言った。「ぼくなんて、ほんとになんの取り柄もない、中途半端《はんぱ》な奴《やつ》なんです。ぼくみたいのが新宿さんや渋谷《しぶや》さんたちと同列に扱われるなんて、とんでもない話ですよ」

京都の大学を卒業して、ぼくはある会社の池袋支店に勤めた。それ以来、池袋とは十年近い付き合いだ。路地という路地を歩き回ったし、酔っ払って道端で朝を迎えたことだって何度もある。当然、思い入れはあった。

「地方の比較的大きな都市が、いきなりお上りで、山手線に組み込まれただけなんです。こないだも飲み会で倉敷さんや仙台さんに言われましたよ。『無理してんなあ、お前』って。わかってるんです、ぼくも。本当は田舎で地道にやってりゃよかったって」

「でも、君は東京でも三本の指に入るくらい、たくさんの人が利用する駅なんだよ」

「通過する、だけなんです」池袋は溜《た》め息をついた。「とりたててなんの特徴もない、ぼくみたいな奴に、愛着持ってくれる人なんていないんですよ」

窓から入る陽射《ひざ》しを背中から受けた池袋は、物干し台に忘れ去られた干し柿《がき》みたいに悲しげだった。

彼の自信のなさは今に始まったことではない。ぼくが初めて支店に出勤した夜も、居酒屋の隅でビールを勧めながら、退屈なところで本当にすみません、と彼は頭を下げた。

美術館や劇場、デパートなどが続々とできあがっていたころだ。当時でさえそんなだった彼の態度を思い出すと、目の前の枯れきった姿は不思議じゃないような気もした。実際、最近の彼はあまりにも目立たない存在だった。

「ラッコは元気なんだろう？」ぼくは聞いてみた。会社勤めのころ、仕事に飽きたぼくは、サンシャインシティの屋上でビールを飲みながら、よくラッコを眺めた。そのときだけは、彼も嬉《うれ》しそうにほくほく笑ってビールを空けたものだ。

「あの子たちにも申しわけなくって」池袋は言った。「葛西《かさい》か品川《しながわ》の水族館にいたら、もっと人気が出るんでしょうに」

これは、重症だ。

ぼくは、池袋に出かけることにした。

ＪＲ線の改札を出ると、相変わらず蟻《あり》の巣をぶっこわしたような人混みだった。昼前になると、さまざまな電車に乗って、おばさんたちがやってくる。まずは百貨店のレストランで食事、その後、婦人服売り場を儀礼的にひやかして回る。最上階に上がり催物会場で小銭を使うと、地下へまっさかさま、夕御飯のおかずを買って家路につく。紙袋を少なくとも四つぶら下げた彼女たちは、池袋の紙袋おばさんとして名高い。

この時間帯では、おばさんたちはまだ手ぶらだ。腹を空《す》かせて地下のコンコースを徘《はい》徊《かい》する彼女たちを見ていると、人間はもともと肉食獣だったに違いない、という気がしてくる。

「見てみろよ」ぼくは言った。「おばさんにとって、君はディズニーランドなんだ」

「銀座さんや新宿さんのところまで出るのが面倒なだけなんですよ」池袋は頭を振った。「引っ越せば、ここになんか来るわけありません。渋谷さんや巣鴨《すがも》さんに集まる人は、どこに移り住んでも月に一度はそこまで出かけていくもんです。ぼくのところは、そうじゃない」

「そんなことはないよ」

ぼくはおばさんふたり組をつかまえて、聞いてみた。「池袋には、よくいらっしゃるんですか」

「そうねえ」紫に毛を染めたおばさんが答えた。「週に三度くらいかしら」

「けっこう愛着あるんじゃないですか」

「愛着、ねえ」アフロヘア風のおばさんが言った。「ここしか手近な繁華街ないし」

「銀座や新宿までは、行きたくても遠いしねえ。ここで我慢するしかないのよね」紫のおばさんはそう言ってうしゃうしゃ笑った。

ぼくは黙って、コンコースから階段の下へ出た。池袋のシンボル『いけふくろう』の前で、ビジネスマンが何人も携帯電話をかけていた。

「ほら、なんかビジネス先端地って感じじゃない」

「いくら格好つけても、しょせん『いけふくろう』ですよ」彼は深く溜め息をついた。「だじゃれ、ですよ」

ぼくは再び黙り込んで、駅前の大通りを南に歩いた。通りに面して西武《せいぶ》百貨店のレコード店と美術館が向かい合っている。美術館の下のブックセンター・リブロは一日中いても飽きないほどの品揃《しなぞろ》えと、妙にひねくれた棚の並べ方がぼくの嗜好《しこう》にぴったりで、それこそ毎日通ったものだ。そして地下通路のジュース・スタンドが素晴らしい。ぼくはフレッシュ・ジュースが大好きなので、都内のジュース・スタンドはほとんど知っているが、西武の地下のスタンドほど創意工夫に富んだジュースを出すところはあまりない。

そう言うと、池袋はかすれた声で答えた。「あそこ、なくなったんです。去年」

ぼくはしばらくなにも言わないことにした。

そのまま行くと、線路をくぐって駅の西側に出られる通路に出る。この上にかかる鉄橋は、なぜか『ビックリガード』と呼ばれている。できた当時、珍しいほどの大きさだったのかもしれないが、それでも『ビックリ』はないと思う。もちろん、今ではどこにだって見られる、ごく普通のガードだ。そういえば、サンシャイン・ビルも建った当初は日本一の高さを誇っていたのだった。それが今や、はとバスのコースにも入れてもらえないさびしさだ。どうも、池袋って奴は、置いてけぼりをくらいがちなようだ。

「なにが『ビックリ』だか……」ぼくの心の内を見通したかのように、彼はつぶやいた。西口には日本最大級の売り場面積を誇る東武《とうぶ》百貨店がそびえ立つ。東京芸術劇場だって、ホテルメトロポリタンだってある。それぞれ立派な建築物だし、ただの箱じゃなく、多くの人に利用されてもいる。しかし池袋は視線を上げない。

西口公園では噴水が跳び、大学生が街頭アンケートを取っている。ゼミの課題かなにかだろう。犬を連れた老人がベンチでゆっくりと煙草《たばこ》の煙を上げる。幼稚園帰りの母子が三組、それぞれ手をつなぎ、習ったばかりの歌に合わせて歩を進めている。

「すみません、お時間よろしければ、お願いしたいんですが」後ろから声をかけられて、ぼくは一瞬驚いた。振り向くと白いポロシャツ姿の大学生が、分厚いノートを持って立っている。最近では珍しい、純正スポーツ刈りだ。

「時間は、構わないよ」

「ありがとうございます。簡単な心理テストなんです。ぼくが矢継ぎ早に質問していきますから、できるだけ素早く、一言で答えていってください」年下に限らず、こんなに正確に話す人間を見るのはひさしぶりだった。アンケートにうってつけだ。アルバイトで、いろんなゼミのアンケートを請け負っているのかもしれない。彼ならできる、とぼくは思った。

「わかったよ。いつでもどうぞ」

「まずですね。猫と犬ではどちらが好きですか」

「猫」

「なにに一番、お金をかけますか」

「お酒とレコード」

「海外旅行先として、一番行ってみたいところは」

「南極大陸」

　この調子で彼は質問を重ねていった。答えるのは全然苦にならなかった。それどころか、彼のテンポに乗って、勝手に言葉が飛び出した。まるで自分が機械になったみたいだった。彼がボタンを押す。ぽんとぼくが口を開ける。またボタン。また、ぽん。以下、繰り返し。

「最後です。世の中はどんどん良くなっていると思いますか。それとも、逆に、悪くなっていると思いますか」

「わからない、という答えもありかな」

「ありです」彼はメモを取るとノートを閉じ、ありがとうございました、と言って鞄《かばん》から封筒を出した。「記念品です」

「さっきの質問だけど」ぼくは聞いた。「君はどう思ってるの、世の中について」

「ぼくも同じ答えです」彼は笑った。「でも、ときどき、自分なんかとはまったく無関係に世の中は流れてるんだって感じるときはありますね」

　彼が去ってから封筒を開けると、大学名が記されたボールペンがころりと出てきた。薄いピンク色が、貝殻の裏みたいできれいだ。ぼくは胸ポケットにボールペンを留めた。

「あの学生の言ったこと、すごくよくわかるんす」夕方、西口の居酒屋のカウンターで、池袋は相当酔っ払っていた。「ぼくもね、自分の欠けた世の中ってものを想像することあるんすよ、最近はとくに」

「君の言ってるのとは、ちょっと違う気がするんだけどなあ」

「同じす。同じっすよ」池袋は自分のグラスに冷や酒をどぼどぼ注いだ。こんなことなら、アンケートになんか答えるんじゃなかった。

　それにしても、こんなに酒に飲まれる池袋を見たのも初めてだった。彼はぼくを連れてよく飲み屋をはしごしたが、どれだけ飲み食いしても顔色すら変えず、すみません、大食いの大酒飲みで、と笑っていた。常連客たちは『鬼の胃袋池袋』などと噂《うわさ》したものだ。そんな彼だから、酒の飲み方だって心得ているはずだ。それが、さっきから、サハラを横断した競輪選手みたいに酒を喉《のど》へ流し込んでいる。自分の心に開いた巨大な穴を酒で満たそうとでもするかのように、彼は次々とグラスを干した。

「ぼくはね、中途半端なんす。建ってる建物もね、全部、別にぼくんとこでなくっていいんす。映画館も、百貨店も、オフィスビルも、なんだってありますよ。けど、器がね、そういう器じゃないんす」

池袋は、そう繰り返した。目に涙すら浮かべていた。泣き上戸《じょうご》まで入ってきたのだ。

「先週ね、田舎のかあちゃんから、電話あったっす。帰ってこないかって。うち、おやじが勤めも定年だし、兄貴が去年、足折っちまって、畑、出られないんす」

「君の田舎って、農家だったのか」初耳だった。

「家手伝うもいいし、なんか仕事始めてもいい。ただ、帰ってきてくんねえかって。お前が必要だからって」泣き上戸というより、本気で泣いていた。酔ったふりをしている、という気がした。「こんなところにいて、みんなに相手にされないでいるより、田舎帰った方がよっぽど自分らしくできるんじゃねえかって思うんす。そう思わんすか」

ぼくにはわからなかった。田舎に戻ってがんばれよ、と言えば、きっと彼はそうしただろう。その場は壮行会となり、いくつか思い出話をした後、お互い連絡を取り合う約束をして、ぼくたちは別れただろう。けれど、それを本当に池袋が望んでいるようには見えなかった。一方で、彼を引き止める言葉も、ぼくは持っていなかった。

ぼくたちは黙り込んで、ひたすらグラスを空けた。こういう酒は、回るものだ。それも、突然すとんと、エアポケットに落ちたように、くるくる回り出すのだ。

「お客さん、閉めたいんだけど」主人の声に押し出されて、ぼくたちは外に出た。店の明りが次々に消えていく。池袋の夜はけっこう早い。ふらつく足取りで駅前まで歩くと、ぼくと池袋はシャッターの下りた百貨店の入り口に腰を下ろした。池袋は眠ってしまっていた。

どれだけ時間が経《た》ったのだろう。腕を小突かれて、ぼくは目を覚ました。警官かと思って、素早く身を起こした。ぼろに身を包んだ男が立って、毛布を差し出していた。

「いくら春だってもよう、こんなとこで寝てっと、質《たち》の悪い風邪引くぞ」

「すみません。大丈夫です」ぼくはあわてて立ち上がろうとした。しかし、ぼくの膝《ひざ》には池袋の頭が乗っかっていた。池袋はううん、と唸《うな》り、ゆっくりと目を開けた。

「そおら、そっちのあんちゃんの方は大丈夫じゃねえべ」男は、親指で公園の奥を指差した。「こっちさ、来るか?」

アルコールランプで煮立った鍋《なべ》。そのまわりにふたりの男が座っていた。池袋はしきりに瞼《まぶた》を擦《こす》っている。まだ、ここがどこだかわかっていないようだった。池袋だよ。

髪を後ろでまとめ、太く長いポニーテールにした男が、紙袋から焼き鳥を取り出してぼくたちに勧めた。「悪いけど、鍋はな、人数分しかないんでな」

ぼくはねぎまを齧《かじ》りながら、彼に聞いた。「池袋はもう、長いんですか」

「そうさなあ、八年になるかな」鍋をかき回しながらポニーテールは答えた。「田舎から出てきて三十年くらいだけどな、どうもいけなくってな。怠け癖がついちまって」

「どうして、池袋に来たんです」池袋がおずおず聞いた。「上野や新宿の方が、なにかと便利じゃないんですか」

「俺もよう、五年前までは新宿にいたんだけどよう」ぼくたちを案内してくれた男が言った。「あそこはなんか居心地悪いんだ。みんな『居着いちゃってる』って感じでよう。人にじろじろ見られんのも、気持ちのいいもんじゃねえべ」

「俺は前は上野だったのな」ポニーテールが言った。「あそこはな、なんか里心がつくのな。みんな黙ってるだろ。あれは、田舎のこと考えてるのな。いろんなもの引きずってる奴《やつ》が、上野には多いの。なんか事情があって、田舎には帰れないって奴が多いの」

彼はベンチの下から、プラスチックの皿を三つ出すと、鍋の中身を取り分け始めた。煮込んだ野菜にハムの細切れをまぶしたものだ。教会やボランティア団体がよく出すメニューだ。似てますね、と聞くと、昨日配られたのを温め直しているんだ、と答えた。

「池袋にはな、多いよ、俺《おい》らたちみたいなの」ポニーテールは続けた。「あと、外人さんとかな。要するに、田舎から遠くって、帰れない奴らな。でも当面はみんなここでなんとかしようって思ってんだ。新宿みたいにうるさくないしな。上野にいると、どんどん弱気になっちまうのな」

「落ち着くんだよ」それまで口を開かなかった男が低い滑らかな声で言った。「少なくとも、俺は、池袋のこの公園が、一番落ち着くね」

「俺も」

「俺らも」

池袋は、すなぎもをくわえて、話を聞いていた。一言も聞き漏らすまい、と考えているのが傍目《はため》からもわかった。そして彼らの話が終わったと見るや、立ち上がると、公園の外へ駆け出していった。三人の男たちとぼくはあっけにとられ、彼の姿を目で追った。百貨店の陰に姿を消した彼は、三分ほど経って再び姿を現し、ぼくたちのところまで走ってきた。紙パックの酒を三本抱えていた。

「二十四時間開いてる酒屋があそこにあるんですよ。ぼく地元だから詳しいんす」池袋は懐《ふところ》からプラスチックのコップを出して言った。そして三人に深々とお辞儀をした。

「ありがとうございますっ！　それから、申しわけありませんでしたっ！」

「なんだい、なんのことだい」ポニーテールは驚いた。当たり前だ。

「これからもよろしくお願いしますっ！」

「これからもくそも、あんちゃんだめだよ、俺たちみたいになっちゃ」そういう意味じゃないぞ。

「わかったって言ってやってください」ぼくは無口な男にささやいた。「それで気が済むんです」

「わかった」彼は厳《おごそ》かに言った。「よくわかった」無罪を言い渡す裁判官みたいだった。

その夜は五人で飲み明かした。警官は寄ってこなかった。そりゃそうだろう。池袋その人の宴席なのだ。

朝が来ると、男たちは箒《ほうき》を取り出し、広場の掃除を始めた。ぼくたちふたりも手伝った。池袋は、顔を洗ってるようなもんですね、と笑った。掃除が終わると、三人は公園の奥へ消えた。池袋は彼らの姿が見えなくなるまでずっと見つめていた。

芸術劇場のガラスに反射した朝陽が、公園中に散らばって木の緑を揺らした。噴水が少しずつ上がった。酒臭い池袋の空気が、だんだん薄まっていく。鳩《はと》の群れが駅の方からやってきて、噴水に飛び込み水を跳ねた。

振り返ると、池袋は姿を消していた。

ぼくはベンチに座り、公園全体を眺めた。犬を連れた老人、幼稚園へ向かう母子、学生たち。地面にしゃがみ込んで、へらでガムをこそげ取ろうとしている商店街のおやじ。鳩、噴水。池袋が不器用に、確実に、彼らを包み込んでいる。

田舎のおかあちゃん。池袋は地味に元気にやってますよ。帰るのはもうしばらく後になりそうだけど、ここには彼を必要だっていう人が、ごまんといるんです。待ってやってください。

そういえば彼の田舎ってどこなのか、聞くのを忘れた。まあ、また今度でいい。本人の許可も下りたことだし、今度の本に入れる池袋の話を考えなくては。

ぼくは尻《しり》ポケットからノートを出した。そしてピンク色のボールペンを掌《てのひら》で転がしながら、あの学生と池袋は、どこか似てるよなあ、なんてことをぼんやり思った。

アメーバ横丁の女

上野・アメ横

「たーへんだぞー、タラバが半額だぞー、もーけてねーぞー」

「にせんえんにせんえんにせんえん、にせんえんだよー」

どうしてみんなあんな声なんだろう。まるで喉《のど》の奥に石でも詰まっているみたいだ。

夏の昼下がり、鳴き疲れた上野《うえの》公園の蟬《せみ》と交代に、アメ横の店員たちは陽炎《かげろう》を震わせ始める。魚屋の声が目立つけれど、実は服屋や靴屋だってがんばっている。

御徒町《おかちまち》駅から上野駅まで、線路の両脇《わき》に五百メートルほど続く縁日。そして線路の下に迷路のように広がるショッピングセンター。化粧品、アーミーナイフ、するめ、ナイキにリーヴァイス。マイヤーズ・ラム、ファミコンソフト、まぐろに西洋なし。ここで手に入らない日用品なんて存在しないような気がする。

そういえば体重計を見たことはない。しかし、体重計は多くの人にとって日用品ではないと思う（そりゃ毎日乗る人もいるだろうけど）。

御徒町でビールを五本買って、一本は右手に持ち残りはリュックへ入れ、人波に流されて上野方面へ向かう。上野駅に近づくにつれて人波に勢いがなくなってくる。なまこみたいにでかいぎょうざで有名な中華料理屋のところでUターンし、御徒町方面へ。ビールがなくなるまで、ぼくは何周でも歩く。

個々の商品というレベルから店という単位まで、脈絡のなさで統一された商店街。ある店は右半分で輸入菓子を商い、左半分が中年好みの服屋（貴族が着そうなトレーナーとか）である。「野菜・果物」と看板を掲げた店が魚屋だったりもする。帽子屋の棚にすじこのパックが積まれているのには驚いたが、今はもう、なにがあっても驚かない。

四本目のビールを開けて、ぼくは電柱にもたれTシャツの襟首で顔の汗を拭《ぬぐ》った。軍用品で有名な『N商店』あたりがもっとも人口密度の濃い地域だ。何度も雑誌で取り上げられた輸入服屋の隣で、はっぴを着たおばさんがお茶を売っている。

「はい、いいとこ入ってますよ！　いいとこ、持って帰ってちょうだいよ！」

服屋も負けてはいない。

「なーんでも千円でいいよっ！　もう、たいへんだよーっ！　早くしろーっ！　たいへんだたいへんだたいへんだーっ！」

ふたりのハーモニーは前衛音楽みたいで、目を閉じると足音やざわざわ声と混じってもっとそれらしく聞こえた。ぼくは目を瞑《つむ》ったまま少しぬるくなったビールを飲んだ。ずきゅっ、ずきゅっ、と喉から頭に音が響いた。「ビールでよかった」ぼくは思った。

「もしこれがラムやウオッカだったら、アメ横に溶けてしまってたかもしれない」

溶けてしまうわけにはいかなかった。ひさしぶりでカレーを食べにきたのだ。湯島《ゆしま》のとあるカレー屋が、ぼくはとても気に入っていた。ぼくはよく徹夜をする。二日酔いと寝不足で爛《ただ》れた神経細胞を癒《いや》すのに、そこのカレーは最適だった。ものすごく辛いのだが、さまざまな後味が何重にも残り、舌を口の中で動かしているうち、頭が冴《さ》えてくるのである。そのあとプールなんかへ行けば、もう、心臓が止まりそうなほど気持ちいいのだ。そして、その日もぼくは徹夜明けだった。

気がつくと人の群れはさらに増え、会社員風の男たちも加わり、今や通りは行列チューブと化している。初詣《はつもうで》の人出と徹底的に異なるのは、その猥雑《わいざつ》さ加減だろう。店員、客、商品、道路、そういったすべてがばらばらで、そしてばらばらであることに歓喜している。『ばらばら教』の初詣というのがあったら、こういう風に見えるに違いない。

しかし暑い。じっとしていると体と空気の境界が曖昧《あいまい》になってくる。ぼくは空き缶を潰《つぶ》してリュックに放り込み歩き出した。『編み笠《がさ》さん』を見に行くのだ。

『編み笠さん』はアメ横の権化《ごんげ》のような人で、彼の姿を眺め、彼の声を聞いているだけで異様にリフレッシュできるのだ。その名の通り編み笠を被《かぶ》った(その名といってもぼくがそう呼んでるだけなのだが)彼は、変化に富んだ日本の四季を通して、ランニングに忍者のようなメッシュのTシャツを引っ掛けている。そしてアメ横ナンバーワンの渋い声で口髭《くちひげ》を震わせながら、客の群れに話しかけるのだ。怒鳴るのではない。話しかける、というのがぴったりなのだ。彼は自分のやっている仕事を完璧《かんぺき》に理解しているように見える。こういう人ってなかなかいない。

「どうして編み笠なんですか」ぼくは一度聞いたことがある。

「ヨガだからね」彼はぶっきらぼうに答えた。

わけがわからなくっても、ぼくは満足した。これ以上聞くのはやめよう、と思った。『編み笠さん』がメッシュのTシャツを着て通りに語りかけているだけで、もういいのだ。きっとそんな風に思っている人は、ぼく以外にもたくさんいると思う。

『編み笠さん』は今日も元気にまわりの空気を震わせていた。彼の動きは芸の域に達していた。流れるように、一点の無駄もない。声の生み出す振動に乗って、自然に体が動く。力を分けてもらったぼくは、湯島方面へ歩き出した。

通り全体がざわざわと騒がしく、この場に似つかわしくないものなどなにひとつない。タイやインドネシアの朝市が進化したような商店街。隅から隅まで、ぼくは歩きつくして、知らない店や商品なんて、ないと思っていた。

だから、その店を見つけたとき、思わず足を止めたのだ。

魚屋と時計屋に挟まれた一角。こんなところに、店なんてあっただろうか。ずっとシャッターが下りていて、それで気づかなかったのかもしれない。いや、この魚屋と時計屋は、もともと隣り合っていたはずだ。しかし、そこに田舎の海の家みたいな店が建っていて、店頭に置いた椅子《いす》に、おじさんがひとり、ぼんやり座っていることはまぎれもない事実だった。おじさんはいろんな色が入り交じったアロハシャツを着ていた。決して派手ではなかった。むしろ、その逆だ。しおれた墓参花みたいだった。

買い物客は、おじさんにもその店にも、いささかの注意も払わず、わあわあ話しながら通りを過ぎていった。周囲の喧騒《けんそう》をよそに、おじさんは黙々と競馬新聞を読んでいた。隣の魚屋で光るマグロの切り身やイクラに比べて、あまりにも目立たない存在だった。おじさんの横に置けば、きっと干しこんぶだって、鎌首《かまくび》を持ち上げそうに見えるだろう。店はその場所に完璧に溶け込んでいた。ぼくは数歩進んで、店の前に立った。まわりの声や風景が遠ざかっていくような錯覚が、耳の奥からぼくを襲った。

店の前では、空気すら違っていた。ひんやりとして、しかしどこか生臭い。高校生のとき、教師によく呼び出された理科実験室の雰囲気に、なんとなく似ていた。薄い細胞膜に包まれているような静けさと、夏の陽射《ひざ》しから切り離された生理的な涼しさ。あの薄暗い実験室に、ほかの季節は似合わなかった。夏以外の季節、あの部屋は閉鎖されていたような気さえする。

ぼくは開き戸のすりガラスから、店の奥を覗《のぞ》いた。しかし暗くてよく見えない。おじさんが座っている場所は、日陰になっていた。直径三メートルほどの退色したビーチパラソルが頭上に立っており、店先全体を夏の陽射しから守っていた。パラソルの根元には、戸板に脚をとりつけたような縁台があった。その上に置かれているのが、商品だった。『どれでも、ひとつ五十円』と書かれた札が縁台の隅に立っていた。

親指ほどの大きさの物体が、三十個ばかり、並んでいる。乳白色に濁った表面は、うっすらと湿り気を帯びて光っている。ところどころ半透明で、その部分には縁台の木目が湾曲して見える。なにかが固まったようでもあるし、なにかを溶かしたようでもある。乳白色のところどころに、黒い筋が浮いて、なめくじか、きのこみたいだ。よく見ると、すべて微妙に形が違う。先端がとがっているもの、三つの瘤《こぶ》を持つもの、からみ合った黒い筋が浮き出しているもの、などなど。どれにも、真上から、爪楊枝《つまようじ》大の串《くし》が突き刺さっている。縁台全体が標本箱のようだ。しかし、蝶《ちょう》や甲虫《かぶとむし》を集めた標本のような整理された様式美とは正反対に思えた。なんというか、もっとやわらかい、けばだった、存在の根っこに近いなにか。

ぼくは縁台の前にしゃがみ込み、じっと見ていた。妙な気分だった。得体の知れない安心感がもやもやと胸に巣くった。触りたくはないのに、つい、指を伸ばしそうになる。触れた途端、染《うつ》りそうだ。でも、いったいなにに。

「いらっしゃい」背後から声がした。振り返って見ると、おじさんが歯の隙間《すきま》を覗かせて笑っていた。「ひさしぶりのお客さんだ」

「ああ、いや、どうも」ぼくはしどろもどろになって言った。「客っていうわけではないんですが。ええ。ただ、見てただけですから」

「いいよ、いいよ。どんどん見てってちょうだい」彼は、あまり口を動かさずに言った。笑って見えたのは、地顔だったようだ。よく見ると、その顔はどことなく、崩れかけた土偶に似ていた。「見るのは、ただだからね」アメ横の店員が、よく口にする言葉だが、彼は本当に商品を売ることなんて考えていないように思った。ぼくが「商品」を見ているのが、ただひたすら嬉《うれ》しい。そういう感じだ。

「これ、なんていうものなんですか」

「なばもぷだよ」

「なんですって」

「なばもぷ」おじさんは愛《いと》おしそうに、縁台を眺めた。隅の方に置かれたなばもぷが、かすかに顫動《せんどう》したような気がした。「ようするに、アメだよ」

「アメですか」ぼくはほっとした。「食べ物なんですね」

「昔はね、みんなここでアメ売ったもんなんだよ。アメ横って名前は、そこから来てるんだからね。靴屋とか、魚屋とか、そういうのももちろんいいんだけど、アメの良さも、わかってほしいもんだね」おじさんは、笑い顔のままで言った。感情を推し量るのは、声からも表情からも、無理だった。

ぼくは周囲を見回した。パラソルの影が落ちているより外側は、ぼんやり霞《かす》んでいた。陽炎のせいだろうか。とにかく、ぼくとおじさんがこの世に存在しないみたいに、白いビニール袋をぶら下げて、人々は歩いていた。ぼんやりした人影が溶け合って、町全体がうねっているようにも見えた。

「ずっとここでお店出してるんですか」

「ああ、夏の間は、ずっとね」おじさんは言った。「でも、今日で今年は店じまいさ。明日から、来年用のを作り始めるんだ」

「気の長い話なんですね」すごいアメ屋だ。

「材料を見つけるのが、なかなか難しいんだけど、それも解決したし」

「見つかったんですか」

「ああ」おじさんはこっちを向いた。笑った、ような気がした。「ここに通えば、手に入らないものは、そうそう、ないからね」

「それは、よかったですね」ぼくもおじさんに笑いかけた。

ガラス戸ががらりと開いた。四十歳ほどの女性が、お盆にコップを乗せて立っていた。

「あら、お客さんなの。ちょっと待ってね」そう言うと、彼女は再び戸の向こうに姿を消した。

「どなたですか」

「ああ」おじさんは椅子に腰掛けて、ポケットから煙草《たばこ》を取り出した。「親戚《しんせき》っつうか。まあ、そんなところだ」

「きれいな人ですね」彼女は今まで会ったどんな女性とも似ていなかった。ある場所を写した風景画や写真がどれだけきれいでも、実際、その場の持つ力や美しさがまったく別物であるように、ぼくの記憶の中の女性たちと彼女はまったく違う範疇《はんちゅう》に属していた。ぼくは彼女が出てくるのを、冷たい唾液《だえき》を飲み込んで待った。

すぐに、彼女は現れた。コップがふたつになっていた。「麦茶。お客さんも、どうぞ」そう言って、お盆を差し出した。

「いや、そんな、ただ見てただけですから」ぼくはさっき以上にあわてて言った。

「遠慮することないよ」おじさんはコップをひとつ取った。「暑いでしょ」

本当は、そんなに暑くはなかったのだが、はい、と返事をして、ぼくもコップを取った。麦茶は井戸水みたいに程好《ほどよ》く冷えていた。「いただきます」ビールを飲んで歩き回った後の麦茶は、白糸の滝みたいに、ぼくの胃に滑り落ちていった。

パラソルの下の彼女は、光を放っていた。真っ黒な髪の毛は胸元まで垂れ下がり、象《ぞう》牙《げ》のような肌の色と絶妙なコントラストをなしていた。四十歳くらいというのは第一印象で、実際はいくつにも見えた。彼女はいつまでもこのままじゃないか、という気がした。縁台に置かれた新聞を片づけたり、おじさんのコップを受け取ったり、彼女が動く度に、不思議な匂《にお》いが漂った。香水じゃない。石鹸《せっけん》の類《たぐい》でもない。もちろん、煙草や料理などの生活臭でもなかった。それは彼女の体から発散されているとしか考えられなかった。いい香り、と言っていいのだろうか。ぼくにはよくわからなかった。いいも悪いも、神話に出てくるような果物を醸造して酒を造れば、こんな香りじゃないか、と思った。そんなもんじゃないよ、と、ぼくの中の誰かが言った。例えるなんて、できやしないよ。彼女は、そこにいるだろう。ほら、動いてる。揺れてる。飛び込め、飛び込め。

「どうしたの」彼女は縁台に座って言った。アメをビニール袋に片づけている。「麦茶、渋かったかしら」

「とんでもないです。おいしかった。ごちそうさま」ぼくは流れ出した汗を掌《てのひら》で拭《ぬぐ》い、コップを返しながら言った。コップに彼女の手が触れる瞬間、全身の毛が逆立った。ぼくは、彼女に触れたいと思った。しかし、一方で、それが取り返しのつかない結果となるような気も、すごくした。

「ねえ、家の中でゆっくりしていきません?」彼女が笑った。口をあまり開かない話し方は、おじさんと同じだ。

「そうだよ」おじさんも言った。「せっかくなんだからさ。こいつの料理でも、食っていきなよ」

「はい、いいえ、あの、そうですね」ぼくは後ずさりし、かと思うと前へ踏み出し、小便をがまんする男のようなステップでうろうろその場を歩いた。「だめなんです」

「どうして」「なんで」ふたりは同時に言った。

「その、カレーが」そうだ。「カレーが、待ってるんです」

「カレーだなんて、こいつの料理に比べたら……」

「だめよ、無理にお引き止めしちゃ」彼女はぴしゃりと言った。おじさんは口をとがらせていた。ぼくは少し残念だった反面、心からほっとした。さあ、カレーだ、カレー。

「でも、これひとつくらい、食べていってくださいな」

水鳥が魚を襲うようなスピードで、彼女の手がぼくの口元に伸びた。口の中に、冷たい異物感が広がった。「アメ、ですね」

「そう」彼女は言った。

味はしなかった。普通、消しゴムやプラスチックのキャップなど、味のしないものを口に含むと、すぐ吐き出しそうになるものだが、このアメは違った。口腔《こうこう》の壁に、ごく自然に馴染《なじ》んだ。まるで口全体がアメになってしまったような感じがした。突然、アメが割れて、どろりと生暖かい液体が出てきた。それは口から喉《のど》、胃の方まで、素早く広がって、ゆっくり染み込んでいった。

「正式にはなばもぷ。今年のだから。来年のはね、なんて名前にしようかしら。あなたも一緒に考えてくださる?」

「ええ。また会う御縁があれば」ぼくは、彼女と握手しようとして、あわてて手を引っ込めた。「さようなら」

「さようなら」彼女はにっこり笑った。

「じゃあ、すっかり長居しまして」ぼくはおじさんに手を振った。

おじさんはなにも言わず、手を振り返した。

ぼくは透明の膜を破って外へ出た。思わず目を覆《おお》ってしまうほど、眩《まぶ》しかった。あのパラソルの下は、ただの日陰じゃない。もしかしたら、ぼくは眠っていたんじゃないか、とさえ思った。しかし、しばらく歩いて振り返ると、おじさんと彼女が縁台を片づけているのが見えた。ぼくは安心して、人波に流されるまま、湯島へ向けて歩き出した。

ところが、カレーが、まったく喉を通らなかった。兄弟が多かったのと祖母のしつけのせいで、ぼくは食べ物を残すことに強烈な罪悪感を持ってしまう。けれど、スプーンを口元に運ぶ度、体の底から熱狂的な抵抗運動が巻き起こった。人体とは筒のようなものだ、とよく言われるけれど、その筒の中に電磁バリアが張られ、入ってくる異物を片っ端から弾《はじ》き飛ばす、という感じだった。体なんて、わがままなものだ。脳細胞や神経細胞のような一部の輩《やから》に盲従しているように見えて、いつ反乱を起こすか知れたものじゃない。

ぼくは、全身にひどく汗をかいていることに気づいた。店内は冷房がよく効いていて、ついさっきまでは肌寒いくらいだった。ただ、汗が出ているのに、暑さをまったく感じなかった。皮膚の表面に水滴が現れ、次から次へと流れて落ちた。じっと眺めていたぼくは、腕の汗を少し嘗《な》めようとした。その途端、電磁バリアが唸《うな》りを上げ、無意識に、というより、意識に盾突いて、大量の唾液がテーブルの上に吐き出された。

立ち上がろうとしたが、足がもつれ、椅子《いす》につかまってなんとかレジまで歩いた。昔、同じような症状を経験したことがある。食中毒だ。あのアメだ。ほかに、考えられない。

「大丈夫かい。入ってきたときと、顔が違ってるよ。ぱんぱんに腫《は》れちゃって」レジ係のおばさんが心配そうに言った。

金を払って外へ出た。腰から下の感覚がなくなっていた。

気分は相変わらず悪かった。病院に行くにしろ、あの店に戻ってアメの成分や原料を聞かなければならない。

病院の白い部屋で、医者が言う。「こりゃ、食あたりだね。心当たりは?」

ぼくが答える。「はい、アメを」

医者が聞く。「どんなアメ?」

ぼくが答える。「はあ、正式名称はなばもぷっていうらしいんですが」

だめだ。つまみ出されてしまう。五十円でも五十万円でも支払って、アメを買おう。

それを医者に持っていって、診《み》てもらおう。

　ぼくは手負いのなめくじみたいに、一歩ずつ歩を進めた。ときどき、くしゃみの精に蹴《け》っとばされたように、体全体がぴょんと跳びはねた。

もう陽も沈み、商店街はひっそりとしていた。あちらこちらで、シャッターが下ろされている。ガラガラガラ、という音を聞いて、ぼくは『編み笠《がさ》さん』の声を思い出した。なんだか、彼を見たのがとても大昔だったような気がした。

　店のガラス戸から、薄明りが漏れていた。豆電球のような色の、黄色い、ちろちろした光。蛍光灯より分厚く、手で触れられそうな光だ。

「ごめんください」ぼくはガラス戸を開けた。入ったところの土間に縁台が置かれ、彼女が腰掛けていた。彼女の肌は照らされ、ぼんやりと黄色い空気に溶けていた。

「いらっしゃい」彼女はぼくを見ると、ゆっくり口を横に広げた。三日月みたいだった。そしてそっと立ち上がり、土間の隅の食器棚にしゃがみ込んだ。

「体が、変なんです」ぼくは彼女に言った。「なんか、ばらばらになりそうで」

「まあまあ、焦《あせ》らないで」彼女は棚の奥に頭を突っ込んだまま言った。「よかったわ、間にあって。私たちも待ってたのよ」

「おう、来たか来たか。よしよし」土間を上がった座敷から、おじさんが現れた。「材料だ、材料だ」彼は口笛を吹いていた。夕方とは服装が違っていた。白衣を来て、大きな工具箱を左手に提げていた。

「ねえ」彼女がおじさんに言った。「串《くし》、足りるかしら」

「倉庫に三千本はあったはずだよ」

「そう」彼女は大きな布を抱えて、縁台のところに戻ってきた。そして縁台に布を被《かぶ》せた。ビニールシートだった。「はい、用意できたわよ」

「よし」おじさんは、工具箱からのこぎりを取り出し、縁台を指差してぼくに言った。

「さあ。寝転んで」

彼女が脱脂綿の山を持ってくるのが、横目で見えた。

ぼくの足は、意思とは関係なく、とても素直に縁台に向けて歩を進めた。体中の細胞がわんわん唸り声を上げていた。体の抵抗運動は、無政府主義革命として結実しようとしていた。わんわんわんわん。その向こうでおじさんの鼻歌が聞こえた。

「けけっけゃんけごごまんー」

今なら、なんとなく、意味がとれる、そんな気がした。

彼女が、こちらに手を差し伸べている。

唸り声が無秩序に高まる中で、ぼくは彼女の掌を、ゆっくりと握った。

もんすら様

巣鴨

五年間愛用していた耳かきが、折れてしまった。

もともとコンビニで買った、安いものだ。

昨晩、耳かきしながら、ベッドで本を読んでいるうちに眠り込んでしまった。明け方、とても冷えた。北極海で溺《おぼ》れて水面に顔を出したような気分で目が覚めた。そんな夢を見ていたのかもしれない。

起きた瞬間、右の耳に異物感があった。そっと手をやると、細い棒が突き出ていた。寝返りをうって、耳かきを折ってしまったのだ。枕元《まくらもと》を探すと、ふわふわの綿毛がついた部分が出てきた。ぼくは、二本の残骸《ざんがい》をごみ箱に投げ捨てた。五年間かき出し続けた耳垢《みみあか》と同じ運命を、まさか自分がたどることになったとはにわかに信じられなかったのか、残骸はぴったり身を寄せ合い、額に汗して働いていたころの記憶にしがみついていた。

しかし、困ったことになった。ぼくは、耳かきがないと、頭蓋骨《ずがいこつ》におからが詰まったような気分になって、人、物問わず、当たり散らすのだ。部屋の床を引っかいて、爪《つめ》をはがしたことすらある。あるいは逆に、耳を爪楊枝《つまようじ》でほじくって、流血させたことも。そんなにいつも耳ばかりかいているわけではない。ただ、ふと思い立ったときに、耳かきがない。それがたまらないのだ。だから、ぼくの生活のピンスポット部分から、耳かきがなくなったことはあまりなかった。

さしあたって、今すぐ耳をかきたいというわけではなかったけれども、早急に手を打つ必要はあった。

テレビなんてめったに見ないぼくが、一週間ほど前、老舗《しにせ》を紹介する番組で「耳かき屋」を見たのは、まったく幸運だった。そのとき、ぼくは近所の定食屋でたまごごはんをかき込んでいた。ユーザーの耳の形に合わせてさまざまなサイズの耳かきを取り揃《そろ》えているというその屋台は、巣鴨《すがも》のとげぬき地蔵尊・高岩寺《こうがんじ》の境内《けいだい》に店を開いていた。いい機会だ。この際、ぼくの耳にぴったりした上物を一本、購入することにしよう。

時計を見ると、九時を回ったところだった。まだ、早過ぎる。ぼくはいつものように、二度寝に入った。春眠暁を覚えずというが、冬眠だって、かなりしつこい。ぼくはまた冷たい海に潜っていった。体中の穴という穴に、耳かきを突っ込まれる夢を見た。朝方見る夢は奇妙なものが多いが、これは特別、変だった。五年間勤めあげた耳かきによる、最後の挨拶《あいさつ》だったのだろうか。そうだとしたら、趣味の悪い奴《やつ》だ。

蓑虫《みのむし》みたいに布団《ふとん》を体に巻きつけ、寝返りをうつと、11・30というデジタル表示が視界のどこかで光った。これじゃ、寝過ぎだ。ぼくはベッドから出ると洗面所に向かった。冷たい水で指を湿らせ、目のまわりを擦《こす》ると、ばっちり目が覚めた。ぼくは着替えて外に出た。十二月の空気は、肺に染《し》み込んでぼくを内部から消毒してくれた。機関車のように息を吐きながら駅まで歩いた。浅草《あさくさ》駅から地下鉄に乗り、上野で山手線に乗り換えた。

お昼前で、車内はけっこう混んでいた。シルバーシート近辺は、老人でいっぱいだった。どうしてシルバーっていうんだろう。髪の毛が銀色だからか。いぶし銀、という意味なのか。まあ、ゴールデン・シートじゃ、なにか賞品が当たるみたいで変だな。

そういえば、とぼくは思い出した。巣鴨は、たしか「おばあさんの原宿《はらじゅく》」と呼ばれていたのだった。どういうことだろう。なにが行われているんだろう。おばあさんが、踊っていたりするのだろうか。おばあさんが、スカウトされていたりするのだろうか。おばあさんが、道端に座り込んで、妙な薬でラリっていたりするのではないか。

ぼくは、耳かきを買ったら、決して長居せず、脇目《わきめ》もふらず帰ろう、と思った。

上野から六つ目の駅が、巣鴨だ。駅構内は、一見「おばあさん密度」がそんなに高くないように見える。何日めかの期末試験を終えた学生たちが徹夜明けの白い顔で群れているし、会社員だって年末のかき入れ時を迎え、あわただしくプラットフォームを行き来している。しかし、見た目にごまかされてはならない。学生、会社員など、動きの素早い人々の中で、小柄でスローモーなおばあさんたちは目立たない、というだけの話だ。改札口横の売店で、漬物やするめを売っていた。町に出る前から、おばあさんの支配力は及んでいるのだ。

駅前から白山《はくさん》通りを渡ると「おばあさん密度」は急激に高まった。パチンコ屋の前で立ち止まって数えてみると、歩行者の七割がおばあさんだった。なるほど、高齢化社会とは、街中がこんな風になることだったのか。ぼくは感心した。同時に、涙が出そうになった。

白山通りは大きな道路で、ひっきりなしに車が通った。渋滞はあまりないようだ。ところがその脇の歩道では、人混みがゆっくりと移動していくのだった。逆立ちした猫の方が速い、と思った。しかしおばあさんたちにとって、これが自然なスピードなのだ。だとすれば渋滞ではない。むしろ「流れている」といったところかもしれない。

のろさのわけは、歩道沿いに屋台が並んでいたからだ。無農薬野菜や鉢植え、こんぶ、飴《あめ》やチョコレートなどのお菓子類、ピーナッツなどなど。服屋の店頭に吊《つる》されたセーターなどをじっと見て動かないおばあさんもいた。セーターの模様が、彼女になにかを思い出させたんだろうか。故郷の風景とか、朝食で食べた奈良漬《ならづけ》とか、猫が獲《と》ったねずみとか。服屋の隣にマクドナルドがあった。ガラス越しに店内を覗《のぞ》くと、予備校生風の男の子四人とOLがひとり、できるだけ外を見ないように、うつろな目でハンバーガーを食っていた。これは、彼らが悪い。

この歩道は白山通りから外れ、内側へそれていった。とげぬき地蔵への参道につながっていたのだ。参道の入り口あたりになると、周囲の風景がよく見えた。おばあさんたちが、もう立ち止まらんばかりにすり足で歩くからだ。周囲を見渡す余裕が、気持ちの面でも身長の面でも時間の面でも生まれるわけだ。まるで氷河のように、彼女たちは進んだ。ぼくはおばあさんたちの真ん中に立ちすくんで、風景を、空を眺めた。「耳かき屋」までの道程は遠い。

参道の両側には、さまざまな店が並んでいた。そこで働く者を除いて、周囲はすべておばあさんだった。おばあさんにあらざる者、人にあらず、という気さえした。ぼくはかなり浮いているんだろうなあ、と思ってまわりを見回した。しかし、誰も気になんてしていなかった。おばあさんは目線を上げたりはしないのだ。戦車の銃眼から戦場を見渡すように、店先に置かれた物品をチェックしている。ぼくはここに存在しないも同然だった。少し安心した。

氷河のように、にじりにじり。陽が沈むまでに高岩寺にたどり着けるのか、不安になってきた。しかし、周囲に焦《あせ》りの色は見受けられない。巣鴨のことは、任せておこう、と思った。おばあさんをかき分けて進むなんて、論外だった。それぐらいみっしりと、おばあさんは道に詰まっていた。

しかし、恐れていたようなダンス、スカウト、クスリの類《たぐ》いはどこにも見当たらなかった（クスリはみんな何種類も鞄《かばん》に忍ばせているのだろうが）。どうして「原宿」なのだろう。妙な新興宗教の影も見当たらないし、宇宙について演説する者もいなかった。ぼくはしゃがみ込んで、隣にいたおばあさんに話しかけた。「あのう、すいません」

「はあ」食虫植物か微生物に見える柄のニットを羽織っていた。なかなかお洒落《しゃれ》だ。

「この巣鴨が『おばあさんの原宿』って呼ばれてるの、ご存じですか」

「なーにを言ってるの」おばあさんは仲間と顔を見合わせ、わっしゃわっしゃと笑った。

「あのねえ、おにいさん。原宿がね、『おねえちゃんのスガモ』っ！」

わっしゃわっしゃ。

素晴らしい答えだった。ぼくをやっつけた上で、なおかつなんの意味もない。これが「おばあさんの知恵」というものか。

ぼくは背筋を伸ばして前を見た。シルバーな髪の毛がまりものように揺れた。ぼくは空に向けて溜《た》め息をついた。「耳かき屋」までの道程は、まだまだ遠い。

どこもそうだが、この巣鴨でも、参道の雰囲気は縁日に似ていた。ただ、色の彩度が極限まで落とされている点が、お祭りとは決定的に違っていた。

おばあさんは、道を横切る方向にはなぜか小回りが利《き》くようだった。小さな背中が右や左へ、服屋やだんご屋を行ったり来たりした。夜の銀座や新宿を流す会社員より、よっぽど歩くことを楽しんでいるように見えた。店の前で誰かが立ち止まっても、もとものスピードが遅いので、人の流れはゆったりとそこを迂回《うかい》していった。こういうところはまさに縁日だった。

それにしても見慣れないものばかり並ぶ縁日だ。服屋に短冊《たんざく》みたいに下がった「もんすら」という札が気になった。遠目から、その商品が衣類であることはわかったが、実際はいったい、どういうものなんだろう。その横に置かれた「タビックス」は、「足袋」プラス「ソックス」だろうが、そのプラスにどういう意味があるのか、ぼくにはさっぱりわからなかった。こういった、ここでしか見かけない固有名詞は、ほかにもどっさりあった。

もしかすると、とぼくは思った。ぼくの近所の洋品店でも売っているものなのかもしれない。しかし、その場合の「もんすら」は、かなり虐《しいた》げられた存在ではないだろうか。店の主人もできることなら隠しておきたくて、客に「もんすらありますか」と聞かれるまで、素知らぬ顔で倉庫にしまっておくのだ。たぶん、一生、日の目を見ない「もんすら」も珍しくないはずだ。ところが巣鴨の「もんすら」は違う。ひとつずつ値札を貼《は》ってもらって、羽子板市に出品されているみたいに、堂々と店先にぶら下がっている。この参道を通るおばあさんは、そんな「もんすら」を見て、勇気づけられるのだろう。あたしだって、まだまだ大丈夫だよ、なんて。だから、巣鴨のおばあさんは堂々と歩く。その心理をついて、「もんすら屋」の店員は、おばあさんを「奥様」と呼ぶ。「いかがですか奥様」「よくお似合いです奥様」などなど。もちろん、照れ笑いが返されることもある。けれど、ほとんどの場合、おばあさんは「いやあ、奥様だって」と黄土色の声をあげ、わっしゃわっしゃ仲間と笑うのだ。巣鴨のおばあさんが「奥様」ならば、巣鴨のもんすらだって「もんすら様」と呼んであげなければ。

そんなことを考えているうち、高岩寺の門に着いた。いうまでもなく、混んでいた。同じ世代の人ばかりが集まっている、という連想から「原宿」呼ばわりされたのかもしれないが、とんでもない。迫力が違った。コンサートなんかに行けば、原宿的な集団を見つけるのは簡単だ。そういう意味では「原宿慣れ」している、と言えなくもないけれど、ぼくは、こんな大勢のおばあさんを見たことがなかった。しかも、誰もひとつとこ ろにとどまっていない。濃密なブラウン運動。あるいはネズミの大家族。

もちろんその行動にもルールはあった。どのおばあさんも、門の横の売店でなにか買って寺の奥に入っていく。近寄って見ると、手ぬぐいだった。中に銭湯とか、健康ランドでもあるに違いない。自前の手ぬぐいをぶら下げて来るおばあさんも多いことから、ぼくはそう確信した。そして、たとえ男湯があっても決して入るまい、と思った。ふやけた体が、そのまま元に戻らないような気がしたからだ。

しかし、それはまったくの杞憂《きゆう》だった。健康ランドなどなく、そのかわり、寺の奥に身長一メートルほどのお地蔵さんがあった。おばあさんは列をなして、お地蔵さんに水をかけては、手ぬぐいでごしごし擦っていた。白い湯気は、擦ることによる蒸気のようにも、おばあさんの吐息にも見えた。両方が混ざっていたのだろう。一心不乱に、おばあさんは手ぬぐいを使っていた。

そういえば、雑誌で読んだことがあった。昔は、手ぬぐいではなく、タワシだったのだ。ところがお地蔵さんがちびてどんどん小さくなってしまうので、タワシ禁止令が出され、そのかわりに手ぬぐいが登場したのだ。しかし、おばあさんの手つきを見ていると、手ぬぐい禁止令が出されるのも、そう遠い未来の話ではないだろうと思った。

「どうして、あんなに擦るんですかね」お地蔵さんの脇の屋台で薬草を売っていた中年男に聞いてみた。

「もう、擦るもんがほかにねえからだろ」男はそう言って、下品に笑った。おばあさんの話で下品になれるなんてすごい。ぼくは彼の鼻毛をじっと見つめた。

境内には、お地蔵さん周辺以外に、おばあさんはあまりいなかった。手ぬぐいの儀式を終えると、すぐに参道に散っていくのだろう。「耳かき屋」は、探すまでもなくすぐに見つかった。手相見のような箱型の屋台で、正面にぺたぺたと直筆の広告が貼りつけてあった。

これが、傑作だった。

造物主の忘れ物

お目々は涙で洗えます
お鼻はくしゃみで通ります
お口はつばきも舌もある
お耳にだけはなにもない

なにもない。ここまで断言されると、耳の奥から低い恨み節が聞こえてくるような気がした。広告に乗せられやすい、というだけかもしれないが、ぼくはサイズの違う耳かきを三本も買ってしまった。十年以上はもつはずだ。

それにしても、耳かきは、おばあさんによく似合う。むろん、自らの手でやる耳かきだ。

ぼくのおばあさんも、耳かきを何本も持っていた。千代紙細工の付いたもの、香料を薫《た》きしめた木で作られたもの、楊枝《ようじ》みたいに短いもの。籐《とう》で編んだ籠《かご》に、たくさんの耳かきが入っていた。耳かきだけじゃない。爪切《つめき》り、糸巻き、指ぬき。どうも「名詞プラス連用形」は、おばあさんっぽい、と言えそうだ。「髪どめ」もそうだ。「骨つぎ」も、まあ、そうだ。

そうか、だから「とげぬき」地蔵なのか。

ぼくは大発見をした嬉《うれ》しさに舞い上がってしまって、向かいの土産物屋台でもどっさり買い物をした。鈴や、眼鏡立てや、テレフォンカードなどなど。テレフォンカードには双子《ふたご》のおばあさんが座り込んでいる写真がデザインされていた。これにも手書きの広告コピーが付いていた。「ふたり合わせて二百歳のギャル」というのだった。もしかして、ありがたくも珍しい二百度数ではないか、と裏を見たが、やはり百五度数しかなかった。少しがっかりしたが、がっかりした自分が情けなくて、さらに深くがっかりした。店主のおじさんは、商品をすべて紙袋に入れると、火打ち石をかちかち鳴らした。厄除《やくよ》けなのだそうだ。厄除けが必要なものを商品として売るのはどうか、と思ったが、彼が分け隔てなく、おばあさん並みに扱ってくれたことに譲歩して、ぼくは境内を出た。

参道を駅の方へ戻ろうとして、ぼくは呆然《ぼうぜん》とした。真っ正面からおばあさんの大行進が迫ってきていた。ぼくは生まれたばかりの赤ん坊が並んだ産婦人科の部屋を思い出した。年を取ると「童心に戻る」のかどうか知らないが、顔つきは生まれたばかりの、あの、男か女かわからない顔に戻るらしい。人生の入り口と出口において、人間の風貌《ふうぼう》はユニセックス化するのだ。生活から、孫や嫁から自由になるこの参道では、その傾向はさらに強まって見えた。おばあさんはおじいさんであり、またどちらでもなかった。家族の中での役割や相対的な位置を示す名称ではなく、純粋な存在としての「おばあさん」。ぼくの目の前には、抽象化されたおばあさんの群れがいた。群れはゆっくりゆっくり、ぼくに向かって進んでくるのだった。

ぼくは回れ右をして、参道をそのまま直進した。モーゼだって、あの波を越えて進んでいくことなんてできなかっただろう。参道が普通の商店街に姿を変えるころ、「おばあさん密度」は落ち着きを取り戻した。ぼくは一息つこうと、酒屋でビールを買った。酒屋の隣の民家で、腰の曲がったおばあさんがじょうろで鉢植えに水をやっていた。彼女は、抽象化されていない、ごく普通のおばあさんだった。彼女には生活が感じられた。彼女かすかな女性の色気があった。ぼくは、おばあさんには、やっぱり暮らしの中で出会う方がいい、と思った。

その夜、風呂《ふろ》上がりに耳かきを試してみた。使い心地は、たしかに悪くはなかったが、「なにもない」とまで言われて買ったにしては、不満が残った。そういうものは、すぐ手元から消え失《う》せてしまうものだ。ご多分に洩《も》れず、耳かきは三本とも、三日と置かずどこかへいってしまった。たいして惜しくはなかった。コンビニエンス・ストアに行って、安物を買った。今のぼくには、これでじゅうぶんだ。ついでにウオッカも買って家に帰り、テレフォンカードを眺めながら耳かきをした。そして、まだまだ遠い「巣鴨」

へ続くぼくの道程を思い浮かべた。くらくらして、氷入りのウオッカを馬車馬みたいに飲んだ。

お面法廷

霞ケ関

地下鉄の階段をのぼりきると、夏の陽射《ひざ》しに照らされた装甲車が見えた。スーツを着込んだ役人たちが、外に出られるだけで楽しい、といった表情を浮かべ、笑い合って歩道を歩いていく。幅の広い車道の両側に、ほとんど等間隔で並ぶ建物は、一見どれも同じように見える。しかし注意深く見ると、やはりそれぞれ「らしい」形をしている。桜《さくら》田《だ》通りを北へ歩く。建物の隙間《すきま》をぬって、日比谷《ひびや》公園から、セミの鳴き声が聞こえる。通産省を過ぎ、大蔵省、外務省、農林水産省、そして東京高裁・地裁・簡裁の合同庁舎にたどり着く。このあたりでもとりわけ背の高い建物だ。隣に建つ、「ミニ東京駅」みたいな法務省に比べ、裁判所、と呼ぶには少し無機的に過ぎるような気もした。しかし、裁判なんて、もともと事務的で、味けないものなのかもしれない。ぼくは大きなガラス張りの入り口目指して歩き出した。穴の開いたジーンズ、Tシャツ姿に、警備員はなんの注意も払わなかった。当然だ。ここは裁判所なのだ。いろんな人がやってくる。それに、なにしろぼくは、どういうわけか被告なのだから。

一週間前、その封書は届いた。差出人は「東京高等裁判所・特別法廷」となっていた。封書に押されたはんこの「特別送達」という見慣れない文字が、ぼくの気分を高揚させた。おおげさな書類が自分宛《あて》に来ると、内容にかかわらず、たとえそれが生命保険のパンフレットや税金の督促状だったとしても、なんとなく嬉《うれ》しくなってしまうのだ。とにかくぼくは、わくわくして封筒を切った。

事件番号　平成#年（七）第二号
東京高等裁判所　特　第十五号い係
裁判所書記官　######
口頭弁論期日呼出、答弁書催告状

なんだなんだ。これはなんだ。
ぼくはあわてて二枚目に移った。

東京地方検察庁から起訴状が提出されました。
期日は平成#年八月五日午前十時と定められましたから、同期日に当裁判所特別第三法廷に出頭してください。

なお、起訴状を送達しますから、八月三日までに答弁書を提出してください。

いわゆる「起訴状」というものも入っていた。和紙で綴《と》じられた厳《いか》めしいものだった。なにが書かれているのか、ぼくにはさっぱり理解できなかった。専門用語のせいばかりではない。いくら読んでも、文字が逃げ水みたいにぼくの視線をすり抜けていくのだ。黒く大きな文字が、意地悪そうに身をくねらせるうなぎの軍隊のように思えてきた。

「いいんだよ、無理やり理解しようとしなくても」起訴状はにやにやしながら言った。「わかるところから始めればいい。あんたは八月五日に裁判所に呼び出されてる。そういうことなんだよ、要するに」

起訴状の言うことにも一理ある、と思った。わからないものはわからないでしょうがない。わかるところから、とりあえず始めるしかない。よくよく考えれば、ぼくはずっとそう考えて生きてきたのだ。

ぼくはカレンダーを開き、八月五日のところに赤い文字で「裁判」と書き込んだ。とにかく、行ってみないとなにも始まらないのだ。

金属探知機をくぐり抜け、エントランス・ホールに出た。天井が高い。ロビーで話し込む人たちのひそひそ声が、大理石の壁に染《し》み込んでいく。あの男は弁護士だろうか、それとも遺産の管財人だろうか。離婚訴訟の原告に見えるおばさん、ソファにふんぞりかえった借地権争いの中年男。世間話のように取り交わされる、親族間骨肉の争い。腹の探り合い。憎しみ。膝掛《ひざか》け。あきらめ。黒カバン。缶コーヒー。

柱の陰に、男がひとり立ち、カメラを抱え煙草《たばこ》をくわえている。火はついていない。事件を追いかけている、という緊張感はない。どことなく「さぼっている」ように見える。彼はときどき露出計を取り出し、ホール内の光量をはかった。その度、満足そうにうなずいた。たしかに、このロビーほど、自分が「なにかをしている最中」だという幻想に浸れる場所はないように思った。裁判に関わる以上、人は必ず「何者か」でなければならないからだ。あるいは、裁判に関わることで初めて、人は自分の立ち位置を認識できるような気もする。

案内板で調べても、特別第三法廷の場所はわからなかった。それどころか、第一も第二も表示されていない。時計を見ると、九時五十分を回っていた。やばい。ぼくは受付に駆け寄った。コの字型の中央で、年老いた職員が竹箒《たけぼうき》のように直立していた。

「あのう、これって、どこにあるんですか」ぼくは呼出状を差し出した。

「ええっと、ちょっと見せてください」彼はぼくの手から書類をそっと取り上げ、眼鏡をかけ直し、注意深く読み始めた。すぐに、目が止まった。インクを垂らしたみたいに顔色が変わった。

「どうしたんですか」

ぼくは無視された。職員は受付から飛び出しぼくの肩を押さえると、机の上のボタンを押した。間髪入れず、エレベーター・ホールの横から、制服姿の男がふたり現れた。

「君たち、早く！　早く！」軍人の駆け足みたいな姿勢で走ってきた彼らに、職員は呼出状を振りかざした。

軽くうなずいた男たちは、ぼくの左右に立ち、素早く両脇《わき》に腕を滑り込ませた。右側の男が言った。「さあ、行こうか」

「行こうかって」ぼくはあわてて言った。「場所だけ教えてもらえれば、ひとりで歩けますよ」

ぼくの言葉は、またしても無視された。ふたりはぼくを引きずるように歩き出した。頭ひとつほど背の高い彼らに挟まれていると、自分がNASAに捕獲された宇宙人になったような気がした。彼らの制服は、ひどく煙草臭かった。いがらっぽい腕が、ぼくの二の腕をぐいぐい絞りあげた。「痛ててて。痛いですって」ぼくが呻《うめ》いても、彼らはいっこうに気にしなかった。今日はいつも以上に、ぼくの言葉から重みが失われているようだ。

エレベーター・ホールを過ぎ、庁舎の裏口の方に出た。表玄関に比べ、休日かと思うほど閑散としている。奥まった廊下をかつかつ進み、なんだかよくわからない事務所をいくつか通り過ぎて三回ほど角を曲がると、黒く塗られたエレベーターの前に出た。一休みだ、と気を抜く暇もなく、するすると、まるで自動ドアみたいに扉が開いた。中に入ると、これまた勝手に扉が閉まり、エレベーターは下降を始めた。扉の表面は鏡張りになっていた。ほかにやることもないので、ぼくは両脇の制服男を観察した。ふたりは、双子《ふたご》みたいによく似ていた。服装のせいもあって、まるで忍者部隊みたいだ、と思った。裁判所のどこかに、彼らと同じ顔をした煙草臭い男たち三十人の詰め所があるのだろうか。彼らがプロ野球かなにかの話で笑い合っている姿を想像して、ぼくは溜《た》め息をついた。

エレベーターが止まり、ぼくたちは薄暗い廊下を歩き出した。まるでパズルの達人かなにかのように、制服男たちはいくつもの角を躊躇《ちゆうちよ》なく曲がっていった。そして、立ち止まった。

特別第三法廷、とだけ書かれた金色のプレートが、黒檀《こくたん》の扉に掛かっていた。右側の男が扉を開け、ぼくたちは並んで中に入った。木の長椅子《ながいす》。事務机。小さな冷蔵庫。なんの装飾もない。どうも法廷の控え室のようだ。男たちは、ぼくを挟んだまま、長椅子に腰掛けた。当然、ぼくも従った。二の腕への締めつけが少し緩んだことから、彼らが一息つくのがわかった。彼らだって、ご苦労さん、なのだ。緊張の多い仕事だからこそ、煙草の量も増えるのだろう。でも、制服はこまめに洗濯した方がいい。最近は中学生だって、詰め襟を三着も揃《そろ》えるというし。けれど、そう口に出していうのはやめておいた。匂《にお》いのことで他人に注意されると、人はえらく凶暴になったりするものだから。

部屋の奥のドアがぱたんと開き、ぼくと同年輩の男が顔を出した。「被告は入廷してください」

制服男たちは、さっき以上の力を込めてぼくの脇を固めると、勢いよく立ち上がった。煙草の匂いがいっそうきつくなった。

そうだ。ぼくは被告だった。

しかし、被告っていったって、なんの被告なんだ。いまだにその疑問についてなんのヒントも出されてはいなかった。ぼくは少し不安になり、右肩の上を見上げた。男は口を結び、正面を睨《にら》んでいた。左側も鏡に映したように同じだった。よくわからないが、彼らが職務に忠実なのは、どこかしら救いのように思えた。

法廷は二十五メートル四方ほどの広さで、スカッシュのコートには広過ぎ、養豚場には狭過ぎ、といった感じだった。蛍光灯の白い光が満ち、それが空気に馴染《なじ》んで、部屋全体が靄《もや》って見えた。ぼくたちが入ってきたドアは、法廷の正面、右隅に位置していた。同じ壁側の中央には、全体を見下ろすような高さで木製のピラミッドが立っていた。裁判長の席だ。新聞やなんかで見たことがある。初めてみる実物はあまりにもおおげさで、まるでサイズを間違えて造られた大道具のようだった。部屋の左右両側にひとつずつ、広い机があるのは、それぞれ検察官と弁護士のためのものだろう。彼らはまだ来ていない。そして、後方には木の柵《さく》が立っていて、部屋を三対一に区切っていた。その向こう側に並ぶ傍聴席を見て、ぼくは、ぶったまげた。

傍聴席は、人で埋まっていた。後から数えてみると四十二席あったのだが、ぼくが驚いたのは、そんな、数とか、量とかいうことではなかった。

傍聴席に座った背広姿の人々は、全員、お面を付けていたのだ。

黒い厚紙を丸く切り、目をくり抜いただけのお面だった。傍聴人たちは、一言も喋《しゃべ》らず、ただ正面を向いて座っていた。あまりにも静かで、存在感というか、気配がなかった。ぼくは混乱してしまい、彼らを呆然《ぼうぜん》と見つめながら、制服男たちに引きずられるまま歩いた。傍聴人たちは全員、高級そうなスーツを着ていた。ぼくはじっと睨まれているような気がした。しかし、お面の向こうの目はなにも見ていないような気もした。両脇に支えがあるのは有り難かった。足がひどくもつれた。正面に向かって右手の机の前に、パイプ椅子が三つ並んでいた。ぼくたちは、並んでそこへ座った。ぼくは、早く帰りたい、と思った。しかし、裁判は、まだ始まってもいないのだ。

「いいかい、君、ぼくの言う通りにしておけば、間違いないからね」突然、背後から声をかけられ、ぼくは飛び上がりそうになった。両脇を押さえられているので、首だけ回して声の主を見た。瘦《や》せぎすな中年男があわただしく鞄《かばん》の中身を机にあけているところだった。銀髪を、はかったように七三に分け、高価そうな銀色の眼鏡をかけていた。銀色のペンキをスプレーされた鶴《つる》みたいだった。

「言う通りって」ひさしぶりに声を出して、喉《のど》がからからなのに気づいた。軽く咳払《せきばら》いをして続けた。「あなた、いったい、誰ですか」

「見てわからんのか。弁護士だよ」得意そうな声だ。「今日の裁判は、ぼくに任せておきなさい」

ぼくは向かいの席を見た。口髭《くちひげ》を生やした酒太りの男が真っ赤な顔をして、こちらをじっと見つめ、薄ら笑いを浮かべていた。「じゃあ、あれが検察官」

「そう」弁護士は小声で言った。「あいつの言うことにも逆らわん方がいい。どうやら証拠は揃ってるらしいから、へたに口答えしても心証が悪くなるだけだ。情状酌量の線でいくしかないね」

「証拠って」ぼくは驚いて言った。「いったいなんの……」

「しっ」弁護士がささやいた。「裁判長が入るよ」

木製ピラミッドの後方の壁がどんでん返しのように開き、黒いてるてる坊主《ぼうず》みたいななりの男が現れた。角刈り、削り落としたような頰《ほお》。うつむいて上目遣いのまなざしは、法廷をじろりとねめ回し、最終的にぼくの顔に落ちた。寒気がした。

「それでは開廷いたします」さっき控え室に顔を出した若い男がよく通る声で言った。

「一同、起立してください」

ぼくは制服男の腕にぶら下がるように立った。検察官も立ち上がった。傍聴席の面々もいっせいに、音もなく起立し、全員、法廷に向かって軽く礼をした。そして誰に言われるでもなく自然に着席した。ぼくたちも座った。制服男はぼくの体から腕をほどいた。脇の下が、幻肢を挟んだみたいにふわふわした。

「では、被告、前に出なさい」低く太い声で裁判長が言った。ぼくはふらふらと立ち上がり、二、三歩前に進んだ。裁判長は、ぼくの名前、生年月日、住所などを、事務的に確認していった。こんなものはどうでもいいんだけどよ、と言いたげだった。とにかく聞くことになってるんだ。いちおう、聞いといてやるよ。質問の度に、彼は手元の書類から顔を上げて、ぼくを見下ろした。冷たい目だった。爬虫類《はちゆうるい》に似ていた。注意して見ていると、彼はまったく瞬《まばた》きをしないのだった。

ぼくを座らせ、裁判長は言った。「検察官は、起訴状を朗読してください」

「はい」髭の検察官が、体を揺らして立ち上がった。スーツのピンストライプが、等高線のように湾曲している。顎《あご》に洗濯《せんたく》バサミが二十個はぶら下げられそうだった。開廷前からの笑みが頬に張りついて、楽しくって仕方がない、という表情だ。仕事熱心、というのでもない。制服男たちとそこがまったく違う。口笛でも吹きそうだ。鳩《はと》の鳴き真似《まね》をするあざらしだ。「では八月五日時点での起訴状を読み上げます。公訴事実第一。被告は七月八日午前三時から五時にかけ、浅草《あさくさ》・初音《はつね》小路《こうじ》にある飲食店『ほまれ』で日本酒三合、焼酎《しょうちゅう》五百ミリリットルを摂取した。酩酊《めいてい》状態のまま隅田《すみだ》公園に向かい、夕六時過ぎまで友人のホームレスY、Nらと話した後、帰宅。雑誌Dに連載中のコラムを執筆した。作業が終わると入浴し、外出。人形町《にんぎょうちょう》の居酒屋『アルス』、浜町《はまちょう》の大衆酒場『大黒屋』、日本橋のスナック『ころり』を転々とした後、午前二時に帰宅し、翌朝九時まで玄関にて靴を履いたまま泥酔《でいすい》したものである」一瞬間があいた。あの朝、ぼくがなにをしたというんだ。唾《つば》を飲み込んで続きを待った。「次に、公訴事実第二」

「ちょっと待ってください」ぼくは立ち上がった。「今のどこが公訴事実なんですか。酒飲んだら、犯罪ですか。いつ禁酒法が……」

「被告は機会を待って発言すること」裁判長は早口でつぶやき、瞬きしない目でぼくを睨んだ。体が震えた。足ががくがくと後ろに下がり、骨を抜かれたみたいに腰が下りた。

「検察官、続けなさい」

「公訴事実第二。被告は七月十四日午後四時、銀座四丁目交差点で女友達Mと待ち合わせ、書店『教文館』、レコード店『ハンター』を徘徊《はいかい》した後、地下鉄銀座線銀座駅で夕刊紙を購入。車内でみだりに見出しを朗読しながら上野へ向かった。通称アメ横と呼ばれる商店街で、かねてから口約束していた通りMの皮膚角質層除去のため化粧品二千三百四十円分を購入後、上野公園へ。西郷隆盛《さいごうたかもり》像に掛かった『交通安全』のたすきを指差し大笑いする、などの行動をとった。JR山手線で日暮里《にっぽり》に向かった被告とMは、季節外れにも谷中《やなか》のおでん屋『たき』にて、大根、じゃがいも、ちくわ、すじ、こんぶ各二、たこボール、ごぼう巻き、焼き豆腐、がんもどき各一を二名で摂取。千駄木《せんだぎ》のバー『みみずく』にて、ラム酒のオンザロック四杯ずつを摂取。午後十一時、被告は山手線内回りでMを渋谷《しぶや》まで送った後、地下鉄銀座線に乗り換え、ひとりで帰宅したものである」

やれやれ、西郷さんがそんなことで怒るはずはない。夏におでん食ったら重罪、とか。これるという、新しい刑法でもできたとでもいうのか。ごぼう巻きはとくに重罪、懲役に付さこれはなにかの冗談に違いない。そう思わないとやってられなかった。つい、あくびが出た。

「被告！　これ以上、本法廷に不服従な態度をとった場合、退廷を命じます」裁判長の声を聞くと、ドライアイスの錐《きり》が胸に突き刺さったような気分になった。「そうなると欠席裁判となります。それでも構わないのですね」

ぼくはうつむいて座り直した。背後から、弁護士が静かに言った。「あんた、いいかげんにしないと、弁護できるものもできなくなっちゃうよ。立場、心得なさい、立場を」

だから、それは、どんな立場だ。

「検察官、続けなさい」

「公訴事実第三。被告は七月二十日午前九時十三分、起床後すぐ寝室から七メートル離れた洗面所に向かい、鏡に向かって右側にある棚から左手で歯ブラシを取り出した。そして、栓をしないため、口のところで半ば固まった歯磨きのチューブを右手に取り、必要以上に強い力で押し出した。ブラシ部分から垂れ下がるほど、五センチ三ミリを歯ブラシの上に捻出《ねんしゅつ》。直後、口をブラシにもっていき、口に含んで三分十四秒、動かし続けた。その際、右手で脇腹を十秒、尻《しり》を五秒、かいた。歯磨き作業が終わると、被告はベランダに出、陽射《ひざ》しが強いことを確認した後、一週間ぶりに布団《ふとん》を干すことを決意。実行に移すため寝室に向かおうとしたところ、サッシの枠に右足親指と人差し指の間を強打、足を押さえてベランダに転がり、『うー、うー』と二十三秒唸《うな》った揚げ句、『殺す、サッシ、ぶち殺す』とわめいた。さらに二分二十秒後、左足一本で跳ねながら、寝室に戻った被告は、『なんか、やる気なくなったなあ、はああ』などとつぶやくと、そのまま二度寝に入り、午前十一時五十六分まで就寝したものである。罪状および起訴内容は次の通り。特別法13条の2、同じく20条の1、同じく28条の2。以上です」

ぼくは、心から恐ろしくなってきた。

検察官の声は「公訴事実」とやらを読み進むほどに熱気を帯びた。自作の詩かなにかを朗読しているみたいに、体もリズムに乗ってゆったりと前後に揺れた。「以上です」

と言った後の余韻を楽しんで、にっこり笑い、検察官は席に着いた。

「被告に言っておきます」裁判長は例の目でぼくをちらりと見た。「あなたには黙秘権という権利がありますから、証言したくないときには証言しなくてよろしい。ただ、当法廷におけるあなたの発言はすべて証拠として採用されます。それはあなたに、有利にも不利にもなりますから。わかりましたね」彼が、あなた、と言うとき、乾いた口調のせいか、どうしても、あンた、と聞こえた。しかし、滑稽味《こっけいみ》はまるでなかった。彼はまさに裁判長だった。高い席や真っ黒な衣装のせいではない。彼の声、なにより彼のまなざしが、数限りない修羅場をくぐり抜けてきた男の「力」をひしひし感じさせた。あンた、騒ぎたきゃ騒ぎな。どうなってもいいって、覚悟ができてるんならな。

ぼくは黙って、こくんとうなずいた。検察官が並べたことは、どれも「事実」には間違いなかった。玄関で寝たし、電車で騒いだし、足もぶつけた。尻も、かいたような気がする。反証なんて、しようがない。

しばらく間があいた。裁判長も弁護士も検察官も、手元の資料をめくっていた。傍聴人たちはぴくりとも動かず、制服男たちは静かに座り、あの若い男は法廷の隅の席でなにかをメモしていた。ぼくは周囲の人々に、取り残されていた。徹底的に、宙ぶらりんだった。ぼくには話す言葉がなかった。

「それでは、証拠調べに入ります」裁判長が口を開いた。「検察官は冒頭陳述を行ってください」

検察官は、ファイルを片手に、立ち上がった。ファイルの表紙に、ぼくの名前が書かれているのが見えた。彼は、さっきより落ち着いた口調で、ぼくの経歴を読み上げた。ロープの結び目をひとつずつ触っていくように、彼はぼくの人生の節目を挙げていった。出生、幼稚園、小学校、中学校、高校、大学、会社、そして現在。いちいち聞いていると、ぼくは自分が結び目の塊に過ぎないような気がしてきた。そしてそれは、けっこう的を射ているようにも思われた。そう思いたかっただけなのかもしれないが。

「では、証拠を提出いたします」検察官は裁判長に書類を渡し、手にしたリストを読み上げた。「居酒屋のグラスに付着した指紋についての報告書」くらい持ち出されても、もはや不思議とは思わなかった。次々と「証拠」が読み上げられていった。化粧品を買ったときのレシート、歯ブラシ、割り箸《わばし》、アルミサッシに付着した皮膚に関するDNA鑑定書、予定の書かれた手帳、などなど。「証拠」は二十項目に及んだ。

「弁護人、証拠に関しては、どういう意見ですか」裁判長が尋ねた。

「すべて、間違いありません。同意いたします」弁護士は、高い声で答えた。

まあ、たしかにすべてぼくのもののようだし、「間違い」はないだろうが、もう少し、弁護士らしいことを言ってくれてもいいんじゃないだろうか。そう思って振り返ると、銀色の眼鏡を鼻に押しつけながら、書類に細かな字を書きつけていた。その仕種《しぐさ》は、弁護士以外の何者にも見えなかった。

「被告は前に出なさい」裁判長は、法廷の中央に置かれた演台のようなテーブルを指差して言った。ぼくは制服のふたりを従えて、テーブルの背後に立った。検察官と弁護士も中央に出てきて、それぞれぼくの左右に並んだ。間近に見る弁護士はまさに鶴そっくりだったし、検察官は海岸に上がったあざらしそのものだった。しかし、ぼくにはその対比をおもしろがる余裕はなかった。次になにが起こるのか、緊張して待った。

「これ、これは君のだね」検察官が言った。ぶら下げたビニール袋に、ぼくの手帳が入っている。「はい。間違いないです」検察官は裁判長を見上げ、軽くうなずいた。なるほど、これが「証拠調べ」か。ぼくはほっとした。検察官の机に置かれた、いくつものビニール袋の中には、「ぼくのもの」が入っているのだ。それは今行われている不思議な裁判で初めて見た、馴染《なじ》みのある物体だった。そう、ここから始めるのだ。ぼくはやっと出発点に立てたような気がした。

検察官は、次々と「証拠」の入ったビニール袋をぼくの目の前に突き出し、君のだね、君のだね、と聞いた。その度、間髪入れず、ぼくは返事をした。ぼくにはその言葉しかなかった。力をこめて繰り返した。はい、間違いありません。はい、間違いありません。

「君、なんだか明るいねえ」弁護士が言った。「だめだよ、法廷に立ってるんだから、もっとしゅんとしなくっちゃ」

「まあまあ、今のところ、うまくやってるじゃないですか。上等ですよ」検察官が言った。「これも、君のだね」

言葉が出なかった。なにか、決定的な間違いを犯したような気がした。出発点は、今や真っ黒く塗り潰《つぶ》されてしまった。ぼくはうつむいて、ふたりの言った意味を考えようとした。しかし、頭の中まで塗り潰されたみたいで、なにも考えられなかった。

「どうしたんだ」弁護士が言った。

「君のじゃないのか」検察官が言った。

沈黙が支配した。ぼくは目を上げ、ビニール袋を見つめた。洗濯バサミだった。布団を干したりするときにいつも使う、大きなものだ。ぼくは、小さな声で言った。「はい、間違いありません」

「それでいいんだ」弁護士が言った。

「よしよし」検察官が言った。

「証拠調べ」はその後、滞りなく進んだ。ぼくは機械的に「証拠」を確認していった。そう、さびついた印刷機のように、機械的に。

「よろしいですね」全員が席に戻ると、裁判長は言った。「続いて、弁護側の弁論を聞きます」

背後で弁護士が立ち上がるのがわかった。咳払《せきばら》いをすると、彼は話し始めた。「御覧のように、被告は全面的に罪状を認めております。証拠の真贋《しんがん》に関しても、すべて間違いはございません。なるほど、罪は社会的に許されるものではありません。しかし私は被告に関して情状酌量の余地はあるものと考えます」

　彼の言葉は法廷に鋭く響き渡った。未知の金属同士がぶつかり合ってたてる音のようだった。弁護士の弁論が、こんなにも空疎《くうそ》に聞こえるものだとは知らなかった。聞き覚えのある人や場所の名前を聞いても、ぼくについて話されているようには思えなかった。金属音を背中に浴びて、ぼくは、彼がなにをどう証言しようが自分の具体性が取り戻されることはない、と確信していた。どうでもよかった。早く家へ帰りたかった。

　弁護士が座る音が聞こえた。弁論が終わったらしい。背後でかつかつと、机で書類を揃《そろ》える音がする。ひと仕事。句読点。かつかつ。

　裁判長が、検察官に目をやった。「どうですか」

　検察官はぼくの方を向いて、立ち上がった。「被告に質問します」

　面倒だったが、機械に油を差して、ぼくは答えた。「はい」

「君は、自宅では本棚を置かず、床に雑誌や書籍を積み上げていますか」

「はい」

「どうして」

　ぼくは素直に答えることができた。「面倒臭いから」

検察官は厳しい顔でぼくを睨《にら》むと、裁判長に目配せした。手元の資料に目を通し、彼は続けた。「君は弟に合計二十一万円の借金がありますか」

そんなものなかった。弟から借金なんてしたことがない。けれど、どうでもよかった。早く終わらせたかった。「はい」

検察官の目つきが変わった。裁判長ほどとまでは言わないが、それに近いほど鋭くなった。「それは本当ですか」

ぼくは躊躇《ちゅうちょ》した。なので、黙り込んだ。

「本当なんですか」

ちゃんと答えた方がよさそうだ。「いいえ、違います」

「被告は、さっきの注意を聞いていなかったのか!」裁判長の声が法廷を揺らした。傍聴席の人々がかすかに震えたような気がした。

「申しわけありません」ぼくは、歯の隙間《すきま》からつぶやいた。

「以上です、裁判長」検察官は席に着いた。とても満足そうに。検察官としての役目をまっとうしたのだ。振り返って見ると、弁護士は唇を噛《か》んでうなだれていた。彼もその役目を忠実にこなした、と言っていいだろう。なにが悪いわけじゃない。この法廷には悪いものなんてない。強いて挙げれば、唯一《ゆいいつ》、ぼくの居心地が悪いだけだ。そう、居心地が、ずっと悪い。何時間経《た》ったのか知らないが、ぼくは一歩も前進していなかった。

もともとの立ち位置がわからないのだ。進むことなんてできるわけがない。

「三十分、休廷します」裁判長が言った。「その後、判決を言い渡します」

判決！　そうだった。ぼくは特別法何条とかいうので起訴されていて、検察官が、なんとなく有利に事を運んでいたのだ。これでいいのか。わけがわからないからといって、そのまま運ばれていってしまって、いいのか。

ぼくは、知らず知らずのうちに、立ち上がっていた。そして、裁判長の方へ、二、三歩歩き出した。裁判長は顔を上げた。アクリル絵の具でかいたような瞳《ひとみ》。それはぼくを一瞥《いちべつ》すると素早く収縮した。彼は言った。「なんだね」

だからぼくはなにもしていなくってどうしてここにいるのかわからなくってそもそもなんだこの裁判っていきなり判決だなんてそんなのあるかあのお面軍団はなんだ見たところじいさんばかり集めやがってあの検察官の腹も弁護士の眼鏡もうさん臭いんだよこの野郎だいたいなんだお前のその目は裁判長ってもっと人間味のあるおやじじゃないのかこの角刈りとかげ。

ぼくは法廷の真ん中に立ちつくしていた。なにも言えず、ただ呆然《ぼうぜん》として。

裁判長は、ふん、と鼻を鳴らして、どんでん返しの向こうに消えた。背後に傍聴人や弁護士、検察官の視線を感じた。誰かがもう一度、休廷です、と叫んでいた。制服男たちがぼくに駆け寄り、脇《わき》をがっきと固めると、控え室に向かって歩き出した。三十分後に、判決が下る。裁判長は、ぼくの態度をどう思っただろうか。情けないことだが、心証、というのが気になった。ただ前につんのめっただけだと思ってくれないだろうか。ぼくはそう願ったが、それが徒労に過ぎないこともわかっていた。こういうことは、悪い方へ悪い方へ膨らむものなのだ。まるで黒い雪だるまが転がっていくみたいに。


控え室には、あの、ぼくと同年輩の男がいた。事務机に座って、お茶を啜《すす》っている。こちらをちらりと見て、座れば、と言った。ぼくは制服男たちと並んで、腰を下ろした。

「あんた、いいねえ。最高の被告だよ」

ぼくは黙っていた。面倒だったからじゃない。言っている意味が、よくわからなかったのだ。通りすがりの他人に、あんた最高の会社員だよ、なんて言われたら、世界中の会社員は戸惑うはずだ。

「お役人連中も、すっげえ満足してるよ。最近なかったもんな、判決まで被告が残ってるなんてさ。ほとんどが欠席裁判だよ。被告が途中でぶちこわしちまうんだ」

「あの」ぼくは言った。「どういうことだい、それ」

「え？　ああ、ごめんごめん。あんたの被告、よ過ぎるからさ、てっきりプロのつもりで話してたよ。おれ、テイリ」

「テイリ？」

「法廷の廷に官吏の吏、で廷吏。まあ、アシスタント。司法試験通ってさ、事務所に入るまでの小遣い稼ぎ。もう三カ月。特別法廷、専門」彼の話し方は耳障《みみざわ》りだった。子音は聞き取りにくく、母音は粘っこかった。赤ん坊がすらすら喋《しゃべ》っているみたいだった。

「はは、黙り込んじまって。あんた、生まれついての被告じゃないの？　いいんだよ、ここでは普通に振る舞ってさ。ほら、茶、飲むだろ」廷吏はぼくに湯飲みを差し出した。

ぼくは薄い茶を啜った。喉《のど》の奥がゆっくり膨らんでいくのがわかった。決しておいしくはなかったけれど、それどころかお茶の葉っぱ以外の糸屑《いとくず》なんかが浮いたりしていたけれど、その一杯で、ぼくは失われていた神経が芽吹き始めるのを感じた。指先に湯飲みの生暖かさを感じ、首筋に疲れを感じ、両脇に煙草《たばこ》の匂《にお》いを感じた。目の前に広がる世界は、間違いなく現実のものだった。霧の町にいきなり吹きつけた突風のように、お茶はぼくをクリアにした。

「説明してくれないか」ぼくは廷吏に言った。「いったい、ここでなにが進行してるんだ」

「あんたみたいに無防備な奴《やつ》は初めてだよ。普通は、真っ先にそういうこと裁判長に聞いて、退廷させられちまうんだから」彼は薄ら笑いを浮かべて言った。「いいかい。お役所の人っていうのは、外からわからないような気苦労が、いろいろ、あんだよ。裁判所では、とくに、な。裁判官、検察官、弁護士、証人、原告、被告。そういう『しくみ』がまず先にあって、みんな、その精密なシステムを回す歯車でしか、ないわけな。毎日まいにち、自分の主義とか考えなんて押し殺してさ、『裁判長』とか、『検察官』として話し、行動するんだ。そういう役を、忠実に、正確に、役柄通りこなせる奴ほど、優秀なんだ。まさに役の人、役人だよ。でもさ、それだけだと、つらいだろ。はげるじゃん、頭も心も。だからな、特別法廷ができたんだよ。この庁舎が建ったのと同時にな」

彼は、目を輝かせて、嬉《うれ》しそうに話した。彼はきゅうすから自分の湯飲みにお茶を足し、音をたてて啜ると、話を続けた。「特別法廷は、ふだんとまったくかけはなれた法廷でな。まず、事件そのものがない。でも、起訴はする。弁護も行われ、判決も出る。被告はな、ただ被告だってだけで、裁かれるんだよ。そうだろう、被告は裁かれるためにいるんだから」

「で、どうして、ぼくが被告になってるんだよ」

「それが、特別法廷のポイントなんだな」廷吏は芝居がかった仕種で、人差し指を左右に振った。「さっきも言ったように、ここってのは、役人さんたちが、ふだんの役を離れてのびのび法廷に立つのが、本来の目的なわけだからさ、役も、交換するんだ」

「交換って……？」

「鈍いなあ。あんた、それ、地なのかい、やっぱり」廷吏の視線は、裁判長より嘲《あざけ》りに満ちていた。「弁護士が検察官、検察官が弁護士に入れ替わるわけだよ。見たろ、あのおっさんたちの喜色満面の顔。ふだんの役が、重いからな。のびのびやってるよ、本当」

あのふたりの風貌《ふうぼう》からして、やはり元の役柄の方が似合っているように思った。「じゃあ、傍聴席に座ってた、お面軍団は？」

「全員、裁判官。観客に徹してるわけだな。いつもは舞台監督だからな、楽もしたいだろうよ」

「なんで、お面を被《かぶ》ってるんだ」

「傍聴人ってのが、奴らにはそう見えてるんだよ」彼は、喉の奥からかさかさ妙な音を出した。笑い声だった。「で、あんた、つまり、裁かれる筋合いもなんにもない、どういうこともない一般人が、被告をやるわけだ。あんた、うまかったよ、実際。あんな被告役、なかなかできないぜ。しおらしさとかさ、反抗心とかさ、だんまりとかさ、もう、理想的な被告だよ」

ぼくは、知らないうちに、彼らの求める役どころにすっぽりはまっていた、というわけだ。やはり法廷は「何者か」の場所なのだ。ぼくの言葉が失われたのではない。ぼくは無言の言葉を喋っていたのだ。検察官の言った通り、「うまくやって」いたのだった。ぼくは、げんなりした。でも、それは具体的な「げんなり」だった。もう、彼らの望む

「被告」を演じきることはできそうになかった。

「最後の情けなさったら、なかったもんな。みんな、内心、拍手しそうになってたと思うぜ。そうか、あれって地でやってたのか」かさかさ。「さっきも言った通り、普通、騒いだりするんだよ。人違いだ、とか、叫んだりして。そうすると、ぶちこわしだからよ。被告って、そんなもんじゃないし。法廷自体の意味も、損なわれちまうからな。だから、欠席裁判で尻《しり》すぼみなんだよ、いつも。今日は、みんな喜んでるよ。ひさしぶりにクライマックスまで、役が全員揃ってるから。裁判長も、決まってたもんなあ」

「ちょっと待って」ぼくはあの目つきを思い出した。「もしかして、裁判長って」

「凶悪犯だよ。重罪の」廷吏は事もなげに言った。「だからよ、毎回、判決重いんだ。自分より重くしてやれ、なんて思うんだろうな。今日の裁判長は、並の野郎じゃないぜ。やくざだよ、筋金入りの。たしか、十二人殺したって言ってたかな。とにかく死刑囚」

長い沈黙が続いた。廷吏は、にやにやしながら、ぼくを見ていた。この男は、正真正銘の役人だった。心の底から、役を楽しんでいた。彼こそ、地でやっていた。無防備な被告を世間話を装《よそお》った言葉でいたぶる、という役柄を。

「不服だろう？　そりゃそうだよな。理不尽極まりない、と思ってんだろ」廷吏は言った。「じゃあさ、訴えてみろよ。でもさ、どこに訴える？」かさかさ。

ぼくは、なんとか判決をやり過ごす方法を考え出さなければならなかった。裁判自体に難癖をつけようものなら、すぐさま退廷させられてしまう。このまま被告を続けていては、ぼくがどう思っていようが、あまりの刑の重さにショックを受け打ちひしがれる、という「理想的」な幕切れを迎えさせられることは間違いなかった。ぼくは法律の知識を総動員しようとした。しかし、出てくるのは、離婚訴訟や、交通きっぷ、わいせつの定義など、死刑判決を待つ被告には、なんの役にもたたないものばかりだった。それに、そもそも、この法廷が、通常の刑法や刑事訴訟法とは無縁なのだ。

廷吏の話と今までの体験から、ぼくは特別法廷に関するルールを整理してみた。まるで数個のかけらから、千ピースのジグソーパズルの元絵を当てる作業のようだった。けれど、ぼくの握っている数個は、たぶん決定的なものだ、という気はした。ほとんどの「被告」は、特別法廷の意味すら知らないで、刑務所に送られ、処刑されてしまうのだろう。ぼくには、とにかくたしかな情報があった。初めて、立っている場所を自覚することができた。居心地の悪さは消え、次の方策を考えよう、という意思を持っていた。ぼくは、ぼくとして考えることができた。役柄を演じきることで満足する、控え室の向こうの輩《やから》に比べ、その点でぼくは優位に立っていた。

光が見えた。思いつくと、簡単なことだった。ぼくは、両脇に控える制服男の顔を、ゆっくりと見比べた。笑い出しそうになるのを、必死でこらえなければならなかった。

「そろそろ時間だよ」廷吏が立ち上がって、控え室のドアに向かった。ぼくは、自分から力強く立ち上がり、早足で廷吏を追った。制服男たちが、あわててぼくの腕に追いすがった。

ドアが開いた。白く靄《もや》った法廷が見えた。もう、全員が揃《そろ》っているようだ。

ドアの敷居のところで、ぼくは足を伸ばし、前を行く廷吏の脛《すね》に引っ掛けた。リノリウムの床に書類を撒《ま》き散らし、廷吏は見事にすってんと転んだ。

裁判長は唖然《あぜん》として、ぼくたちを見下ろしていた。検察官も、弁護士も凍りついていた。傍聴人たちが動揺するのがわかった。立ち上がった者さえいた。だめだなあ、傍聴人は、静粛にしていなけりゃならないのに。

「てめえ、なんのつもりだ」廷吏は立ち上がり、ぼくの胸倉につかみかかった。

「みなさん」ぼくは彼を無視して、大声を張り上げた。「この特別法廷の正当性に、ぼくはなんらけちをつけようとは思いません。しかし、現在開かれている法廷については、裁判のルールとして特別刑事訴訟法に反する点がある、ということだけは、一言申し上げておきたいのです」そんな法律、あてずっぽうだった。けれども、ぼくはいいところを突いていた。弁護士席に座った検事が、ちらりと傍聴席の方に目をやった。

「被告は、静粛にしてください」廷吏は、言葉遣いを改め、しかし凶暴な口調で言った。

「この敷居に立ってるうちは、ぼくは被告をやるつもりはありません」素早く、はっきりとぼくは言った。「みなさんが、現在座っている席は、ふだんとは、逆転した場所です。特別法廷のコンセプトは、そういうものだからですよね。全員、ふだんの役回りとは、まったく隔たったところで、責任から解放されて裁判を行う。それがポイントなわけです。しかし」ぼくは、この瞬間の自分はいったい何者なんだろう、と考えた。それがちょうどいい間になったようで、誰もが次の言葉を待っているのがわかった。「ひとりだけ、そういうやり方に反している人がいますね。ふだんと同じ役柄で、この法廷に出てきている人が」ぼくは廷吏に笑いかけた。「さて、誰でしょう」

「被告は早く席に着くように！」彼は叫んだ。

「裁判というシステムは、たったひとつの矛盾で崩れ去ってしまうものです。みなさんの座っている席の意味すら、危ういものになる。ふだんの法廷にしろ、特別法廷にしろ、ルールは守られなければなりません」

ぼくは黙って、待った。じゅうぶん、脅しは効いたはずだ。あとは沈黙に語らせればいい。ぼくだって、経験から学ぶのだ。

とうとう、傍聴席で声が上がった。「被告、いや、その人の意見は筋が通っていると思うよ」全員お面を付けているので、誰が言っているのかわからない。けれど、そのぶん、傍聴席に座った者全員の総意だ、という風に聞こえた。

「そこで、提案があります」ぼくは言った。「ぼくはもともと、この法廷には縁のない男、言ってみれば、どんな役だってこなせます。ですから、この人」ぼくは廷吏を顎《あご》で示した。「この人に被告をやってもらって、ぼくが廷吏におさまればいいのです。廷吏とは、もともと法廷の一番隅に座っている存在です。判決を受ける被告として、法廷の中央に立つ。この特別法廷において、これほど彼にふさわしい役柄はありません」

「どうでもいいからよ」裁判長の席から、やくざが言った。「早くしてくんねえかな。俺ぁ、『それでは判決を』ってのができりゃ、それでいいんだからよ」

「じゃあ、よろしいですね」ぼくは法廷に向かって言った。

「まあ、しかたないな」弁護士席の男が言った。

「君の被告ぶりは、素晴らしかったけどね」検察席の男が笑った。

「ちょっと待てよ!」ぼくの目の前で、彼が叫んだ。「筋が通らないっていうなら、こいつらはどうなんだよ。この法務省の警備員だよ。このふたりだって、もともとこういう役目じゃないかよ!」

「心配しなくっていいよ」ぼくは両側の腕から体を引き抜き、左右の制服男を、右左に入れ換えた。「これで、問題なし」

制服男たちは被告の脇《わき》に腕を通してがっちり固めると、ずるずる弁護士席の前まで引きずっていった。被告は、口汚く、まわりのすべてを罵《ののし》っていた。

やれやれ、この調子じゃ、判決を言い渡される前に退廷を命じられるかもしれない。被告が席に着くのを見届け、ぼくは敷居を踏み越え法廷に入った。そして大声で言った。

「それでは、開廷いたします」

「被告人は中央へ」裁判長が、早口で言った。

ぼくは法廷の隅に座って、ひとまず、新しい役柄を手に入れたことに満足していた。この裁判が終わったら、どうなるのだろう。ぼくは家に帰るのだろうか。やくざである裁判長は、絞首台《こうしゅだい》に上るのだろうか。傍聴人たちは、それぞれ自分の法廷に戻っていくのだろうか。ぼくにはよくわからなかった。とにかく、今、ぼくは廷吏なのだ。

さしたる混乱もなく、判決は言い渡された。死刑だった。システムを熟知しているだけに、被告は観念しているようだった。裁判長は、控訴手続きについて二、三説明した後、扉の向こうに消えた。検察官と弁護士も、真剣な面持ちで退出した。制服男にうながされ、手錠を嵌《は》められて連れ出される被告を見送って、傍聴席のお面軍団も、ぞろぞろ出ていった。

法廷の掃除やなんかも、廷吏の役目なのだろうか。そもそも、ぼくは今、廷吏なのか、そうではないのか。誰もいない法廷には、それでもさっきまでの遠い余韻が響いていた。脱ぎ捨てられた「役柄」たちが起き上がって、そのまま淡々と次の裁判を始めるような気がした。ぼくは身震いして、控え室に戻った。

天使はジェット気流に乗って

新宿ゴールデン街

「お願い、連れてって」背後から女の子の声がした。

十二時を回ったとはいえ、まわりにはまだ人がたくさんいた。けれど、それは確実にぼくに向けて発せられた声だった。ぼくは振り返った。靖国《やすくに》通りに面した信号灯の脇《わき》に、古い自転車が止まっていた。新聞配達に使うようなやつだ。

サドルに、彼女が座っていた。栗色《くりいろ》のショートヘアが肌のピンクによく似合っていた。手を横にだらりと下げ、足は前方に突き出していた。口をぽっかり開け、この寒い冬の夜に、服を一枚も着ていなかった。

「今、声かけたの、きみ?」ぼくは聞いた。

「ええ。そうです」彼女は口を動かさずに言った。

「あの、なんて言うか」ぼくは言葉を選んだ。しかし、かなり酔っていたし、そんなに語彙《ごい》が豊富なわけじゃない。「きみ、ダッチワイフちゃうの」

「ええ。おっしゃる通りです」彼女は答えた。大きなトラックが通り、風が吹いた。彼女は前後に軽く揺れた。

「ダッチワイフが、なんで自転車なんか乗ってんねん」

「わからないんです」彼女の見開かれた目が曇ったように思った。

「でも、空気パンパンやん。どっかから運ばれてきたんやろ」

「真っ暗な中から急に外へ出たと思ったら、ここだったんです。どこだろう、と思う暇もなく何人かがかりで空気を入れられて、自転車に座らされて、もう三時間です」

「とにかく、おいで」ぼくは彼女を自転車から下ろし、言った。ちょうど信号が変わったので、ぼくは彼女の肩に手を回して歩き出した。「しかし、ひどいことするな。何人がかりって？　顔とか、特徴とか覚えてないんか」

「ええ。ずっと後ろから、入れられっぱなしだったですから。空気を」

ぼくはとりあえずゴールデン街に向かった。さっきまでここで飲んでいたのだが、一緒に飲んでいた女の子を新宿駅に送り届けて、自分が帰り損なってしまったのだ。夏ならばまだしも、十一月ともなれば、屋外で一晩過ごすのはかなりつらい。ゴールデン街なら、四時五時まで開いている店がいくらでもある。ダッチワイフの様子も心配だった。とにかく温かい飲み物が必要だ。

「寒かったやろ」

「はい。でも、それより私、たくさんの人に見られるってことに慣れてないものですから、そっちの方がつらくって。もう、破裂しちゃいそうでした。でも、自分じゃどうすることも……」ぴんと伸びた両手を揺らしながら、ダッチワイフは言った。

ぼくは彼女を少し強く抱き寄せ、いかにも安そうな風情《ふぜい》のガラス戸を開けた。

「いらっしゃいませえ。あら、金髪のおにいちゃん。かわいい彼女連れて」

「ふたり、いいですか」

「どうぞどうぞ」

ぼくたちはカウンターに座った。ほかに客はいなかった。カウンターの上にはこけしや熊《くま》など、木彫りの民芸品が所狭しと並んでいた。店を見回すと、そこら中、民芸品だらけだ。便所の入り口にはぼくの腰くらいの高さのアイヌ人形と狛犬《こまいぬ》が置かれていた。

「なんにしましょ」おばさんがタオルを出しながら言った。そういえば、このおばさんも民芸品みたいだ。今どき、ほっかむりをしたママさんなんて、あまり見かけない。藍《あい》染《ぞ》めの半纏《はんてん》といい、ひらひらのエプロンといい、全国ミス民芸品コンテストに出れば、かなり上位に食い込みそうな勢いだ。

「温かいもの、なにかもらえます？　彼女、三時間もこの格好で外にいたもんですから」

「そりゃあ、たいへんだえ」おばさんは、どこの方言ともつかないアクセントで驚いた。どこかで聞いたことあるような、しかし絶対にこの世にはなさそうな発音。『隠れ里』

というのが本当にあるとすれば、そこの住民はおばさんみたいに話すんじゃないか、そんな気がした。

「はいよう、これで元気出せえって」おばさんは焼酎《しょうちゅう》のお湯割りにでかい梅干しを突っ込んだものをふたつ、カウンター越しにこちらに差し出した。ぼくは両手で受け取り、彼女の前にグラスを置いた。

ダッチワイフがこんなに熱いものを飲んで、溶けないか不安だった。念のために彼女に聞いてみると、強化ビニールなので大丈夫、とのことだった。

「煙草《たばこ》を押しつけられても穴は開きませんから。ほら脇の下」と彼女は言った。たしかに焦《こ》げ目は付いていたが、ほくろみたいなもので、穴が開くとか、そういう損傷らしいものはそこになかった。

ぼくは左手で彼女の後頭部を押さえると、右手で口元にグラスを運んだ。口から喉《のど》に温かい焼酎が流れ込んでいく。意外にたくさん入るものだ。水面が口元まで上がってきたところで、ぼくは半分空いたグラスを彼女から離した。

「そのまま、そのまま」彼女は言った。「そのまま流し込んで。体にかけて」

ぼくは、もう一度、グラスを傾けた。じゃばじゃばと体を伝って、焼酎が床に流れ落ちる。湯気が広がって、彼女の冷たい体をゆっくりと包み込む。彼女は、ほう、と溜《た》め息をついて、目を開けたまま、気持ちよさそうに瞳《ひとみ》を閉じた。

「声、変わらへんね」

「え？」

「いや、喉、ふさがってるのに」

「ああ」彼女はくつくつ笑った。「私、全身を震わせて声を出すもんですから。高級品になるとテープレコーダーやスピーカーが付くんですけど、私って、ほら、もともと粗悪品でしょ。ただのビニール人形だから。声を出す方法って、こうするしかないの」

「粗悪品なんて、とんでもない」

実際、明りの下で見る彼女は、とても美しかった。顔はもちろん平面だけれど、正面から見るとルネサンスの宗教絵画みたいだった。手足のバランスも素晴らしく、街で見かける虫（バッタやカメムシ）みたいな連中とは雲泥《うんでい》の差だった。とりわけ、声がよかった。彼女が全身のビニールを震わせて発する声を聞くと、同時にぼくの体も震えた。

そう言うと、彼女は照れてうつむいた。首は曲がりにくいようで、腰のあたりから、昔、家にあった水飲み鳥みたいに体を折った。そして水飲み鳥のように、ほんのり赤くなった。

「これ、よかったらお食べえ」民芸品おばさんがカウンターに湯気のたった皿を置いた。ごぼうやじゃがいもを煮た、いかにも民芸っぽい料理だった。ぼくは箸《はし》をダッチワイフの口元にせっせと運んだ。

「おいしいわ」彼女は言った。「こんなおいしいもの、初めて食べました」

「はりゃあ」おばさんはにっこり笑った。「そうかねえ」

「ええ」彼女はごぼうを口に突き立てたまま答えた。「『ダッチフード』っていうのは、英語のスラングで『まずいもの』っていう意味ですから」

それはぼくも聞いたことがあった。オランダの食べ物っていうのは、とにかく世界一まずいとか。例えば、食べ物がまずい、という一般的な評価が定まっている国がイギリスだ（別にぼくはそう思わないが）。その工業都市マンチェスターで家族が食卓に着く。父は煤《すす》けた手でフォークを握る。小学生のブライアンも、一口。そして言う。「うええ、なんだよ、かあちゃん、こんなダッチフード！」その瞬間、父がブライアンをぶん殴って、言う。「てめえ、かあさんにそんな失礼なこと、もう一度でも言ってみやがれ。けつの穴から腸引きずり出して、カラスに食わせちまうぞ！　早く食えっ！」

まあ、こんな感じらしい。

割り勘、つまりけちくさい支払いのことも『ダッチ式』と言うし、どうも『ダッチ』という言葉はあまりいい意味では使われない。

「でもね、ダッチワイフって、あったかい言葉なんですよ」彼女が言った。「大航海時代に、故郷の妻を思い出したオランダの船乗りたちが抱きしめて眠った、丸められた毛布のことを『ダッチワイフ』って言うんですって。私、その話が大好きで、そんな風に思われてみたいってずっと思ってるんです。それにね」

「うん」

「いつかオランダに行ってみたいな、って気になるんですよ。これは、夢です」

彼女の声を聞いていると、心も静かに震えた。それは「懐《なつ》かしさ」というのに近い。彼女の心にあるのは、ただ、自分を抱きしめる相手が安らかでいてほしい、という気持ちだけなのだ。相手からなんの見返りも要求しない、そういう気持ちを、ぼくは持てるだろうか。きっと持てないだろう。だからこそ、彼女に魅《ひ》かれるのだ。たぶん、男だって女だって、彼女みたいなダッチワイフにはみんな魅かれるのだと思う。

「不思議やなあ」ぼくは言った。「ぼくはダッチワイフと話すのは初めてやけど、みんなきみみたいに、なんて言うんか、そう、魅力的なんかな」

「ほかのひとのことは知りません」彼女は言った。「でも私、安物なりにできることって、きっとあると思ってます。さっきも言いましたけど、ほんとに安物の、粗悪品なんですよ。けれど安物だからこんなものか、なんて絶対思われたくない。安物はしょうがないですから。そういうしょうがないことで、自分が判断されるのって、すごく悔しいじゃないですか。だから、私はできるだけ相手の身になって考えようって思って。それが自分にできることだって思いますから」

彼女は身動《みじろ》ぎもせず、言葉を選んで丁寧に話した。顔に付いた焼酎が、涙のように見えた。実際、涙だったのかもしれない。ぼくは、一心に彼女の話を聞いた。焼酎を何杯も空けながら、彼女は今まで見たさまざまな美しいものについて話した。枕元《まくらもと》に置かれたビール瓶。押し入れに重なった布団《ふとん》の花柄。そして畳を照らす朝の光。

「空気のことは、私詳しいんです。体の主成分ですから」焼酎のせいか、彼女はずいぶん元気になっていた。「光が射《さ》してきた瞬間、空気が光に反応してうねるんです、くにゃくにゃっと」

民芸品おばさんはさっきからカウンターの向こうで居眠りをしていた。ダッチワイフの声をBGMに、大脳をマッサージされてるみたいな気分で眠っているに違いない。しかし、おばさんも疲れているようなので、ぼくたちは店を移ることにした。

「おばさん、おばさん」とぼく。

「うにゃ、うにゃ」

「お勘定、お願いします」とダッチワイフ。

「ああ、ごめんねえ、寝ちまって」おばさんは巨大なそろばんを下から取り出して、パチパチ弾《はじ》いた。「ええっと、三千五百円」

「そんなに安いん？」「いいんですか」

「いいのよ。出世払いえ、出世払いえ」

しかし、ぼくは財布の中身を見て啞然《あぜん》とした。二千円しかなかったのだ。おばさんは、いいよえ、いいよえ、と言ったが、そこまで甘えられない、と思った。

「私がここに残ります」ダッチワイフが言った。

「だめだよ、うちはみんな純国産なんだから」おばさんは答えた。

「そうだ」ぼくはカウンターをくぐって、おばさんの背後に回った。「おばさん、座って」

「なんだえ、首でも絞めようってのかえ」

ぼくは指をぽきぽき鳴らしながら、言った。「疲れてるみたいやん、おばさん。マッサージ、三十分千五百円で、どう?」

四十分近く、おばさんの首、肩、背中を揉《も》み続けた。ぼく自身、すごく肩が凝る方なので、人のつぼはだいたいわかる。しかし、力加減や指の角度など、ぼくには先天的ななにかがあった。まだ会社に勤めていたころ、よくマッサージでその夜の飲み代を稼いだものだ。

おばさんはときどき、鼻から大きく息を漏らすだけで、なにも言わない。ダッチワイフも静かにおばさんの顔とぼくの指を見比べている。

本当に木彫りかと思うほど硬かったおばさんの背中が、茹《ゆ》だったスライムみたいになった。ぼくはこめかみを仕上げて、ぱん、と肩を叩《たた》いた。

おばさんは、びくっと跳び上がった。そして声を裏返して言った。「あんた、ほんとにうまいえい！　こんなの初めてだえ！」

　ダッチワイフもほっとして、椅子《いす》に座り直した。

「ちょっと待ってなさえ」おばさんは元気よく立ち上がると、ガラス戸を開け、外に駆け出していった。

「どうしたんでしょう」

「まあ、ええやん。飲もう」ぼくはカウンターに置かれた焼酎を勝手にグラスに注いだ。

「ちょっと」ダッチワイフはあわてた。「だめよ、そんなことしちゃ」

「千円近く、浮いてるもんね、時間的に」緊張が解けて、ぼくはちょっと酔っ払っていた。

「しょうがないわねえ」彼女も笑って、ぼくたちはグラスを合わせた。

　お互いお湯割りを二杯ずつ干したころ、おばさんが戻ってきた。

　近所のママさん方、五人を引き連れて。

　ぼくとダッチワイフは、それから五軒はしごすることになった。マッサージ中飲み放題、という契約が、心やさしい民芸品おばさんによって結ばれていた。どのママさんの肩も、サンドバッグのようにパンパンだった。しかしぼくの魔法の指は、ママさん全員を骨抜きにした。ダッチワイフも誇らしそうに、ぼくの手つきを眺めていた。それにしても、いくら歴史の長いゴールデン街とはいえ、マッサージの流しは初めてだったんじゃないだろうか。

最後の店を出たときには三時前になっていた。始発電車が動くまで、二時間足らずだ。ぼくたちはママさんが貸してくれた毛布にくるまって、公園の植え込みの陰に座った。ぼくはそこで、彼女の肩から背中をマッサージした。彼女の体はぼくの指に反応して、柔らかく窪《くぼ》んだ。中に詰まった空気が温かくなっていくのがわかった。

ぼくは靴を脱いで枕がわりにすると、彼女を抱きしめて横になった。寒くなんかなかった。ぼくのマッサージで彼女はぽかぽか温かかった。そしてなにより、彼女は天才的なダッチワイフなのだ。ぼくは果物に包まれたような気分で眠りについた。

最初に気づいたのは彼女だった。ぼくは体を揺り動かされて、薄く目を開けた。

「どうした」

「しっ」体を震わせて彼女が言った。「誰か、いるの」

ぼくが立ち上がろうとした瞬間、彼らは飛びかかってきた。野良犬《のらいぬ》たちだ。二本足の。ぼくは上着を引っ張られ、植え込みの外の地面に投げ出された。何本もの手がぼくのポケットをまさぐる。腹を思いきり蹴《け》られ、息ができなくなった。それでも立ち上がって、植え込みの向こう側に飛び込んだ。今にも持っていかれそうな彼女の上にぼくは着地した。そしてそのまま亀《かめ》のように固まった。

自分の靴で頭を殴られたときは情けなかった。もっと軽い、ナイキのランニングシューズみたいなのを履いてくればよかった。彼らはぼくの上でいっせいにタップダンスを踊った。自分が河に浮かべられた丸太になったような気がした。

どれだけそうしていたか、わからない。気がつくと、陽が射していた。彼らはいなくなっていた。首をそっと上げようとしたが、まるで動かなかった。ぼくは体の形を変えず、そのままごろんと横に転がった。これじゃあ、ぼくも人形だ。

「大丈夫か？」ぼくは聞いた。

答えはなかった。

ぼくは恐ろしい予感を頭の中で打ち消しながら、静かに繰り返した。「大丈夫か？」

彼女は、ローラーでぺしゃんこにされたような姿で、毛布の上に落ちていた。ぼくは這《は》い寄って、彼女を抱き上げた。背中に大きな穴が開いていた。

「キニ、シナイデ」手を伝って、彼女の声が響いてきた。

ぼくはなんて言ったらいいかわからなかった。

「ワタシ、サイゴニタノシカッタカラ。ゴボウモタベラレタシ」

「もう直らへんのか？」ぼくは聞いた。

「エエ、アナガアイタラ、モウダメ」

「なんかしてほしいこと、ないか」

「アナタノソバニ、イタクナイ。ステテクダサイ。ワタシハ、ダッチワイフダカラ。フナノリガオモイダスミタイニ、トキドキ、オモイダシテ」

そこまで言うと、彼女はへたりとぼくの腕に垂れ下がった。朝陽がビニールを照らした。彼女が言ったように、空気が光を浴びてうねって見えた。それは普通に考えれば、本当は塵《ちり》や埃《ほこり》なのだ。光っているのは空気じゃない。けれど、今、朝の光を感じてうねっているのは、彼女かもしれない。ぼくにはそんな気がした。彼女は、ついさっき、きっと空気に溶けたのだ。ぼくはしばらく、朝の底から空を見上げていた。

しかしいつまでもそうしているわけにはいかなかった。ぼくは彼女の骸《むくろ》を肩にしょって、立ち上がろうとした。うまく立てなかった。両足を捻挫《ねんざ》していた。右足、左足、と順番に引きずって、植え込みの続く通路を歩いた。靴はもちろん盗《と》られてしまっていた。

靖国《やすくに》通りで、二回、職務質問された。マッサージ師です、と答えた。

朝の六時になっていた。東口あたりは、朝帰りの学生、早朝出勤の会社員、新聞スタンドの売り子などで、もう賑《にぎ》わっていた。ぼくは彼女を折り畳んだ。人に見られるのに慣れてない彼女に、通勤ラッシュは地獄だろう。畳むと驚くほど小さくなった。ぼくは上着のポケットに彼女を入れ、地下鉄丸《まる》ノ内《うち》線に乗った。赤坂見附《あかさかみつけ》で銀座線に乗り換えれば、そのまま終点、ぼくの住む浅草《あさくさ》に着く。隅田川《すみだがわ》も流れている。ぼくは乗り換えるまでは、なんとか気をしっかり持とうと決めた。この時間の地下鉄は空《す》いている。車両に十人ほどの乗客しかいない。ぼくは座席に寄り掛かり、乗り換え駅に着くのを待った。

赤坂見附だ。ぼくはよたよたとプラットフォームを横切り、銀座線の車両に飛び込んだ。これで、安心だ。ほっといても浅草に着く。気が緩んだのだろう、ぼくは座席に座ると、そのまま、気を失った。

目が覚めると、なぜかたまプラーザにいた。神奈川県だ。おまけに、十一時だった。ぼくはポケットに手を入れた。折り畳まれたビニールはちゃんとあった。

家に着いたのが十二時だった。新宿から通常三十分のところを、六時間かかったわけだ。いまだに、いったいどういうコースをたどって、五時間もかけて神奈川県まで行ったのか、見当もつかない。

しばらく自宅療養した後、アムステルダムに住む友人にビニールを送って、市の郊外に埋めてくれるよう頼んだ。そういえばぼくがオランダに行ったことがあるなんて、彼女には話さなかったような気がする。自分の昔の体が届いて、彼女もびっくりしていることだろう。ジェット気流に乗って、きっとオランダまで出かけていたはずだから。

体や心が回復すると、だめだだめだ、と思いながら、徹夜することが多い。もうすぐ、いつものように朝陽が射す。ぼくの部屋は十三階の東向きなので、もろに日の出が見えるのだ。カーテンがないので部屋には光が氾濫《はんらん》する。そういうとき、部屋の中に彼女がいるような気がする。そして、またあの声が聞こえないかと、いつもぼくは耳をすます。

吾妻橋の下、イヌは流れる

浅草

エレベーターを降りて足を引きずり玄関にたどり着くと、部屋の前に先生が座り込んで、スポーツ新聞を眺めていた。

「先生、どうしたんですか、こんな夜遅く」

「やあ、もう、飯食ったか？」先生は歯茎を剝《む》き出して笑った。ふたつ抜けた歯は、年のせいではなく、酔って一升瓶を嚙《か》み割ろうとしたからだと、いつか聞いたことがある。

「一緒に、食わんか」

「そんなこと言って、ぼくに払わせるんでしょう」

「こらこら、それは言わん約束やろう」先生は立ち上がり、腰を揉《も》んで尻《しり》を払った。乾いた小便の埃《ほこり》が舞った。その夜も先生は、なかなかお洒落《しゃれ》で、ブルーのスポーツパンツに灰色のだぼシャツ、首には中国風のバンダナを巻いていた。靴下は二枚重ね。こうすれば傷《いた》みが少なくて済むのだそうだ。靴下も、サンダルも、先生の足も。

ぼくたちはエレベーターに乗った。天井近くの壁に注意書きが貼《は》ってある。『最近、当マンション内に不審な人物が出入りしています。怪しい人物を見かけたら、すぐ、管理事務所にお知らせください』すぐ、の部分だけ、赤字の手書きだ。

「おーい、見えてるかい？」先生は監視カメラに向かって手を振った。

隅田川《すみだがわ》を挟んで、東側が墨田区《すみだく》、西側が台東区《たいとうく》になる。両側をつなぐ吾妻橋《あづまばし》の上は、川風がかなり強く、先生の少ない髪は真上に逆立った。干したダリみたいだ、と思った。

「ごっつい風やのう」先生は大声で言った。「さっき、ばばあが電線に引っ掛かってばったんばったん揺れてたわ」

「またそんなあほなことを」

「この風は川が吹かしとるんじゃ」先生は隅田川を見下ろして、嬉《うれ》しそうに言った。

「川の流れが緩いときは、せめてもお前はがんばれ空気よ、いうてな。あのばばあ、落ちよったかな。がんばれよ、空気。川の期待を裏切るんやないど」

たしかに隅田川の流れは遅く、コールタールを一面に張ったような黒い川面《かわも》に、浅草《あさくさ》駅のネオンが鏡像となって落ちていた。ゆらりと揺れもしない。橋の上に並んだ白熱灯が黒い鏡を薄く照らす。反射した光の粒が風に溶けて、ぼくの頰《ほお》にぴちぴち当たった。

ぼくは目を細め、歩を進めた。先生はずいぶん先を調子よく歩いている。川上からの風を右手から受け、心持ち前かがみで、ポケットに手を突っ込んで、靴で地面を磨いているみたいにごしっごしっと一歩ずつ。ぼくは小走りに先生を追った。

橋を渡りきると風は弱まった。空気はネオンやヘッドライト、電灯に暖められ、浮かれ調子で震えている。先生は振り返り、ぼくに言った。「さあ、極楽浄土や」そしてごしごしと歩調を速め、信号を渡った。

ぼくと先生が夕食をとるところはいつも同じだった。浅草寺《せんそうじ》裏のおでん屋台だ。この屋台には先生のボトルがキープしてあった。ボトルといっても一升瓶だ。中身は、色つきのよくわからない液体で、猫の墓場を想像させる強烈な匂《にお》いがした。先生は、鼻が悪いせいで、あまり気にしてはいないようだった。いつ行っても中身がいっぱいなので、どうしているのか聞いてみたところ、なくなりそうになると店から瓶を受け取り、居酒屋や料理店の裏口へ「補給」に出かけるのだそうだ。それなら時に匂いが違ってもよさそうなものだが、いつも変わらず、ぼくの目にたまねぎ効果を及ぼした。もしかすると、うなぎのたれみたいに、延々溜《た》まった濃い部分が瓶の底に沈んでいるのだろうか。あるいは、もはやこれは瓶自体の匂いなんだろうか。因果な瓶だ。先生にさえ出会わなければ、今ごろリサイクルされ、大吟醸を腹に湛《たた》えおおげさな和紙でくるまれたりしていたかもしれないのに。

「まあ、一献。ぐいっと。ぐぐぐいっと」先生はプラスチックのコップに茶色い酒をなみなみと注ぎ、ぼくに向かって右の掌《てのひら》をひらひら動かした。

「じゃあ、いただきます」ぼくは息を止め、目を瞑《つむ》ると一気にコップを空けた。

「いいねえ、そういうところが」先生も目を閉じ一息で飲み干した。こういう飲み方は先生に教わったのだ。その隙《すき》におでん屋の主人がぼくのコップに冷や酒を注いでくれた。主人よ、サンキュー。

じゃがいもや大根は、煮崩れ、どれも同じく茶色い楕円球《だえん》と化していた。こういうものは普通、客には出さない。最後まで残される。真夜中を過ぎるころ、それを目当てに、浅草あたりの路上に暮らすおやじどもが四月のかえるみたいに湧《わ》いて出て、店の片づけを手伝う。それぞれ分担が決まっている。台を拭《ふ》く者、椅子《いす》を片づける者、灰皿の掃除、食器洗い、主人のマッサージ。その誰もが、先生に笑顔で挨拶《あいさつ》をした。そして敬語混じりで話しかけた。先生、お元気そうだな。先生、顔色がよくなってますな。先生、そろそろ髪、切った方がいいな。先生は、彼ら一人ひとりに笑顔でうなずいた。

「君は、東京に来て、何年になる?」

「今年で八年になります」ぼくは元の半分ほどの大きさになった大根を頬張ったまま答えた。だしが染《し》み込んでいて、こういうおでんはとてもおいしい。「先生は?」

「さあ、二十年くらいと違うか、この寺の裏で」

「もう、地元ですね」

「いやあ、ぜんぜん」先生はコップの端から酒をちゅるちゅる啜《すす》りながら言った。「なんていうかな、旅先でたまたま長期滞在してるっていう気分やな。流行《はやり》の言葉で言えば、文字通り『ホームレス』やっとるわけや。はっはっは」

別に流行の言葉じゃないと思うけど。

先生はもともと、島根県で何百年も続いたお寺の住職だった。五十歳を過ぎ、息子に跡目を譲って隠居するはずだった。ある日、彼は思いついた。「坊主《ぼうず》と乞食《こじき》は三日やったらやめられんというが、ほんまやろうか」そして実行に移した。「ほんま」だった。しかし島根では檀家《だんか》の目もあるし、息子に迷惑をかけることにもなる。書き置きを残し、彼は神戸《こうべ》に向かった。新開地で何年か過ごした後、「死ぬ前に、浅草見物や」と思い立ち、それまで貯《た》めた金をはたいて、それでも足りずキセルして、浅草まで流れ着いた。しかしどうして元住職が「死ぬ前に、浅草見物」なんだろう。以来、二十年、彼はこのあたりに住み続けている。最初から「先生」と呼ばれていたそうだ。政治や国際情勢、スポーツなど、彼の話題は豊富だった。暇にあかして、新聞雑誌の類《たぐ》いは文字通り「読破」し、体に巻いて眠った。そして、彼はなんでもわかりやすく話した。「棺桶《かんおけ》に半身入ったばあさんをなだめなあかんねんぞ。そりゃ、口も達者になるわいな」酔ってくると、仏教用語をおでんで解説するのが癖だった。

「空《くう》、いうのはな」その夜も先生は好調だった。「だしや」

「はあ」

「なんもない、いうこととは違うんやぞ。おでんとはなにか。大根やはんぺん、こんにゃくやちくわを炊《た》いたもんや。具の間を埋め、具にしみる『だし』、これが空や。空がないと、料理にならん。関係、いうものが生じへんわけやからな。そして、わしは空そのものを味わうことができる。ここまで来ると、達人いうてもよかろ」そう言って、先生は器に口を付け、ずずずと吸った。

「だし、飲みたいんならそう言ってよ、先生」主人は笑い、器をざぶりとおでんに入れ、きつね色のだし汁をすくいとった。

「おお、ええ色や。色即是空《しきそくぜくう》、まさにこれやな」先生は湯気の立つ器を見つめて何度もうなずいた。白熱灯にほんのり照らされた顔は、剝きたての果物みたいに光った。皺《しわ》は一本ずつくっきりと深く、そのまわりの肉は春の新芽のように盛り上がっていた。

先生は、じゃがいもやはんぺん、コップなどを使って、マンダラについて講義を始めた。屋台のテーブルは幾何学的おでん種でいっぱいになった。主人は屋台を片づけるのも忘れて、テーブルの横に突っ立って、マンダラ絵を眺めていた。いつの間にか集まってきた路上の住民たちも、先生の話に聞き入った。

朝とともに警官がやってきた。「おおい。今日は長いねえ」警官は自転車に乗ったまま、声を張り上げた。「そろそろ、お開きにしてくれよ。土曜だから参拝客も多いんだ。掃除も頼むよ」

ぼくたちは我に返り、屋台を片づけ始めた。テーブルの上の小宇宙は分解され、住民の胃袋に滑りおりた。箒《ほうき》の音が境内《けいだい》に響く中、先生は石段に腰掛けて、大口を開けたまま ぐうぐういびきをかいていた。

浅草の狭い通りを自転車で走っていると、先生の歩く姿を遠くによく見かけた。体を前のめりに、一歩一歩確実な足取りで、先生は歩く。ときどき立ち止まって、道に転がった缶や居酒屋の看板を見つめ何度かうなずく。そして再び歩き始める。まるで街を点検して回っているみたいだ。

先生は、急に曲がる。角で考え込んだりしない。速度を落とさず、四つ角では直角に、三叉路《さんさろ》では変化球投手のスライダーみたいに滑らかに曲がる。そして視界から消えてしまう。

浅草は細い道が毛細血管のように入り組んだ町だ。そして、いくつかのアーケードが大動脈・大静脈の役割を担《にな》う。どのアーケードにも人がいっぱいだ。そして、どの道にも飲食店が本棚の文庫本みたいに並んでいる。先生は、もちろんアーケードより、忘れ去られたような小道が好きだった。一日中歩いていたんだと思う。植え込みの配置や料理店の食品サンプルが変わっていると、先生は有頂天になって喜んだ。そして、そういう細かい変化は絶えることがない。だから、先生はいつも有頂天だった。

「世の中にはな、もともとおもろないもんなんて、ないんやで」浅草観音温泉の横を並んで歩きながら、先生はぼくに言った。「おもろがってやれば、なにかて、おもろいんや。飯とおんなじやな。味覚の幅が広ければ、なに食うても、うまい。要するに、こっちの責任や」そう言って、ぼくの胸を、先生はとんとんと叩《たた》いた。

遠くからぼくを見つけると、先生は大声をあげ、手を振った。ぼくたちは、よく一緒に歩いた。昼も、夜も。浅草の仲見世《なかみせ》は、昼間、観光客・参拝客で、できたてのおでんみたいに混む。ばかでかい提灯《ちょうちん》の下がった雷門《かみなりもん》から浅草寺まで三百メートルの参道に、せんべい屋、おもちゃ屋、傘屋、着物屋、民芸品屋など、種々様々な店が並ぶ。かつら屋や犬用品専門店まである。紫色のかつらや忍者装束など、いったい誰が買うんだろう、いや、そもそもこういう店に誰が入るんだろう、などと疑問はつきない。それでも、こうした店が潰《つぶ》れるような気はいっさいしない。百年経《た》っても犬用品店のショーウィンドウには、サイケデリックな茶筒に見える犬用セーターが並んでいることだろう。

雷門に寄り掛かって、先生はパンを食っている。「仲見世いうのは、浅草の腸やな。観光客から、ちょっとずつ、ちょっとずつ、きらきらした栄養分を吸い取る。これが浅草中に回って、みんな活動できるんや」

「じゃあ、浅草寺の賽銭箱《さいせんばこ》は」

「さしずめ、大腸やな。最後に搾《しぼ》り取って、西参道、花やしき通りなんかへ客を吐き出して、浅草寺は、ケツか。じゃあ、わしなんかは、ギョウチュウみたいなもんか」

そして、はっはっは、と空に向かって笑う。

真夜中の仲見世を、先生は好きだった。店はすべてシャッターを下ろし、もちろん人通りはない。それでもなぜか、真っ白な明りだけは夜を徹して輝いている。雷門の下からまっすぐ伸びる白い道は、空気以外の物質が詰まった空間のように見える。眠った誰かをここに運んで叩き起こしたら、絶対に夢の続きだと思うに違いない。それも、とても怖い夢の。深夜、先生はおでんに飽きると一升瓶を抱え仲見世に出かけた。

「なんか、滑走路みたいですね」

「空から見たら、そんな感じやろな」先生は、この場所では無口になった。口を閉じて歩く先生の姿は、厳しい修行を終えた僧侶《そうりょ》のように見えた。ぼくが足を止めても、先生は歩き続けた。どんどん小さくなっていく先生の背中を見ていると、そのままふっと消えてしまいそうに思えて、ぼくはわざと足を鳴らし、走って先生に追いついた。先生は振り返り、ゆっくりと笑った。なにを考えていたのか、ぼくにはわからない。安心感の色つきオブラートで人を包み込む、といった感じの笑みだった。ああいう笑顔を、ぼくはほかに見たことがない。

ある日、演芸場の角から突然現れた先生を遠くから見つけて、その様子がふだんとどこか違うのに気づいた。立ち止まる回数が多いのだ。それも、なにを見つめるでもなく、ただぼおっと突っ立っている。自転車で近くまで寄って、そのわけがわかった。先生は、犬を連れていたのだ。

「一週間ほど前にな、ふらふらよたっておったもんで、食いもん分けたったんや。それ以来、つきまとわれてもうてな、かなわんわ」けれど口調は、いつにも増して楽しそうだった。「初めは小汚くてなあ、なんか体中にマジックやら墨やらで絵とか字とか書いてあるし。平田くんに石鹼《せっけん》借りて洗たったら、ままあまともにはなったけどな」

犬は座り込んで、先生を見上げ、はふはふと舌を垂らした。飼い犬の雰囲気は微塵《みじん》もなかった。筋金入りの、野良《のら》だ。どうして先生になついたんだろう。単に食べ物のせいだけだとは思えなかった。

「こいつ、何歳くらいですかね」ぼくが手を差し出すと、犬はぐるるると喉《のど》を鳴らした。

「いやあ、かなりいっとるね。骨と皮のぐりぐり加減からいうて、十四、五。人間でいうたら、まあ、わしと同い年くらいちゃうか。同病相憐《あわ》れむ、いうわけや」

その日から、先生と犬の散歩はちょっとした浅草名物になった。ここの名物はたくさんあるが、まあ、この場合、アングラ路上住民の間での名物だ。犬はおでん屋の主人のことも気に入ったようだった。これは単に、食い物をくれるから、という理由に違いない。

「先生、こいつ、なんて名前なのよ」花やしき裏に住む平田さんが尋ねた。彼は元・山《さん》谷《や》労働委員会の書記兼議長で、酒が入ると口が止まらなかった。ぼくも委員会に入るよう一晩中説得されたことがある。そんな平田さんも、先生の前ではおとなしくなった。

「名前はな、イヌっていうんや」

「だから、その犬の名前はなんだって……」

「そやから、『イヌ』が名前やいうてるやろ。誰も間違えへんし、なにしろ自分が犬や、いう自覚が湧くわい。こいつも、今までいろいろあったんやろ。そういう顔しとる。そやから、今は、ええんや。ただのイヌでええんや。ええ名前やないか。なあ、イヌ」

イヌは紙皿から顔を上げ、先生を見つめた。たしかに自分が犬であることを自覚し、そして、それを潔《いさぎよ》く受け入れているように見えた。その意味で、イヌは先生に似ている、と思った。

先生の歩く速さに付いて行くのに、イヌは最初、苦労していた。十四、五歳という見当は、訂正された。二十歳近いのじゃないか、ということで、人々の意見は落ち着いた。よたよたと道の端を歩き、ときどき排水溝に落ちて身動きがとれず、引っ張り上げてもらわなければならなかった。

排泄《はいせつ》が、また情けなかった。大便は、その最中に涙を流すという妙な癖は置いて、まず問題はなかった。小便だ。老犬のせいか、やたら長い。そして、長時間片足をあげたままの姿勢でいるのに耐えきれず、ぶるぶる体を震わせ、結局ぐしゃっと地面に崩れ落ちてしまうのだ。その度、小便がイヌの腹を濡《ぬ》らした。先生はイヌを抱え、水道まで運ぶと水洗いし、懐《ふところ》からタオルを出してごしごし拭いてやった。これを毎日何度も繰り返すのだから、たいへんな根気だ。しかし、先生はなんとも思っていないようだった。イヌも平然と鼻を鳴らしていた。

ある晴れた朝、先生がぼくの部屋を訪ねてきた。

「すごいものを見せたろ、と思てな」秘密基地のありかを打ち明ける子供みたいに、先生はくすくす笑った。「天気もええし、公園でも散歩しょうか」

イヌはマンションの入り口でぼくたちを待っていた。吾妻橋を渡り、隅田公園に入った。先生はポケットに手を入れ、すたすた歩く。ぼくは大股《おおまた》で先生に続く。イヌは、ときどき視界から消え、しばらく経つとはあはあ弾む息とともに背後から現れた。

隅田公園は隅田川沿いに長く伸び、春は花見客でごったがえす。下流から順に、吾妻橋、東武線《とうぶせん》の鉄橋、言問橋《こととといばし》、桜橋《さくらばし》、と公園に交差する形で橋がかかっている。「すごいもの」を見る栄誉に浴したのは鉄橋の下だった。桜の幹に向かって、イヌが右足を上げる。ああ、またお漏らしですね、と先生に笑いかけると、まあ見ろや、という表情を浮かべている。

イヌの足が震え始める。

ぶるぶるぶるぶる。

痙攣《けいれん》している。ああ、もう駄目だ。崩れ落ちる！

そのとき。

さっ、とイヌは足を替えたのだ。

もちろん、小便は桜の幹とは逆の、歩道の方にしゃんしゃん掛かっている。けれど、そんなことは問題じゃない。イヌは、こまめに左、右、左と足を替え、無事に小便を終えた。振り返ってにやっ、なんてことはない。イヌは、犬だからだ。無表情に、ぼくと先生のところまで駆け寄ってきたイヌは、その場にぺたりと腰を下ろした。

「犬って、すごいやろ」

「すごいですねえ」

ぼくたちは胸を張って隅田公園を歩いた。早くイヌの小便が見たかった。あの、社交ダンスのステップみたいな足捌《あしさば》きを堪能《たんのう》したかった。その願いは、すぐさまかなえられた。老犬だけに、小便が長いばかりじゃなく、近いのだ。少量でも、イヌはステップを踏んだ。彼の中では、小便はそうするもの、と決まってしまったのだ。

言問橋の方から、歌声が流れてきた。

「なんですか、あれ」

「教会のボランティアや。飯、配っとるんや」

橋の下には、二百人近い男が座り込み、大声を張り上げていた。彼らの前に黒服姿の中年男とジャージの若者たちが並んでいる。若者はハンドマイクを持って、さあ、もっと大きく、とか、一緒に、とか叫ぶ。

ぼくと先生とイヌが近寄ると、若者のひとりが笑いかけた。「どうぞ、後ろに並んで」言われるがままに、ぼくたちは列の後ろに付いた。橋の下のトンネルには、すえた臭気が詰まっていて、空気中に字が書けそうなくらいだった。みんな、潰れた声で歌っていた。ぼくも合唱に加わった。歌詞が簡単だったのだ。

（一番）
神様　ありがとう
神様　ありがとう
神様　ありがとう
神様　ありがとう
（二番）
神様　ゆるして
神様　ゆるして
神様　ゆるして
神様　ゆるして

これよりシンプルかつ力強くかつ意味不明かつクラクラな歌詞はこの世には存在しな

いだろう。

合唱が終わった後、神父らしき中年男の説教が始まった。聖書の朗読では、漢字を読み違えるなど、たどたどしい限りだ。「世の中は乱れています。乱れきっております」中年男は息も絶え絶えに言った。「こういうときこそ、人を信じなければなりません。そして、そのためには神を信じなければなりません」

話は螺旋《らせん》階段のように、同じところをぐるぐる回りながらテンションを高めていった。通路に座り込んだ男たちは、わりあいおとなしく、中年男の説教を聞いていた。なにしろ、これが終わらないと飯の配給が始まらないのだ。ただ、やはりどこにも短気な人間はいるもので、ときどき野次が飛んだ。「ハレルヤッ！」「アーメン！」これが、この集会では野次に当たるのだった。あらゆる状況で、犬に限らず人間も、うまい工夫を考えつく。

「ハレルヤッ！」

「アーメンッ！」

敬虔《けいけん》な怒号の中、説教は終わり、ぼくたちは昼食をとった。御飯に薄い味噌汁《みそしる》をかけたものに、ハムのかけらとキムチが乗っている。栄養バランスはよくわからなかったが、味のバランスはよく考えられていた。イヌはパワーシャベルみたいな勢いで器を空にした。その姿を嬉《うれ》しそうに見ていた先生は、自分の器をそっとイヌの前に置いた。イヌは一瞬先生を見つめ、再び器に顔を埋めた。

帰り道でイヌは三度、小便ダンスを踊り、ぼくたちを楽しませてくれた。

「いいもの見せてもらいました。どうもありがとう」吾妻橋のたもとでイヌを撫《な》でながら、ぼくは先生に言った。

「じゃあな」先生はくるりと背を向け、手を振りながら浅草の雑踏に消えた。その後をよたよたとイヌが追った。

ぼくはしばらくその場に立っていた。そして、右、左、右、と足を上げてみた。腹の中で味噌汁がたぷたぷ揺れた。陽射《ひざ》しは柔らかく、隅田川の川面《かわも》に薄い靄《もや》を作っていた。ぼくはもう一度、足を上げた。右、左、右。まわりの人が素早く視線を外すのに気づいて、ぼくは橋を渡り家に帰った。

真夜中にドアベルが鳴るのは、ぼくの家では珍しいことではない。浅草あたりでは深夜営業している店が少なく、飲み足りない友人たちが、よくボトルを抱えてやってきたからだ。しかしその夜、先生はドアベルも鳴らさず、いきなり家へ踏み込んできた。

「おい！　おい！　赤チンあるか、赤チン！」先生は、イヌを抱きかかえて、目玉をなくしたみたいに動転していた。

「赤チンはないです！」ぼくは台所から飛び出しざま、スピーカーの裏に置いた消毒液をつかんだ。「どうしました？」

「これや。見たってくれ」先生は、目に涙を浮かべていた。

イヌの、右の前足が、血まみれだった。イヌはとても怯《おび》えていた。くすん、くすん、と鼻を鳴らした。ぼくが体に触れると、ろうそくをかざされたみたいに、身を縮めた。

「どないしょう。なあ、どないしょう」

「とりあえず、洗いましょう」ぼくは湯を沸かし消毒液を混ぜ、冷ました後、脱脂綿に付けてイヌの足を拭《ふ》いた。ぼくだということがわかったのか、あるいは先生が落ち着き始めるのを感じ取ったのか、イヌはおとなしく、されるがままになっていた。けれど決して傷口を見ようとはしなかった。

前足に、輪ゴムが巻きついていた。かなりきつく縛ってある。それが食い込んで、血が噴き出していたのだ。

ぼくは先生からイヌを抱き取り、タオルで包むとソファの上に寝かせた。イヌはぼくと先生を横目で見つめた。もう、鳴き声をあげたりしなかった。ぼくは工作用の細いハサミで、イヌの毛を切り、ハサミを消毒してから輪ゴムを切りにかかった。左手で足を握って、できるだけ動かないようイヌに言い聞かせた。先生は、ぼくの後ろで静かに見守っているようだった。

よくよく見ると、輪ゴムは信じられないほど深くイヌの前足にからんでいた。ほんの少しハサミを入れるだけでも、猛烈に痛むに違いない。でも、やらなければならなかった。ぼくはイヌの目を見た。不思議なことに、なにかとても、安らいで見えた。ぼくは手元に神経を集中させて、一番外側のゴムにハサミを入れた。ぱちり。

それでもゴムはほどけない。血のりで固まってしまっているようだ。さらにもう一筋、ゴムを断つ。今度は、まとめてぱらぱらとゴムの断面が力なく宙に浮いた。ピンセットで、その一本をつまみ、そっと傷口から離す。血と、それに混ざったリンパ液が、ねっとりと糸を引いた。イヌの足が、かすかに引きつった。ぼくは顔を上げず、もう一本、もう一本と、ゴムの筋を傷口から取り除いていった。口の横から静かに息をした。直接当てては、患部に悪いような気がしたからだ。

傷口から見える肉は、白く筋張っていて、あらためてイヌの年齢を感じさせた。先生はイヌの頭を両手で包み、悪かった、悪かった、と繰り返した。一週間ほど前、イヌが姿を見せなかったことがある。そのとき誰かにいたずらされたんだろう、と先生は言った。消毒液と包帯でとりあえずの応急処置を済ませ、翌日、近所の獣医に診《み》せにいくことにした。

その夜、先生は初めてぼくの家に泊まった。泊まったといっても、一睡もせず、ソファの横から動かなかった。イヌが寝入ると、ぼくたちは、今まで会ったいろんな犬の話をした。先生は子供のころ、雑種犬を三匹飼っていた。お寺の境内に住みついた母子だった。子犬は五匹いたが、そのうち三匹は、先生が見つけたとき、すでに母の横で冷たくなっていた。二匹の子犬と母犬はそのまま先生に引き取られ、家族と共に無事終戦を迎えた。

「わしが高校生のとき、小太郎がな、病気にかかってしもて」先生はイヌを撫でながら言った。「おかあちゃん犬の花が、毎日毎晩、ずっとなめてるんや、小太郎の体中。わし、邪魔にならんように、指二本で、花がなめてへんところを探して撫でてやろうとするわけや。そしたらな、どこも、べちゃべちゃやねん。花の唾《つば》でな、濡れてないとこ、あらへんねん。今でもな、あの感触、忘れてへん。この人差し指と中指がな、濡れてるような気がするわ」

獣医は、格安で、イヌの全身を診てくれた。前足は、多少引きずることにはなるが、歩行にそれほど障害はない、ということだった。

「あのね、かなり筋力が落ちてるから」獣医は眼鏡を外して告げた。「栄養をつけるとか、そういう問題じゃなく、ゆっくり過ごさせてあげる方がいいですよ」

その日から、浅草の町なかで先生を見かけることは少なくなった。隅田公園の川べりで、イヌと並んで座った先生の姿を、ぼくは吾妻橋から何度か見た。先生はイヌを膝《ひざ》に乗せて、隅田川を見つめていた。ある朝、ぼくは先生に手を振った。先生は無言で、笑顔でゆっくり手を振り返した。夕方、家に戻る途中で公園の方を眺めると、先生は朝と同じ場所に座っていた。ぼくは黙って橋を渡った。

　浅草の小道で先生に出くわしたことも、一度あった。最近、ご一緒しませんね、と言うと、わしもいろいろ忙しいんや、と笑った。

「じゃあ、お暇ができれば。イヌの回復祝いもしたいし」

「うん。こいつも、小便がちょっと、な。前に戻ってしもたけど、それ以外はだんだん元気や。いずれ、な。こっちから、押し掛けていくから、便所で顔洗て、待っとけよ」

「汚いなあ」

　先生は、いつものように笑って、歩き出した。イヌはひょこひょこと、ぜんまいの切れたおもちゃのように、後を追った。ぼくはしばらく、先生の後ろ姿を見ていた。

　先生の歩く速さは、遅くなっていた。浅草の風景に目をやることもせず、イヌに合わせて、ゆっくりと足を運んだ。イヌが先に立つことさえあった。角の曲がり方は、同じだった。唐突に、直角に角を曲がって、先生とイヌは姿を消した。ぼくは自転車にまたがって、反対方向にこぎ出した。浅草は、平日の午前中にもかかわらず、観光客で賑《にぎ》わっていた。

　それが、先生と話した最後だった。

「最近、見かけねえだろ」

「先生、ですか」

「そうだよ」おでん屋の主人とスーパーマーケットで会ったのは、あの日から数えてひと月経《た》った夕方だった。「あんた、孫みたいにつき合ってたんだから、なんか知ってるんだろ」

「いや」ぼくの方が聞きたかった。「なにも聞いてないです」

「こんなのはさ、気にしたくもないんだけど」主人は豆腐を片手に持ったまま、口を歪《ゆが》めた。「平田さんがさ、先生、死んだって」

「まさか」ぼくは主人に笑いかけた。主人は口に軽石を突っ込まれたような顔をしていた。

「嘘《うそ》でしょう」

「俺も、信じたかないんだけどよ。いつものポリさん、いるだろ。三《み》ノ輪《わ》の工事現場で、穴に落ちたじいさんが死んじまったって。自殺じゃないかって。平田さん、聞いたんだってさ。そりゃ、じいさんはたくさんいるけどよ。穴にはまってポックリなんて、あんまり先生らしいじゃねえか」

ぼくは、黙り込んだ。たしかに、先生らしいといえば、先生らしい。

「来週の月曜さ、みんな、うち来るって。飲み明かそうって。平田さん、もう一週間、真っ赤っかでさ、手、つけられねえんだ。荒れちまって。でもさ、息子みたいなもんだから、俺たち、みんな。よかったらさ、来なよ。みんな会いたがってるから」

主人がレジを抜けていくのを横目で見ながら、ぼくは必要ない調味料を籠《かご》に突っ込んで回った。ひと月はたしかに長いけれど、ぼくは塵《ちり》ほどの心配もしていなかったのだ。しばらく姿を見せなくたって、「飯、食ったんか」と突然現れるのが、いつもの先生だった。角を曲がるみたいに、唐突なのだ。それでも、この世から消えるのまで唐突だなんて、考えもしなかった。おでん屋の主人にしても、平田さんにしても、たぶんそうだったんだろう。しかし今から考えれば、姿を消す前の、あの先生は、今までの先生とは違った粒子に包まれていたような気がする。まるで、真っ昼間から夜中の仲見世にいるみたいに。

翌週の月曜、真夜中を過ぎて、ぼくはおでんの屋台に行った。三十人ほどの男たちが、街灯の根元で、静かに酒を飲んでいた。

「よう」主人が声をかけてくれた。「まあ、座りなよ」

ぼくは屋台に座って、先生はボトルを持っていったのか、と聞いた。

「いいや、そのままだ」主人は、車輪の脇《わき》から一升瓶を取り出し、ぼくの前に置いた。

「最後に来たときかなあ、ボトル貸しなって言うから、渡したんだよ。二十分ぐらい経って戻ってきて、いっぱいにしてきたって。じゃあ、飲むの、って聞いたら、いや、わしはいい。いつか、みんなで飲んでくれってさ。あんたのことも、言ってたよ。そら」

主人は栓を抜き、ぼくの前のコップに注いだ。「今夜はさ、これ、飲んでやりなよ」

ぼくはうなずいて、茶色い液体を一気に喉《のど》に流し込んだ。その途端、胸が急に熱くなり、口に残った液を全部主人に向けて吐き出した。「げえっほげほげほげ、ぐええっほげほ」

「悪かった！　悪かったよ、そんなに、まずいなんて」

「違う、違う！」ぼくは口元をシャツの袖《そで》で拭《ぬぐ》って言った。「これ、ブランデー！」

「ええ？」

「なんか知らんけど、ブランデー！　上等なやつ！」

主人は手元のコップに少し注ぎ、口にふくんでうなずいた。「こりゃ、俺もよくわからんけど、屋台っちゅうより、スナックっちゅうか、クラブっちゅうか」

「だから、ブランデー！」

主人は屋台から出て、先生の一升瓶から少しずつ、集まったみんなのコップに注いで回った。

「先生の置き土産かい、粋《いき》だねえ」

「こんな上物、十年ぶりだよ。なあ黒さん、例の飯場で十万貯《た》めたときよ……」

場はわいわいと、デッサン画にパステルを撒《ま》き散らしたように、急に明るくなった。

全員にブランデーが行き渡ったところで、平田さんが立ち上がった。「では、我らが父、先生……おい、先生の名前、なんてんだっけ……まあ、いいや。先生のために、乾杯！」

「乾杯！」

「乾杯！」

みんな、一息で飲み干し、手に持ったコップを見つめ、誰かが話し始めるのを待った。簡単な思い出話や、世話になったこと、教えてもらった仏教用語、そういうことなんかを。

しかし、誰も口を開く者はなかった。黄色い街灯に照らされた境内の隅で、みんな、この場所にどうしても必要なあの声がどこかから聞こえるのを、じっと黙って待っていたのだ。

そのうち、ひとり、またひとりと闇《やみ》の向こう側へ消え始めた。おでん屋の主人が、かすれた溜《た》め息をついた。肺の中に薄紙が詰まったような音だった。

最後に残った平田さんとぼくが、屋台の片づけを手伝った。

帰りは遠回りをして、仲見世を通っていこうと思った。けれどやめておいた。馬鹿《ばか》げた話だけれど、先生の亡霊に連れ去られるのが怖かったのだと思う。

季節は、カラーチャートブックのように、徐々にグラデーションで、それでいて知らないうちに突然鮮やかに変わっている。春、夏、秋、冬。どれも、指差して「これがその季節です!」なんて言えない。鮮やかな手口ですべての家財道具を盗まれた部屋を見て、それでもここは自分の部屋だと主張するような虚《むな》しさと正しさが、季節感にはつきまとう。

そうして盗まれるように季節を重ねるうち、ぼくは自転車を二台乗り換え、雑誌にいくつかの連載を持ち、一年に一度は単行本が出るようになった。ときどきボトルを抱えて隅田公園で飲んだくれることはあるが、無意識のうちに家まで帰り着く秘術も覚えた。住居は変わっていない。同居人もいない。ただ、猫が一匹、増えた。ぶちのメス猫だ。名前は、『メケメケ』とつけた。「メケ」とは、フィジー語で、ダンスという意味だ。踊れ、踊れ、なんて、生活がどんどん浮いてくる感じで、ぼくはとても気に入っている。当人は、どうだか知らない。名前を呼んでみても、ソファにぐったり寝転んだままだ。名前負けしている、という気がしなくもない。ただ、食事のときだけは、彼女はその名にふさわしい勇壮なダンスを見せてくれる。

彼女に『ネコ』という名前をつける気はしなかった。

昨日、手紙が届いた。

拝啓　緑陰に涼を求めるこの季節、いかがお過ごしでしょうか。

あのように突然、あなた方の前から姿を消すこととなり、心残りもありつつ、しかし、今でもあれでよかったのだと思っております。家族のもとに帰り、早、二年が経ちました。初めて見る孫の顔、曾孫《ひまご》の顔、よのなかに、これほどきれいなものがあったのか、と思い知らされる日々でした。あなたより年長の孫がいることに、少々、戸惑いもありましたが。

寺の仕事は息子が立派に引き継いでいてくれました。会わせる顔もない私のことを、笑って「おかえり」と言ってくれました。「おかえり、父さん」と。この一言だけで、私は今までやってきたくだらない人生（謙遜《けんそん》、謙遜）が、すべてむくわれたように思いました。

寺の裏で過ごした二十年間が、たった一言で「むくわれて」しまうのですから、言葉というのも罪なものです。

しかし、とりあえず、私は突然消え失《う》せたわけを説明しなければなりません。この二年の間、あなた方のことを思い出さない日はありませんでした。

あの夜のことを覚えてらっしゃるでしょうか。私が、深夜に突然押し掛けて、イヌの手当てをしてもらった夜です。イヌの前足を初めて見たとき、私は、本当にあわてました。そして、自分のあわてぶりにとまどってしまいました。そのとまどいとイヌを抱えて、ひと気のない浅草をうろついた揚げ句、あなたの家へ押し掛けることにしたのです。

あなたは、冷静でした。私には、イヌの毛を切って、傷口だけを治療するなんて、思いもつかなかったのです。あなたがハサミを使う姿を後ろから見ていて、ああ、自分はこの人とは違うんだ、と実感しました。あなたの嫌いそうな言葉で言うと、とし、というんでしょうか。としのせいにするなんて、と、酔っ払ったあなたの不満そうな顔が目に浮かびます。けれども、とし。そう、この言葉が、やはり、あのとき、私の頭の中でぐるぐる回っていたのです。

そして、あなたは覚えてらっしゃるでしょうか。あのとき、イヌが浮かべた表情。すべてを任せきったあの目。信頼。イヌは、あなたと私を、自分につながる具体的な存在として、信頼しきっておりました。

恥ずかしいことですが、あのとき、イヌを、うらやましく思いました。もちろん、嫉妬《しっと》、とは違います。誰かを、信頼しきって、自分の体を預けることができる。そういうイヌの表情を、私は、自分を振り返って、はたしてこのしばらく、顔に浮かべたことがあったろうか。そう思いました。

あなたが一生懸命、ゴムをほどいていたとき、私はこんなことを考えていたのです。

それから何日も、川を見ていました。

いつか、私はあなたに言ったと思います。川は、人に似ている、と。隅田川という川はそこにあっても、水はいつだって絶え間なく、ずっと流れていく。私という人がここにいても、こころ、というか、いのちというか、そういうものはずっと流れていくんだなあ。そう言うと、あなたは、とてもよくわかる、と言いましたね。けれど、イヌが前足を不自由にして、あの表情を見て、その後、隅田川を見て、私はその続きに思い当たりました。

川はそこにある。水は流れていく。そして、すべての水は、合流する。いや、合流する以前から、ひとつの流れとして、すべての流れがある。

イヌはあのとき、あなたや私につながる流れを、全身で感じていたと思うのです。それが、心から、うらやましかった。

私は、隅田川を眺めながら、自分の本流、自分の流れが具体的に感じられるところに行こう、と決めました。

私は島根の寺に電話をかけました。受話器を持ってダイヤルするまでは、気楽なものでした。相手が出て、すぐ、息子だとわかりました。二十年経っているというのにね。その瞬間、なにも言えず、恥ずかしながら、泣いて泣いて、言葉が出ませんでした。そのとき、息子が言ったのです。「おかえり」と。私は、瞬間、島根に帰っていました。自分がなにを喋《しゃべ》ったのかは覚えていません。聞き苦しい言いわけみたいなものだったのでしょう。それでも息子は「うん、うん」と相槌《あいづち》を打ち、「父さん」と呼んでくれたのです。

もう、やめましょう。なんだかのろけているような気がしてきました。

あなたは、まだ、どんどん流れてください。合流とか、そういうややこしいことは考えず、行き当たりばったりに進んでください。そういうあなたに、私は自分の流れにつながる、ひとつの「端」を見ていたような気がするのです。

いつでも遊びに来てください。あなたより年上の孫も、連載や本を見て、あなたのファンです。

それから最後に、イヌは、まだ元気です。実際の年齢はわからないまでも。たぶん私よりずいぶん上でしょう。小便のダンスは、最近、できるようになりました。右、左、右、左。私より軽やかな足捌《あしさば》きです。

それでは、ほんとうにご無沙汰《ぶさた》しました。平田くん、あんちゃん、黒べえ、山ちゃん、アイダ君、こうすけ、りっちゃん、じん六、むかい君、秀、坊主《ぼうず》、玉やん、ぼう助、典ちゃん、筆吉、やっちゃん、ケチ、おまわりのコウジ、ああ、もう思い出せへんなあ、とにかくみんなによろしく伝えてください。

追伸

先生、なんて呼ばれていたのを、私は今では気恥ずかしく思っています。ただただ、先に生まれたばっかりやのにね。

封筒の裏側を見た。住所は書かれていなかった。遊びに来い、なんて言って、いいかげんなところは手紙でもそのままだ。

あのおでん屋台は、今はもうない。平田さんやほかの人たちも、行方が知れない。みんな、季節が変わるとともに、浅草から消えてしまった。隅田川の水のように、ぼくたちは流れ続ける。

この手紙は、幾多の季節を越え、ぼくの郵便受けにやってきた。たしかに、ぼくたちの流れは、どこか遠くでつながっているのかもしれない。ぼくにはまだ、よくわからない。ただ、いつか合流する日のために、ぼくは先生の手紙を忘れないでおこうと思う。

今日もよく晴れている。窓を開けて、先生がイヌに残飯をあげる姿を思い、ぼくはメケメケの前にキャットフードを開ける。彼女が踊るダンスは、ぼくの中のなにかを、確実に震わせる。それは先生の歩く姿とイヌの小便ダンスをミックスしたような奇妙な硬直ぶりで、いつもぼくをこころから笑わせてくれるのだ。

二月二十日　産卵。

東京湾

三月三日

日の出前に目覚める。妻は抱卵《ほうらん》のため、動けず。日比谷《ひびや》公園でポップコーン、おにぎりのかけら、卵焼きなどを喉《のど》に詰め、巣まで何度か往復。妻が満足げに微笑《ほほえ》むのを見届け、銀座へ。

資生堂《しせいどう》の上にとまって見下ろすと、並木通りをホームレスがひとり歩いている。注目。思った通り、天ぷら屋の裏口でポリバケツを開け、物色を始めた。ホームレスの視界ぎりぎりのところに降り、体を軽く揺らす。周囲から、仲間も五、六羽降りてきてバケツを取り囲む。海老《えび》の皮、なすび、貝殻。天ぷらと米は、ホームレスがひとり占め。まあ、しかたがない。

再び、ビルの上へ。太陽が姿を見せる。昨日までとうって変わり、陽射《ひざ》しが羽の隙間《すきま》にまで染《し》み透る。背を向け、全身に光を浴びると、体が少し膨らむような気がする。ビルの上には仲間が何羽もとまり、西の方を向き目を細めている。

銀座通りに自動車が増えてくる。八丁目方面の路上に、ごみ袋の山を発見。半透明なので、食事を探すのに大変都合がよい。嘴《くちばし》で突き破り、ハムサンド、キャベツ、フレンチドレッシングのかかったレタス。満腹。

高く上がり、大きく弧を描いて帆翔《はんしょう》。下から追いついてきたいつもの四羽と相談し、最近ご無沙汰《ぶさた》の、中央防波堤へ向かうことにする。南へ。海がちらちら光って、イワシの群れがいっせいに飛び跳ねているように見える。

レインボーブリッジを右手に、有明《ありあけ》を抜け、東京港を渡ると中央防波堤だ。内側と外側のふたつの島から成る。内側、つまり港湾寄りの島はすでに埋め立て作業が終わっており、地面も舗装されおもしろみに欠ける。なんといっても、外側だ。

何台ものダンプカーが地下トンネルを通ってごみを運んでくる。上空から見ると、地表は真っ白な埃《ほこり》で靄《もや》っているように見える。しかし、高度を落とすと、その靄はカモメやハマシギ、チドリなどの海鳥であることがわかる。その真ん中に降下。海鳥どもががあがあと抗議する。しかし、誰も手は出してこない。

粉砕されたプラスチックの山。固められ、表面が風になぶられ、飛ばされていく紙のペースト。椅子《いす》の脚。簞笥《たんす》。破れた布団《ふとん》。

仲間がゴムボールを見つけ、しばらくそれを投げ合って遊ぶ。赤いゴムまり。ホワイトマジックで記された、さちこ、という文字。

ボールがラジオに当たり、それが突然鳴り出したので、あわてて五メートルほど飛ずさる。電池が残っていたのだろう。ボールよりもこちらの方がおもしろい。つついても、蹴《け》っても、スイッチが切れない。仲間の一羽がくわえ十メートルほど上から落とす。電池が飛び出し、音は消える。

海鳥が遠くで騒いでいる。未焼却の生ごみ溜《だ》まりを見つけたのだ。大きく羽ばたいて追い払い、インスタントラーメンをつつく。漂白された牛の脳みたいだ、と思う。仲間が大声を上げる。行ってみると、人間の右手がぽかんと転がっている。人肉を食うのは初めてだ。みんないっせいにつつく。と同時に、嘴の先に衝撃が走る。プラスチックだ。義手だったのだ。

昼過ぎまで埋立て地で過ごし、日比谷公園へ戻る。ごみ箱に手つかずの弁当を大量に発見。一度に一個ずつ、巣の根元に運ぶ。四往復で疲れ果てる。足で蓋《ふた》を押さえ、嘴でつついて破る。海老フライ、サバ、ほうれんそう、ソーセージに御飯。上で待つ妻のところまで、何度も運ぶ。妻は若干、太ったように思う。

お互いの頭をつつき合い、毛づくろいをして、就寝。

三月八日

少し遅めの起床。日比谷公園へ。ソーセージ、パン、スズメの死骸《しがい》を持ち帰り、口移しで妻へ。まだ、卵がかえる予兆はないとのこと。最初の卵を生んで、まだ二週間。長くてあと一週間はかかるだろう。

銀座にはすでにごみ収集車が回ってきていた。食事、あまり見つからず。酔っ払いの吐瀉物《としゃぶつ》、フライドポテト。仲間が前日、しこたま食べたという15号埋立て地のキャンプ場へ向かう。カラフルなテントが並んでいる。まだ、誰も起き出してはいない。炭の匂《にお》いが残る空き地にバーベキューのかすが散乱する。牛肉、豚肉、やきそば、にんじん、ピーマン。スナック菓子、果物。とても食べきれない。すぐ近くの公園に立つシイヤクスノキの根元に、保存が利《き》きそうなせんべいやじゃがいもを埋め、隠しておく。最近は食糧事情がいいのであまりやらないが、習慣で、どうしても貯《た》め込んでしまう。去年の冬はこれを怠ってひどい目にあった。正月の銀座はただのコンクリートの森になってしまう。仲間と協力して、鼠《ねずみ》や鳩《はと》を襲って食べた。猫が鼠をくわえているのをついて、横取りしたりした。幸い、身近にはいなかったが、共食いをした者までいたそうだ。

食後は、ゴルフ場へ。飛んできたボールをくわえて隠すのは、お定まりの遊びだ。ボールを捜すプレイヤーの表情がとてもおかしい。いつまでも頭をひねっている者、怒り出してスコアを崩す者、口喧嘩《くちげんか》を始める者。隙を見て、ボールを元の場所に戻す瞬間がこの遊びの山場なのだが、ほとんどのプレイヤーはそのボールに気づかない。昼に辰巳《たつみ》の農園で食事。トマト、大根。小さなイチゴ。ビニールのひもや人形を立てているのは被害を抑えようということらしいが、中央防波堤の風景を見慣れた者にとっては笑う気にもなれない。クスノキのうろにカケスの巣箱を発見。嘴で叩《たた》きこわし、卵三個。白いハンカチを被《かぶ》った女性が箒《ほうき》を持って追いかけてくる。白い糞《ふん》を二発。仲間は小石の雨を降らせる。女性、奇妙な声をあげて退散。額から血がにじんでいた。キャンプ場近くの公園へ戻り、食事を掘り返す。喉の奥に詰め、妻の元へ。日比谷公園と巣を三回往復。

毛づくろい。就寝。

三月十二日

レインボーブリッジの埋立て地側、台場《だいば》あたりで数日前から人の動きがあわただしい、と仲間からの情報。妻の食事を運んだ後、『ゆりかもめ』の線路に沿って、仲間と埋立て地へ。このあたりはごみではなく、土砂で埋め立てられている。そのせいで、地表の温度が、ずいぶん低い。中央防波堤など、体温より暖かいのだ。ごみが腐って熱を発散するせいだろう。冬になると、シギなどを押し退《の》け、メタンガスの噴き出るパイプに近寄って暖をとる。ときどき、やけどしそうに熱い。

台場は巨大な空き地で、そのところどころに、奇妙な形の建物が周囲の風景とはなんの関わりもなく唐突に生えている。周囲の風景といっても、なにもないのだが。『臨海副都心』と呼ばれている地域。こんなに空き地だらけで、どうして都心なのだろうか。新宿は巨大ロボットみたいにでかいビルをどんどん建てて、都心らしく威張っている。もしかすると、新宿とは逆に、ここでは地下にいろんな施設ができているのかもしれない。埋立て地の地下都市。とにかく、いくつかの緑地を除けば、東京にこんなに閑散とした場所はない。少し上空に飛び上がると、原っぱに冷蔵庫がいくつか転がっている、そんな風に見える。

そして、そういった冷蔵庫のうちひとつが、蟻《あり》の大群に取り囲まれている。高度を下げて見ると、黒塗りの車の列。半分崩れたような白い建物の前に止まり、地味に着飾った男女を次々に吐き出していく。仲間とさらに近づいてみる。納得した。『祝！　ホテルＮ東京　オープン』と書かれた看板。ホテルだ。食事だ。

崩れかけたような形は、そういうデザインだったようだ。千人以上を飲み込んでも、ホテルは倒れそうで倒れない。裏口に回ってみたが、まだパーティは始まったばかりで、残飯は出ていない。

仲間と上空へ。オレンジ色のかぶと虫が、空き地に何台も放置されている。まだ工事は続くのだろう。この半年で五、六本、新しいビルが建った。どれも埋立て地特有の外観だ。空から見下ろすと、捨てられたおもちゃに見える。嘴でつついて遊ぼうと降下して初めて、それが何千人も収容できる容器だとわかる。スケールアップした中央防波堤、といったところだ。

昼を過ぎてようやく、ホテルの裏口に残飯が出る。袋を破り、食事。伊勢《いせ》海老、鴨《かも》、春巻き、酢豚、チャーハン、メロンの皮、スイカの皮、その他もろもろ。食べきれるものではない。『ゆりかもめ』の台場駅近くに、例によって穴を掘る。運んだ分をふたつに分け、少ない方を埋め、残りを喉に無理やり詰め込み、巣を目指す。体が重い。全身から脂臭《あぶらくさ》い匂いが漂っている。一度、海岸に降り、消化を助けるため、小石を三個飲む。疲れきって巣に戻ると、最初の雛《ひな》が産まれていた。妻に脂肪分たっぷりの食事。雛には日比谷公園でイチゴ、ポップコーン。

妻と交替で池に入り、体を洗う。毛づくろいの後、就寝。

三月十八日

この六日間で、六羽の雛が産まれた。最後の二羽は、当然体が小さく、食事を奪われてしまう。二日と持つまい。最初に産まれた雛は、肌の色がピンク色から真っ黒に変わり、まるで鼠のように見える。

早朝からぴぃぴぃと鳴き声がうるさい。妻はまだ動けない。日比谷公園と銀座で、とりあえず七羽分の食事を探す。仲間たちの雛も産まれる時期なので、各所で争奪戦が起きる。日比谷公園に巣を構える者の言うことには、木の下をジョガーや警官が昼夜問わず通るので、神経が休まる間がないとのこと。うちも警備員が深夜巡回してくるが、騒音はまったく起きない。周囲を道路に取り囲まれているとはいうものの、都内で最大の緑地、なおかつ食事に困ることはほとんどない。妻も楽な出産だったと言っている。来年も堀の内側に巣を作ることにしよう。

貯蔵してあった食物すべてを巣に運んでも、雛の鳴き声はやまない。妻も協力してくれるが、とても足りない。仲間が行きそうにないところ、ということで台場のホテルを思い出す。休日ということもあり、宿泊客、パーティ、ともに多いはず。

行ってみると、思った通り、裏口に大量の生ごみが出ている。雛の腹に合いそうなものを選び、嘴からこぼれそうなくらい頰張《ほおば》ると、巣に帰る。四往復目に、雛たちは眠り始める。妻は休むように言ってくれるが、明日、あさっての分を貯蔵しておかなくてはならない。再び、台場へ。

仲間が噂《うわさ》を聞きつけ、十羽、ごみ袋をつついている。駐車場の陰に降り、隠しておいた袋から食物を近所の立ち木に運ぶ。三カ所に分け、早くいたみそうなものから海岸近くに埋めていく。作業が終わると、さすがに疲労困憊《ひろうこんぱい》。海岸に降りる。ウィンドサーフィンのセイルが遠くに見える。海岸線は右手から向かい側へ湾曲して続いている。その間の干潟《ひがた》にシギやチドリが点々と並び、砂地をつついている。羽音をたてないように、距離を細かく刻んで近寄ってみる。カニを獲《と》っているらしい。こちらに気づいても、眼中にない、といった感じだ。干潟に降りてみると、十円玉くらいの穴が、ところどころに開いている。ここに嘴を突っ込むのだ。やってみる。しかし、届かない。真後ろのシギが声を殺して笑った。嘴の長さが違うのだ。何度やってみても同じだ。穴の中で、嘴はかつかつと虚《むな》しく響いた。別にシギのようにやらなくてもいいのだ。海岸に転がった枯れ枝をくわえ、穴に差し込む。二、三度引っかくと、カニがあわてて出てきた。足で押さえ、嘴で背中を突き破る。生肉はおいしい。ずいぶん塩辛いが。

向こう側の海岸へ渡る。ウィンドサーファー目当ての海の家が、こんな季節から店を開いている。幸運なことに、手つかずのトウモロコシを発見。巣まで運ぶ。雛は全員目を覚ましており、妻は巣を離れるわけにもいかず、困惑しきっていた。

トウモロコシを一粒ずつ与えていると、全員が寝静まる。妻が空腹だ。日比谷公園へ向かう。耳をすますと、かすかに鳴き声が聞こえる。売店の裏に回ると、配水管の入り口にスズメの巣が見えた。巣にはメスが一羽で、かえって一週間ばかりの雛を三羽抱いている。ビールの栓ぐらいの石を持ってきて、配水管の上に落とす。メススズメが驚いて一瞬飛び出した隙《すき》を狙《ねら》って、雛を二羽くわえ、巣に戻る。二羽とも妻にやり、夜の銀座に向かう。コロッケ、ちくわ、御飯。

帰ると、妻と雛は体を寄せ合って眠っていた。枝に止まり、ひとりで毛づくろい。就寝。

五月五日

昨日、最後の二羽が巣から飛び立っていった。若い群れに加わるのだ。予想に反して、六羽全員が無事に成長した。食糧事情と、環境のせいだろう。夫婦の連携もうまくいった。このあたりには仲間の数も少ないので、雛を取られる心配もなかった。

陽射《ひざ》しはずいぶん強くなり、半袖《はんそで》姿もちらほら見受けられるようになってきた。ひさしぶりに妻と連れ立って、海辺へ向かう。少し遠出をして、大井《おおい》埠頭《ふとう》の野鳥公園まで。その名に反して、野鳥の数は少ない。テープで鳴き声を流しているので、ついつい錯覚してしまう。本物の野鳥を呼ぶための苦肉の策らしいが、一度やってきても声しかしないのでは、さすがに頭の悪い彼らだって住みつきはしまい。

公園の中の池で金魚を一匹獲る。妻は嬉《うれ》しそうについばむ。肉はあまりないが、内臓の苦みがいいのだという。はりきって再度やってみるが、金魚も警戒して、水面に上がってこない。水飛沫《しぶき》だけが舞い、陽を受けて光る。その向こうで妻が笑う。

水鳥が貝を取りやすいように、浜辺が浅く耕されている。カモメに交じり、アサリを掘り出してつつく。なかなか割れないので、くわえたまま飛び上がり、岩の上に落とす。実の部分を捜し当てるのに一苦労。

南端の浜に降りる。青色に塗られたプッシャー船が白い筋を引いて進む。その向こうに中央防波堤が見える。海にぽっかり浮いた地平線。ビニール、プラスチック、カモメのせいで、その線はふわふわ漂っている。それとも、陽炎《かげろう》だろうか。

浜には、いろんなものが打ち上げられていた。ゴムホース、たこのおもちゃ、マネキンの頭。干からびたハゼの死骸、化石みたいに曲がったカワウの死骸、深海魚のようなアナゴの死骸。妻が半分骨だけになったボラをつつく。肉がさらりと砂地に落ちる。真っ白な骨だけが波に洗われる。そのまま泳ぎ出しそうなほど、生々しい。

遠くに富士山が見える。今日は風が強いのだ。

こんなに明るいのにライトを点滅させたジェット機が、頭の上をゆっくりと滑りおりていく。ぽてっとした腹が銀色に光っている。妻が、あれに海は映らないのね、と言う。

ホテルの裏で食事。巣の近くの木立で、ふたり枝に並んで毛づくろい。就寝。

境界を消しにいく人

長薗安浩

いしいしんじは、五年間サラリーマンだった。その間、三年余は私のスタッフとして働いてもらった。

ところで、いしいしんじと道を歩くと、なかなか目的地に辿《たど》り着かなくて困る。酒がはいっているときはなおさらだ。

「いしい、今度のフィジー取材の件だけどさ……」

声をかけようと傍に目を向けると、そこにいしいがいない。振り返ると十メートルほど向こうで、道端に座りこんでいる浮浪者のおじさんといしいが微笑《ほほえ》みあっている。仕方なく二人に近づいてみると、今年の桜がどうしたこうしたとどうでもいい話が聞こえてくる。

「いしい、そろそろ行くぞ」

彼はこちらを一瞥《いちべつ》し、また向きなおっておじさんの肩に手をあてる。

「ほなっ、おっちゃん元気でな。風邪ひくなや」

こんなこともあった。

彼が住む隅田川《すみだがわ》べりで仲良くなった乞食《こじき》の〝先生〟が行方不明になった。その〝先生〟、以前は知的ビジネスに就いていたそうで博識、かつ泰然とした構えが身についており、いつの間にやら乞食仲間から〝先生〟の称号を贈られたそうだ。そして、この〝先生〟といしいは、当然のように友達になっていた。

「でもさ、おまえはどうやって、その先生が行方不明になったと知ったわけ」

「今朝、酔っぱらって帰ったら、玄関の前に知り合いの乞食の人たちが三人待っとったんですわ」

「それで」

「三人ともしょんぼりした顔してるんで、『どないしたん？』て訊《き》いたら、『先生がいなくなった。心配で心配で……』っちゅうんですわ」

「……それで」

「明日、みんなで一斉に探そうということに決まったんですわ」

「仕事は、……どうするんだ」

「それで、休ませてもらおうと思って、明日」

「好きにしろよ……ったく」

「ありがとうございます。長薗さんだったら事の重大さをわかってもらえると思ってましたわ」

事の重大さ、である。

まだ、ある。

会社をやめて作家活動に本腰を入れはじめた頃、つまり二作目の『なきむしヒロコちゃんはかもしれない病かもしれない』を上梓《じょうし》した際、いしいは個展を開いた。原画を銀座の画廊に飾ったのだ。熱狂的なファンを持ついしいしんじの威力か、予想に反して会場はいつも賑《にぎ》わっていた。いしいは嬉《うれ》しかった。ひどく嬉しかったはずだ。最終日打上げの夜、いしいは激しく盛り上り、止める者がいなくなるまで酒を飲み続けた。そして、いしいしんじは派出所に連れていかれた。

「何したんだよ」

「獣姦《じゅうかん》ですわ」

「ジュ……ジュウカン」

「ライオンを犯《や》っちまいました」

「ライオンか、なかなかだな」

いしいと話していると、こちらまでがいしいになってくる。

「銀座にいるじゃないですか、ミツコシの前に」

「ミツコシ？」

「三越」

「……あれか、あのライオンを、おまえ犯っちまったのか」

「後《バック》から、ズンズンですわ」

「それで、どうだったライオンは」

だめだ。どうしてもいしいの毒が私を犯す。いしいを喜ばすだけの質問を、つい繰り返してしまう。

「ハフハフいっとりましたよ、ハフハフ。可愛《かわい》いやつですわ、あいつも」

この類《たぐい》の話なら、星の数ほどある。際限がない。際限がないから、もう止《や》める。いしいと一日一緒にいれば、この程度のハプニングには誰だって遭遇する。

そんないしいしんじを見ていると、つくづくこの人は、〈境界を消しにいく人〉なんだと思う。若者と老人、日本人と外国人、東京と大阪、金持ちと貧乏人、社長と新入社員、男と女、健康と病気……区分され、ときには対立関係にすらなりかねない二項の境を消したくて仕方がないように映る。浮浪者も、乞食の先生も、三越前のライオンも、彼の前では等価な存在としてこの世に生きている。

彼のそんな想《おも》いは、決して国内に限られたことではない。海外でも、その行動はいつもと同じだ。どこに行っても、いしいしんじはいしいしんじとして、境界を消して歩いている。酒すら、境界を消すエネルギーを増加させるために飲んでいるようだ。

境界にこだわる人間に限らず、ぼんやりと境界の存在を前提に生きている普通の人々からしても、彼の行為は奇異なのかもしれない。その奇異な方針は、彼の表現形式にも表れている。文章を書くことはもとより、絵も描くことも、いしいしんじは作家として活動を始めたときから選択してきた。長い目でみれば、それは中途半端《はんぱ》な態度なのかもしれない。私も一人の友人として編集者として、そのことを憂《うれ》いてみせたことがあった。

「三作目の本が出る頃には、表現の方法を絞ったほうがいいかもな」

「……」

珍しく、いしいは黙ってしまった。周りが心配する前に、彼自身が悩んでいたのだ。

「まだ、自分でもわかりませんわ」

そうだよな、と私も思った。二年前の話だ。

ところが、どうだろう三作目『とーきょー　いしい　あるき』(『東京夜話』に改題)。文章と絵。そして、写真までがいしいしんじの作である。ノンフィクションと絵本を発表してきた彼が、小説を書くことは自然な流れとして理解できる。境界を消したがる人間の、それは無理のない表現方法だから。だが、その形態に、さらに写真を加えてくるとは。彼の先々に対して、やはり一抹《いちまつ》の不安が湧いてくる。なんでも有りは、なんにも無し。そんな警句すら浮かんでくる。

しかし、いしいしんじは晴れればれとした顔で、今回の作品について私に語った。すべては、自画自賛だ。境界を消してみせたときにだけ彼が見せる、妙にあどけない笑顔だ。正直なやつだ、と思う。おそらく、彼は表現形態の境界を徹底して消してみようと考えているのだ。文章でもいい、絵でもいい、写真でもいい、いしいしんじという作家の肉体と感情が追いかけた世界を定着させるためだったら、「なんでも使えばええんですよ」と覚悟している。確信の表現形態を、いしいは実行してみせたのだ。

呆《あき》れた覚悟である。

それは、しんどい覚悟でもある。

文章なら文章を、絵なら絵を、写真なら写真を磨いていくのが作家の常道である。しかし、いしいはそれでは嫌なのだろう。いしいしんじは、〝いしいしんじ〟を磨くことをまず優先するのだろう。この本は、その象徴的な産物だ。肩肘《かたひじ》はらず、ぐちを言わず、できればヘラヘラしながら、境界を消してみせたいと野望を抱きつづけてきた彼の、静かな狂気が充満している。だからこそ、いしいしんじは文学賞、美術賞、写真賞の対象になることよりも、ひとりでも多くの〝境界不安症〟の人々に自作が届くことを願っている。

あらためて、『とーきょー　いしい　あるき』。タイトルに作者名が登場する小説集、無茶苦茶だ。だが、〈境界を消しにいく〉作家が、境界を超える小説を集めて上梓したこの事実に、私はやはり可能性を感じてしまう。いやいや、ここに集まった短篇が小説なのか、エッセイなのか、レポートなのか、そんなことにこだわっているうちは、いしいしんじの世界を堪能《たんのう》できない。勝手に読者が受けとめればいい。〈境界を消しにいく人〉の肉体と感情の一端にさわれれば充分だ。なぜなら、彼のような作家が、まずは存在しないからだ。貴重なのだ。

いしいしんじ。

彼にどんな肩書きをつければいいのか、今でも悩む。しばらくは、〝ボーダレス作家〟という意味不明の境界線で、彼を包んでおこうかと思う。

（作家・元『ダ・ヴィンチ』編集長）

＊一九九六年八月記。単行本『とーきょー　いしい　あるき』解説を再録。

裏返る東京のおでん

蜂飼耳

くるくると動く子どもの黒眼のような物語を綴《つづ》る、いしいしんじの連作短編集『東京夜話』の発表時のタイトルは、『とーきょー　いしい　あるき』だ。同じ東京といえども、地域によって、文化も雰囲気も千差万別。いしいしんじは、気になる町を舞台に選び、それぞれの土地から立ちのぼる空気を物語に置き換える。いしいしんじの言葉遣いによって、東京の下に潜伏するまだ見ぬ東京の顔が呼び出される。関西出身の作者ならではの味つけだな、と少しずつページをめくりながら、思う。描かれる東京の町は、着慣れた服を脱ぎ捨ててふだんとはちがうセンスのものをあたまからすっぽり被《かぶ》った人のようだ。未知のデザイン、未経験の色合い。気分は浮き立つ。描き替えられた地図をながめるかのように、とまどいながら、どきどきする。たとえば下北沢《しもきたざわ》。たとえば池袋。そしてたとえば浅草《あさくさ》。『東京夜話』に収録されたいしいしんじの短編は、いずれも、現実に根をはっている。だからこそ、知っているはずの町の雰囲気は、遠ざかるその瞬間に新しいにおいを身につけ、あっというまに戻ってくるのだ。

ページから眼を上げるとき、知っている空気と知らない空気のあいだに立たされる。すこん、と頭上に空洞ができる。はじめての風に当たる。これが物語の力だなと思う。物語は、単にストーリーを叙述するというだけのものではない。「語」ることによって、「物」のすがたを変えてしまうものなのだ。作者も読者も、物語られる対象も、すがたを変える。変えさせられる。おそろしいものなのだ、本来は。文字を書いたり読んだりするという行為が、ごく当たり前のものとして受け取られている現代の日本では、忘れられているといってもいい力だけれど。『東京夜話』には、先へ先へと進んでいく力がある。それで、どうなるの。次、どうなるの。そんなふうに引きつけてやまない物語の力が、どくり、どくりと鮮血を送り出しながら脈打っている。

「老将軍のオセロゲーム　神保町《じんぼうちょう》」は、本という存在そのものの秘密を描く。〈本は違った世界への扉を開く〉〈そのかわり、表紙をめくると背後でもうひとつの扉が閉まる。本は「外」の世界を一時的にしろ滅ぼしてしまう〉〈古本は、それぞれ一冊がいろんな世界を滅ぼしてきた〉という。なるほど、そのとおりだ。白い学生服を身につけた一風変わった老人と「ぼく」は、言葉を交わす。カレー屋で、スプーンを繰り返し口へ運びながら。神保町にはたしかにカレー屋が多い。「人の運命は、それぞれ一冊の本に相当するんだ。印刷された版じゃなく、物理的に一冊だけ、という意味だがね」と、老人。「自分の本」を探して手に入れ内容を書き換える、という願望を抱いているのは、この老人ばかりではない。古書を探してうろつく人間の大半は「自分の本」を探しているのだと、老人は「ぼく」に教える。世間に耐えられない連中ばかりだと、つけ加えて。この短編を読んでいたら、なじんでいるはずの現実の神保町が記憶のなかでつるつると溶けていった。カレー屋も、古書店の棚も、均一台も、交差点も溶けて見えなくなった。代わりに、白い学生服の老人があらわれる。次に神保町へ行くときにはきっとその老人とすれちがう。すずらん通りあたりで。そんな気がしてくる。

「お面法廷　霞ケ関《かすみがせき》」は、カフカの「審判」をほんのりと思い起こさせるような入口をもつ。つまり、語り手の「ぼく」は、身に覚えがないにもかかわらず、法廷へ呼び出されるのだ。起訴状が送られてきて。裁判所のロビーで「ぼく」はこう思う。このロビーほど、自分が「なにかをしている最中」だという幻想に浸れる場所はない、と。〈裁判に関わる以上、人は必ず「何者か」でなければならないからだ。あるいは、裁判に関わることで初めて、人は自分の立ち位置を認識できるような気もする〉と。裁き合い、監視し合う世の中をこんな言葉でさらりと掬《すく》う。そこにふくまれる毒に、辛辣《しんらつ》さに、魅《み》せられる。法廷で働く人々が、ふだんとは別の役になり裁判を進める。たとえば、弁護士と検察官が入れ替わる。要するに、裁判ごっこのようなものだ。仮面舞踏会ならぬ、お面裁判。突然の呼び出しを受け被告人の席に座らされた「ぼく」は、さて、どうやってこの裁判を切り抜けるか。本書に収められた作品のなかのベスト3に「お面法廷」を入れたい。うっかり、濃厚な毒にあたってしまい、そんな気分にさせられる。もっと毒を盛られたい。

抱き人形、すなわちダッチワイフと「ぼく」の出会いと別れを描いた「天使はジェット気流に乗って　新宿ゴールデン街」の世界に漂う、奇妙なやわらかさも魅力。夜中の十二時を回ったころ。靖国《やすくに》通りに面した信号灯の脇《わき》に、古い自転車が止まっている。乗っているのは、冬の夜なのに服を着ていないダッチワイフ。ビニール製。ふたりでゴールデン街の店へ入り、焼酎《しょうちゅう》のお湯割りを飲みながら会話しているうちに、「ぼく」はこう思いはじめる。〈彼女の心にあるのは、ただ、自分を抱きしめる相手が安らかでいてほしい、という気持ちだけなのだ。相手からなんの見返りも要求しない、そういう気持ちを、ぼくは持てるだろうか。きっと持てないだろう。だからこそ、彼女に魅《ひ》かれるのだ。たぶん、男だって女だって、彼女みたいなダッチワイフにはみんな魅かれるのだと思う〉と。冬の夜中、「ぼく」は自分を省みる。ビニール製のダッチワイフの脇《わき》に腰かけて。いつも相手を受け入れるダッチワイフの心は、やわらかい。ビニールのように。これは、ビニールの心を描いた短編なのかもしれない。ビニールの心を言葉にした作品というものを、はじめて読んだ、という気がする。

本書には煮物やおでんが幾度か登場する。ダッチワイフと「ぼく」の前に置かれるのはじゃがいもやごぼうを煮たものだし、「お面法廷」の「ぼく」に対する起訴状には、・七月十四日に〈JR山手線で日暮里《にっぽり》に向かった被告とMは、季節外れにも谷中《やなか》のおでん屋『たき』にて、大根、じゃがいも、ちくわ、すじ、こんぶ各二、たこボール、ごぼう巻き、焼き豆腐、がんもどき各一を二名で摂取。〉と、出てくる。夏のおでんは、いけないのだろうか。夏に食べるおでんが好きだという知人を思い出す。この小説のことを知らせたくなる。けれど、本書でもっとも印象深いおでんは、「吾妻橋《あづまばし》の下、イヌは流れる 浅草」に登場する、先生と呼ばれている何者だかわからない老人の食べるおでんだ。この人物は、おでんの屋台にいて酔ってくると〈仏教用語をおでんで解説するのが癖〉なのだ。先生は、空《くう》というのは「だし」だ、と説く。「空がないと、料理にならん。関係、いうものが生じへんわけやからな」という調子だ。

先生は浅草の仲見世《なかみせ》を夜中に好んで歩く。もちろん、店はどこも閉まっている。灯りだけが残り、まるで滑走路のような雰囲気。〈ばかでかい提灯《ちょうちん》の下がった雷門《かみなりもん》から浅草寺《せんそうじ》まで三百メートルの参道に、せんべい屋、おもちゃ屋、傘屋、着物屋、民芸品屋など、種々様々な店が並ぶ。かつら屋や犬用品専門店まである。紫色のかつらや忍者装束など、いったい誰が買うんだろう、いや、そもそもこういう店に誰が入るんだろう、などと疑問はつきない。それでも、こうした店が潰《つぶ》れるような気はいっさいしない〉と、「ぼく」

は思う。読んでいて、急に若い友人のことを思い出した。その人はこないだ、しっぽをつけていた。白くてふさふさした、三十センチはあろうかというしっぽを。いいね、それどこで売っているの、と訊《き》くと、彼はひとこと発した。「浅草の仲見世」。この短編を読んだとき、友人のしっぽを思い出した。違和感もなくぶらさがっていた、白いしっぽを。現実の記憶と、いしいしんじの描く東京の町とを行ったり来たりする。実際の東京と小説の東京が、互いに被さり合うように、動き出す。

おでんで仏教用語を解説する先生は、ある日、急にすがたを消す。工事現場の穴に落ちて死んだらしい、という噂《うわさ》が立つ。おでんの屋台に集まる男たちは噂を信じる。ところが、しばらくして、「ぼく」のもとへ手紙がとどくのだ。先生は死んでなどいなかった。二十年離れていた故郷へ、戻っていたのだった。息子がいる故郷の寺へ。先生の手紙の一節を紹介しよう。〈いつか、私はあなたに言ったと思います。川は、人に似ている、と。隅田川《すみだがわ》という川はそこにあっても、水はいつだって絶え間なく、ずっと流れていく。私という人がここにいても、こころ、というか、いのちというか、そういうものはずっと流れていくんだなあ。そう言うと、あなたは、とてもよくわかる、と言いましたね〉〈川はそこにある。水は流れていく。そして、すべての水は、合流する。いや、合流する以前から、ひとつの流れとして、すべての流れがある〉。

いしいしんじは、「流れ」というものに対する独特の感覚をもっている。『ポーの話』

に繋がっていくといっていい目線が、それより何年も前に執筆された短編に、すでにあらわれている。マグロとサケのつかのまの恋愛を描く「クロマグロとシロザケ　築地《つきじ》」も、そういう意味では「流れ」を捉《とら》えた物語だ。海の流れ、川の流れ、生命の流れ。種が異なるので、マグロとサケは愛し合っても子孫を残せない。「私、マグロになりたかったのよ」「ぼくだって、サケになりたかった」。けれども、それは許されないことなのだ。サケはいう。「でもね、この河口を目の前にしたら、私、やっぱりここを上っていくしかないって……わかった」。

サケの自覚。神保町の老将軍がいうところの運命の一冊。浅草のおでんの先生が手紙に書いた、川のこと。この作品集は、物事を結びつけたり遠ざけたりする力でもある、眼には見えない「流れ」や繫《つな》がりを描いた作品集だといえるかもしれない。やわらかく、ときに辛辣に、そして面白可笑《おか》しく描き出す。いしいしんじの初期の物語が、ここにある。

（二〇〇六年十月、詩人）

この作品は一九九六年十月東京書籍より刊行された
『とーきょー　いしい　あるき』を改題したものである。

川上弘美著
山口マオ絵
椰子・椰子
春夏秋冬、日記形式で綴られた、書き手の女性の摩訶不思議な日常を、山口マオの絵が彩る。ユーモラスで不気味な、ワンダーランド。

川上弘美著
おめでとう
忘れないでいよう。今のことを。今までのことを。これからのことを――ぽっかり明るくしんしん切ない、よるべない十二の恋の物語。

川上弘美著
ゆっくりさよならをとなえる
春夏秋冬、いつでもどこでも本を読む。まごまごしつつ日を暮らす。川上弘美的日常をおおどかに綴る、深呼吸のようなエッセイ集。

川上弘美著
ニシノユキヒコの恋と冒険
姿よしセックスよし、女性には優しくこまめ。なのに必ず去られる。真実の愛を求めさまよった男ニシノのおかしくも切ないその人生。

町田康著
夫婦茶碗
あまりにも過激な堕落の美学に大反響を呼んだ表題作、元パンクロッカーの大逃避行「人間の屑」。日本文藝最強の堕天使の傑作二編！

町田康著
供花（くうげ）
『夫婦茶碗』『きれぎれ』等で日本文学の新地平を拓いた著者の第一詩集が、未発表詩を含む新編集で再生！　百三十編の言葉の悦び。

池澤夏樹著
バビロンに行きて歌え
一人の若き兵士が夜の港からひっそりと東京にやって来た。名もなく、武器もなく、パスポートもなく……。新境地を拓いた長編。

池澤夏樹著
マシアス・ギリの失脚
谷崎潤一郎賞受賞
のどかな南洋の島国の独裁者を、島人たちの噂でも巫女の霊力でもない不思議な力が包み込む。物語に浸る楽しみに満ちた傑作長編。

池澤夏樹著
ハワイイ紀行【完全版】
JTB紀行文学大賞受賞
南国の楽園として知られる島々の素顔を、綿密な取材を通し綴る。ハワイイを本当に知りたい人、必読の書。文庫化に際し2章を追加。

池澤夏樹著
明るい旅情
ナイル川上流の湿地帯、ドミニカ沖のクジラ、イスタンブールの喧騒など、読む者を見知らぬ場所へと誘う、紀行エッセイの逸品。

池澤夏樹編
オキナワ なんでも事典
祭り、音楽、芸能、食、祈り…。あらゆる沖縄の魅力が満載。執筆者102名が綴った、沖縄を知り尽くす事典。ポケットサイズの決定版。

いとうせいこう著
ボタニカル・ライフ
―植物生活―
講談社エッセイ賞受賞
都会暮らしを選び、ベランダで花を育てる「ベランダー」。熱心かついい加減な、「ガーデナー」とはひと味違う「植物生活」全記録。

村上春樹著
村上朝日堂 はいほー!
本書を一読すれば、誰でも村上ワールドの仲間になれます。安西水丸画伯のイラスト入りで贈る、村上春樹のエッセンス、全31編!

村上春樹
安西水丸著
村上朝日堂超短篇小説
夜のくもざる
読者が参加する小説「ストッキング」から、全篇関西弁で書かれた「ことわざ」まで、謎とユーモアに満ちた「超短篇」小説36本。

村上春樹著
村上朝日堂ジャーナル
うずまき猫のみつけかた
マラソンで足腰を鍛え、「猫が喜ぶビデオ」の効果に驚き、車が盗まれ四苦八苦。水丸画伯と陽子夫人の絵と写真満載のアメリカ滞在記。

村上春樹
安西水丸著
村上朝日堂は
いかにして鍛えられたか
「裸で家事をする主婦は正しいか」「宇宙人に知られたくない言葉とは?」'90年代の日本を綴って10年。「村上朝日堂」最新作!

村上春樹文
大橋歩画
村上ラヂオ
いつもオーバーの中に子犬を抱いているような、ほのぼのとした毎日をすごしたいあなたに贈る、ちょっと変わった50のエッセイ。

和田誠
村上春樹著
ポートレイト・イン・ジャズ
青春時代にジャズと蜜月を過ごした二人が、それぞれの想いを託した愛情あふれるジャズ名鑑。単行本二冊に新編を加えた増補決定版。

東《とう》京《きよう》夜《や》話《わ》

新潮文庫　い-76-5

平成十八年十二月一日発行

著者　いしいしんじ

発行者　佐藤隆信

発行所　株式会社新潮社

郵便番号　一六二―八七一一
東京都新宿区矢来町七一
電話　編集部(〇三)三二六六―五四四〇
　　　読者係(〇三)三二六六―五一一一
http://www.shinchosha.co.jp

価格はカバーに表示してあります。

乱丁・落丁本は、ご面倒ですが小社読者係宛ご送付ください。送料小社負担にてお取替えいたします。

印刷・錦明印刷株式会社　製本・錦明印刷株式会社

ISBN4-10-106925-5 C0193